XXIII· E

$Y.^2$

$Y.^2$ 1219.
H.A.

LA VIDA
DEL LAZARILLO
DE TORMES,
y de sus fortunas y aduersidades.

LA VIE
DE LAZARILLE
DE TORMES,
Et de ses infortunes & aduersitez.

Reueuë & corrigée par H. DE LVNE,
natif de Castille, Interprete de la
Langue Espagnolle.

Et traduite en François
par L. S. D.

A PARIS,

Chez PIERRE BAVDOVYN, proche
la porte des grands Augustins, à
l'Image S. Augustin.

M. DC. LX,

AVX LECTEVRS,

SALVT.

ESSIEVRS,

Plusieurs diuerses cho-
ses vous sont icy naifuement re-
presentées en ce Liure , non autrement impertinent, & notam-
ment la gueuserie & charlatanne-
rie d'vn pauure aueugle, la sotte
vanité d'vn pauure Caualier Es-
pagnol, l'auarice & façon de viure
d'vn Prestre, l'impie meschance-
té & piperie d'vn falsificateur de
Bulles, les mœurs & conditions
des Allemans, quelques particu-
laritez des embarquemens & de ce
qui se prattique sur la mer, & à la
Cour: les mœurs & la malice d'vnq

A ij

meschante femme, les deportemens des crocheteurs, & des ma-
querelles; quelques rencontres de
Cabarets, la pauureté ambitieuse
de quelques Damoiselles faites
à la haste, les fourberies d'vn filou
trauesty en Hermite , & enfin les
façons de faire de quelques autres,
sur tous lesquels celuy qui fait luy
mesme recit de ses fortunes & de
sa vie, est d'autant plus naïf & facetieux, que sans le pouuoir croire il se tesmoigne luy mesme estre
fils de putain, & l'vn des plus digne & capable cocu de son temps.
Que si le traducteur a mal versé en
sa traduction, excusez-le, & sup-
pléez à son defaut, considerant
que ce subjet ne merite employer
beaucoup de temps à s'estudier à
mieux faire. Adieu.

TABLE

DES CHAPITRES

contenus en la Premiere
Partie de Lazarille.

A iij

TABLE

DES CHAPITRES
de la Seconde Partie de Lazarille de Tormes.

A iiij

F I N.

Ce facetieux Argoulet
   A fait des tours durant sa vie
Plus que n'a fait Iodelet,
Ny tous ceux de sa manie :

Mais pour dire la verité,
   Considerant ses infortunes,
Sa vie n'a iamais esté
Que le roüet de la Fortune.

A v

LA VIDA DEL LAZARILLO

DE TORMES.

Y de sus fortunas y aduersidades.

CVENTA EL LAZARO SV
vida, y quien era su padre.

PVES sepa vuestra merced ante todas cosas, que a mi llaman Lazaro de Tormes hijo de Thome Gonçales y de Antonia Perez, naturales de Tejares, aldea de Salamanca.

Mi nascimiento fue dentro del Rio Tormes, por la qual causa tome el sobre nombre. Y fue desta manera.

Mi Padre que Dios perdone, tenia cargo de proueer vna molienda de vna hazeña que esta ribera de aquel rio en la qual fue Molinero mas de quinze

LA VIE DE LAZARILLE DE TORMES.

Ses fortunes & aduersitez.

LE LAZARE DISCOVRT DE sa vie, & qui estoit son pere.

Cachez donc premierement Monsieur, auant toutes choses, que l'on m'appelle Lazare de Tormes, fils de Thomas Gonçales & d'Anthoinette de Perez, natif de Tajares, fauxbourg de Salamanque.

Ie nasquis sur la riuiere de Tormes; à raison dequoy i'en pris le surnom. Et cela arriua de ceste sorte.

Mon pere à qui Dieu face pardon, auoit la charge de pouruoir de mouture vn certain moulin qui est sur ladite riuiere, duquel il a esté garde moulin plus

A vj

años.   Y estando mi madre vna noche en
la hazeña preñada de mi, tomo le el parto
y pario me alli De manera que con verdad,
me puedo dezir nacido en el rio.

Pues siendo yo niño de ocho años, acha-
caron a mi padre ciertas sangrias mal hechas en los costales de los que alli a mo-
ler venian por laqual fue preso, y confesso
y no nego, y padecio persecucion por iusticia. Espero en Dios que esta en la gloria
pues el Euangelio los llama bien auentu-
rados.

En este tiempo, se hizo cierta armada
contra los Moros, entre los quales fue mi
padre, que a la sazon estaua desterrado
por el desastre ya dicho : con cargo de aze-
milero de vn cauallero que alla fue. Y con
su señor, como leal criado, fenecio su
vida.

Mi biuda madre, como sin marido y
sin abrigo se viesse, determino arrimarse
a los buenos por ser vno dellos y vinose a
biuir a la Ciudad, y alquilo vna casilla y

de quinze ans. Où ma mere eſtant vne
nuiĉt enceinte de moy, le mal d'enfanter la prit, ſi qu'elle y accoucha de
moy. De ſorte que ie me peu dire
auec verité, né ſur ladite riuiere.

Du depuis, eſtant âgé de huiĉt ans,
l'on accuſa mõ pere d'auoir malicieu-
ſement fait quelques ſeignées aux ſacs
de ceux qui y venoient moudre ; pour
raiſon dequoy eſtât pris, il ne nia mais
confeſſa le fait, dõt il en ſouffrit perſecution par iuſtice. Et i'eſpere en Dieu
qu'il eſt en Paradis, veu que l'Euangil-
le dit, bien heureux ceux qui endu-
rent.

Au meſme temps on leua certaine armée contre les Maures, auec laquelle
mon pere (qui pour le deſaſtre ſuſdit,
eſtoit bany du pays) s'achemina, auec
charge de mulletier de l'vn des Caua-
liers d'icelle : où comme fidelle ſeruiteur, il finit ſa vie auec ſon maiſtre.

Comme ma mere ſe veit ſeule, ſans
mari ny ſupport, elle delibera d'auoir
recours aux gés de bien & d'en eſtre du
nõbre, partant veint demeurer dedans
la ville, où elle loüa vne petite maiſõ &

metiase a guisar de comer a ciertos estu-
diantes, y limpiaua la ropa à ciertos moços de cauallos del Comendador de la
Magdalena : de manera que fue frequen-
tando las cauallerizas, ella y vn hombre
Moreno, de aquillos que las bestias cura-
uan, vinieron en conocimiento.

Este algunas vezes se venia a nuestra casa, y se yua a la mañana. Otras vezes de
dia llegaua a la puerta, en achaquede
comprar huenos, y entraua se en la casa.

Yo al principio de su entrada pesaua me
con el, y auia le miedo viendo el color y
mal gesto que tenia : mas de que vi que
con su venida mejoraua el comer, fuy le
queriendo bien ; porque siempre traya pan,
pedaços de carne, y en el inuierno leña a
que nos calentauamos.

De manera que continuando la posada
y conuersacion, mi madre vinose a dar me
vn negrito muy bonito, el qual yo brincaua
y ayudaua a calentar.

s'adonna à apprefter le boire & le manger de certains Efcoliers & à blanchir
le linge de quelques Palfreniers du
Commãdeur de la Magdelaine: de forte que frequantent les efcuryes, vn
Maure qui fe mefloit de penfer les cheuaux, deuint amoureux d'elle & elle
de luy.

Celuy cy venoit aucunes fois les foirs
en noftre maifon, & s'en retournoit le
matin : & d'autresfois entroit dedans
en plein iour, foubs pretexte de venir
acheter des œufs.

Au commencement ie le querellois
de ce qu'il y entroit fi priuement, &
il me faifoit peur pour la couleur & la
mauuaife grace qu'il auoit: mais quand
i'eus recogneu que fa venuë faifoit ac-
croiftre noftre ordinaire, ie commen-
çeay à luy monftrer meilleur vifage.
Car il nous apportoit toufiours du
pain, des morceaux de chair, & en
hyuer du bois pour nous chauffer.

Cette hofpitalité & conuerfation
continua iufques là, que ma mere vint
à me donner vn petit maure fort ioly,
lequel ie berçeois & aydois à penfer.

Y acuerdome que estando el negro de mi
padrastro trabajando con el moçuelo, como
el niño via a mi madre y a mi blancos y
a el no, huya del con miedo para mi madre, y señalando con el dedo dezia madre,
coco. Respondiendo el riendo, hidepu-
ta.

Yo aunque bien mochacho, note aquella palabra de mi hermanico, y dixe. entre
mi: Quantos deue de auer en el mundo que
huyen de otros, porque no se veen a si mif-
mos.

Quiso nuestra fortuna, que la conuersacion del Zayde (que assi se llamaua) llego a oydos del Majordomo: y hecha pref-
quisa hallose, que la mitad por medio de
la ceuada que para las bestias le dauan hur-
taua, y saluados, leña, almoha ças, man-
diles. y las mantas y sauanas de los cauallos hazia perdidas: y quando otra cosa
no tenia. las bestias desherraua. y con todo
esto acudia a mi madre, para criar a mi
hermanico.

Il me fouuient qu'vn iour le maure mó
beau pere fe joüant auec le petit garçõ,
l'enfant ne le voyant blanc comme ma
mere & moy eftions, auoit peur de luy
& s'enfuyoit vers ma mere, & le mon-
ftrant au doigt difoit : Mémé, la befte,
dequoy luy feriant, l'appella fils de
putain.

Ie notay bien cefte parolle de mon
petit frere, encores que ie fuffe bien
ieune, & dis à par moy ; Combien y
en doit-il auoir parmy le monde, qui
calomnient les autres pour ne fe point
cognoiftre eux-mefmes.

Noftre fortune voulut, que la conuerfation de Zayde (car ainfi s'appelloit
le maure)vint à la cognoiffance du Có-
trolleur de la maifon, qui s'en enque-
rant defcouurit qu'il defroboit iufte-
ment la moitié de l'auoine qu'on luy
bailloit pour les cheuaux, mefme le foin,
le bois, les eftrilles, tabliers linceuls &
couuertures des cheuaux, que puis apres
il difoit eftre perduës : iufques à deffer-
rer les cheuaux, quand il n'auoit autre
chofe : pour de tout ayder à ma mere, &
à nourrir mon petit frere.

No nos marauillamos de vn Clerigo ny de vn Frayle, porque el vno hurta, de los pobres y el otro de su casa, para sus deuotas y para ayuda de otro tanto, quando a vn pobre esclauo, el amor le animaua a esto.

Y prouo se le quanto digo y aun mas, porque a mi con amenazas me preguntauan, y como niño respondia y descubria quanto sabia con miedo; hasta ciertas herraduras, que por mandado de mi madre a vn herrero vendi.

Al triste de mi padrastro açotaron y pringaron, y a mi madre pusieron pena por iusticia sobre el acostumbrado centenario, que en casa del sobre dicho comendador no entrasse, ni al lastimado Zayde en la suya acogiesse.

Por no echar la soga tras el caldero, la triste se esforço y cumplio la sentencia; y por euitar peligro y quitar se de malas lenguas se fue a seruir a los que al presente biuian en el meson de la Solana, y alli padeciendo mil importunida-

Ne nous eſtonnons donc point ſi quelque Preſtre deſrobe les pauures ou quelque Moyne ſon conuent, pour ayder d'autant quelque menage, ou leurs deuotes; puis qu'amour incitoit bien vn pauure eſclaue à ce faire.

On luy verifia tout ce que dit eſt & encor' d'auantage : car ils m'interrogoient en me menaſſant, & de crainte ie leur reſpondois côme enfant, & deſcourois ce que i'en ſçauois : iuſques à certaines ferrures que i'auois venduës à vn ſerrurier par le commandement de ma mere.

Ils fouëterent & flamberent de lard mon triſte beau-pere, & par iuſtice ils deffendirent à ma mere (ſur peine du pſautier accouſtumé) d'entrer en la maiſon du ſuſdit Commandeur, ny de retirer l'affligé Zayde en la ſienne.

Pour ne ietter la corde apres le chauderon la pauure femme ſe forçea & acquieſçea à la ſentence; & pour euiter le peril & s'oſter d'étre les mauuaiſes langues s'en alla ſeruir ceux qui pour lors demeuroient en la maiſon de la Solane: Où endurant mille importunitez, elle

des se acabo de criar mi hermanico, basta que supo andar; y a mi basta ser buen
moçuelo, que yua a los huespedes por vino y candelas, y por lo demas que me man-
dauan.

En este tiempo vino a posar al meson vn
ciego el qual pareciendole que yo seria para
adestralle, me pido a mi madre y ella me
encomendo a el, diziendo le como era hijo de vn buen hombre, el qual por ensalçar
la fe auia muerto en la batalla de los Gelues; y que ella confiaua en Dios, que no
saldria peor hombre que mi padre: y que le
rogaua me tratasse bien y mirasse por mi,
pues era huerfano.

El respondio que assi lo haria y que me
recibia no por moço sino por hijo. Y assi
le comence a seruir y adestras, a mi nueuo
y viejo amo.

Como estuuimos en Salamanca algunos dias, pareciendo le a mi amo que no
era la ganancia a su contento, determino
yrse de alli. Y quando nos vuimos de
partir, yo fuy a ver a mi madre; y am-

acheua de nourrir mon petit frere iuſqu'à pouuoir aller tout ſeul, & moy iuſqu'à eſtre aſſez grandelet pour aller
querir du vin & de la chandelle aux
hoſtes d'icelle, & tout ce qu'ils me
commandoient

Sur ces entrefaictes vn aueugle vint
loger au logis, lequel iugeant que ie ſerois propre pour le mener, me demanda à ma mere; Qui me recommandant
à luy luy dit que j'eſtois fils d'vn homme de bien, lequel pour exalter la foy,
auoit eſté tué en la bataille des Gelues,
& qu'elle auoit fiance en Dieu que ie
ne ſerois pire que mon pere. Ie priant
de me bien traicter, & d'auoir ſoin
de moy comme d'vn orfelin

Il reſpondit qu'auſſi feroit-il, & qu'il
me receuoit, non pour ſeruiteur, mais
pour fils Et ainſi ie commençay à ſeruir & conduire mon nouueau & vieux
maiſtre.

Comme nous euſmes ſejourné quelques iours à Salamanque, mon maiſtre
n'y gagnát aſſez à ſon gré, delibera d'en
ſortir. Et quand nous fuſmes preſts à en
partir, j'allay veoir ma mere, laquelle

bos llorando, me dio su benedicion y dixo:
Hijo, ya se que no te vere mas : procura
de ser bueno, y Dios te guie. Criado te
he, y con buen amo te he puesto : vale te por
ti.

Y assi me fuy para mi amo, que esperando me estaua.

Salimos de Salamanca, y llegando a la
puente, esta a la entrada della vn animal
de piedra que casi tiene forma de Toro.
Yel ciego mando me que llegasse cerca del
animal y alli puesto me dixo : Lazaro, llega el oydo a este Toro, y oyras gran ruydo
dentro del.

Yo simplemente llegue, creyendo ser
assi. Y como sintio que tenia la cabeça par
de la piedra, afirmo rezio la mano y dio me
vna gran calabaçada en el diablo de Toro,
que mas de tres dias me duro el dolor de la
cornada.

Y dixome : Necio, aprende que el moço del ciego vn punto ha de saber mas que el
diablo. Y rio mucho de la burla.

en plorant comme moy , me donna ſa
benediction . & dit : Mon fils , ie ſçay
que ie ne te verray plus, ſois homme de
bien . & Dieu te conduiſe : ie t'ay eſle-
ué, & mis auec bon maiſtre ; ſonge à
toy.

Et ainſi ie m'en retournay vers mon
maiſtre qui m'attendoit.

Nous ſortiſmes de Salamanque, & arriuant au pont, il y a à l'entrée d'iceluy
vn animal de pierre qui a quaſi la forme d'vn Taureau : aupres duquel l'aueugle me commanda d'approcher. Et y
eſtant , me dit : Lazare, approche l'au-
reille de ce Taureau , & tu entendras
vn grand bruit au dedans.

Ie m'en approchay ſimplemét croyát
qu'ainſi fuſt. Et comme il ſentit que j'a-
uois la teſte contre la pierre, il roidit ſa
main, & me fit donner vn ſi grand coup
de teſte contre le diable de Taureau,
que ie reſſentis la douleur du coup de ſa
corne plus de trois iours apres.

Et me dit : Sot apprends que le garçon
d'vn aueugle doit ſçauoir vn point dauantage que le diable. Et rit fort de la
tromperie.

Parecio me que en aquel inftante difperte de la fimpleza en que, como niño, dormido eftaua; y dixe entre mi: Verdad dize efte, que me cumple abjuar el ojo y auifar, pues folo foy, y penfar como me fepa valer.

Commençamos nueftro camino, y en muy poco dias me moftro jerigonça. Y como me vieffe de buen ingenio, holgaua fe mucho y dezia: Yo oro ni plata no te lo puedo dar, mas auifos para binir muchos te moftrare. Y fue affi, que defpues de Dios efte me dio la vida, y fiendo ciego, me alumbro y adeftro en la carrera de binir.

Huelgo de contar a vueftra merced eftas niñerias, para moftrar quanta virtud fea faber los hombres fubir fiendo baxos, y dexar fe baxar, fiendo altos, quanto vicio.

Pues tornando al bueno de mi ciego y contando fus cofas, vueftra merced fepa que defde que Dios crio el mundo, ninguno formo mas aftuto ni fagaz. En fu

Il me sembla qu'à l'instant ie m'es-
ueillay de la simplicité en laquelle i'e-
stois endormy comme enfant, & dis en
moy-mesme: Celuy-cy dit vray, car il
me conuient dessiler l'œil, conseiller
& premediter comme ie me pourray
auancer, puis que ie n'ay personne
pour moy.

Nous commençasmes nostre voyage,
& il m'enseigna en peu de iours le jar-
gon. Et comme il recogneut que i'auois
bon esprit, il s'en resiouyssoit fort & disoit: Ie ne te puis donner or n'y argent,
mais ie te monstreray plusieurs moyens
de gaigner ta vie. Ce que de fait il fit,
car apres Dieu ie tiens la vie de luy, &
estant aueugle il m'illumina & mit
dans le bon chemin.

Monsieur ie prens plaisir à vous com-
pter ces enfances, pour demonstrer
quelle vertu c'est aux hommes de se sçauoir éleuer estant bas, & quel vice de se
laisser abaisser estant haut.

Or retournant au bon de mon aueugle & racontant ses gestes, vous sçau-
rés, Mósieur, que depuis que Dieu a creé
le Monde, il n'y en a eu aucun plus rusé

B

En su oficio era vn Aguila.

Ciento y tantas oraciones sabia de core : vn tono baxo , reposado y muy sonable, que haz a resonar la Iglesia donde rezaua vn rostro humilde y deuoto, que con muy buen continente ponia quando rezaua , sin hazer gestos ni visajes con boca ni ojos , como otros suelen hazer.

Aliende desto , tenia otras mil formas y maneras para sacar el dinero. Dezia saber oraciones para muchos y diuersos effectos. Para mugeres que no parian : Para las que estauan de parto : Para las que eran mal casadas, que sus maridos las quisiessen bien.

Echaua pronosticos a las preñadas, si trayan hijo o hija. Pues en caso de medicina, dezia que Galeno no supo la mitad que el ; para muelas , desmayos, males de madre.

Finalmente , nadie le dezia padecer alguna passion , que luego no le dezia:

ni fage que luy : Car il eftoit vn Aigle
en fon office.

Il fçauoit par cœur cent & tant d'o-
raifons, qu'il difoit d'vne ton bas, po-
fé & fort intelligible, qu'on entendoit retentir par l'Eglife où il les difoit :
& contre-faifoit de fort bonne grace
vn vifage humble & deuot, quand il
prioit, fans faire geftes ni grimaces de
bouche ni d'yeux, comme d'autres ont
accouftumé de faire.

Outre ce, il auoit encor' mille inuentions & manieres d'attrapper argent, car
il difoit fçauoir des prieres pour plufieurs & diuers effets : pour femmes qui
ne peuuent auoir d'enfants, pour celles
qui en font en trauail, & pour celles
qui eftoient mal pourueuës, afin que
leurs maris les aimaffent.

A celles qui eftoient enceintes, il
prognoftiquoit fi c'eftoit de fils ou fille;
& en faict de medecine difoit, que Ga-
lien n'en auoit fçeu la moitié tant que
luy ; Pour mal de dents, pâmoifons &
mal de matrice.

Finalement, nul ne luy difoit fouffrir
douleur quelconque, à qui auffi toft il ne

Hazed esto, hareys este otro, cojed tal
yerua, tomad tal rays. Con esto, andaua se todo el mundo trasel, especialmente mugeres; que quanto les dezia
creyan.

Destas sacaua el grandes prouechos
con las artes que digo; y ganaua mas
en vn mes, que cen ciegos en vn año.
Mas tambien quiero que sepa vuestra
merced, que cen todo lo que adquiria
y tenia, iamas tan auariento ny mezquino hombre no vi : tanto que me
mataua a mi de hambre, y assi no me
remediaua de lo necessario.

Digo verdad, si con mi sottileza y buenas mañas no me supiera remediar, muchas vezes me finara de hambre. Mas
con todo su saber y auiso, le contremi-
naua de tal suerte, que siempre o las
mas vezes, me cabia lo mas y mejor.
Para esto, le hazia burlas endiabla-
das, de las quales contare algunas, aunque no todas a mi sauo.

El traya el pan y todas las otras cosas en vn fardel de lienço que por la boça

dist: Faittes cecy, vous ferés cet autre remede : cueillez tel herbe , prenez telle racine. Ce qui attiroit tout le
monde apres luy & fpecialement les
femmes, qui croyoient tout ce qu'il leur
difoit.

Il tiroit d'icelles de grands profits au
moyen des fufdits artifices, & gaignoit
plus en vn mois que cent aueugles en
vn an: & neantmoins ie veux bien que
vous fçachiez Monfieur, qu'auec tout ce
qu'il auoit & acqueroit, ie ne veis iamais homme fi auare ni fi chiche: car il
me faifoit mourir de faim, & ne m'en-
tretenoit de ce dont i'auois befoin.

En verité, fi auec ma fubtilité & mes
bons tours ie n'euffe fçeu me pourchaf-
fer, ie fuffe mort plufieurs fois de faim:
mais nonobftant tout fon fçauoir & ac-
cortife, ie le contreminois de telle forte, que toufiours ou le plus fouuent i'a-
uois la meilleure & plus groffe part. Car
i'vfois à ces fins de tromperies endia-
blées, dont i'en reciteray aucunes, encor
que toutes n'ayent réuffi à mon profit.

Il portoit le pain & tout ce que l'õ luy
donnoit, en vne Beface de toille laquel-

B iij

se cerraua con vna argolla de hierro y
su candado y llaue. Y al meter de las
cosas y sacar las, era con tanta vigilan-
cia y tan por contadero, que no bastara
todo el mundo hazer le menos vna mi-
gaja.

Mas yo tomaua aquella lazeria que
el me daua, la qual en menos de dos
bocados era despachada: y despues que
cerraua el candado yse descuydaua, pensando que yo estaua entendiendo en
otras cosas; por vn poco de costura que
muchas vezes del vn lado del fardel
descosia y tornaua a coser sangraua el
auariento fardel; sacando no portasse
pan, mas buenos pedaços, torreznos y
longaniza. Y assi buscaua conueniente
tiempo para rehazer, no la chaça, sino
la endiablada falte que el mal ciego me
faltaua.

Toto lo que podia sisar y hurtar traya
en medias blancas, y quando le manda-
uan rezar y le dauan blancas; como el
carecia de vista, no auia el que se la daua

le se fermoit par la bouche, auec vne
boucle de fer & son cadenats & clef.
Et quand il y mettoit où en oʃtoit quelque choʃe c'eʃtoit auec tant de vigilance & compte ʃi eʃtroict, que tout le
Monde n'euʃt peu luy perʃuader qu'il y
en euʃt eu vne mie moins.

Mais ie prenois ce peu qu'il me donnoit, que i'auois deʃpeʃché en moins
de deux bouchées; & apres qu'il auoit
fermé le cadenas & n'y ʃongeoit plus,
penʃant que ie fuʃʃe entétif à autre choʃe, ie ʃaignois l'auare pacquet par l'vn
des coings, le deʃcouʃant & recouʃant
autant de fois, & en tirant à diʃcretion,
non ʃeulement du pain, mais force
bons morceaux de lard, d'andoüille
& autres choʃes. Et ainʃi ie cherchois
l'oportunité de refaire uon la chaʃʃe,
mais la faute endiablée laquelle le meʃ-
chant aueugle m'auoit cauʃée.

Ie portois en deniers tout ce que
ie luy pouuois attrapper & deʃrober,
& quand on luy diʃoit qu'il dit
quelque oraiʃon, & que pour ce on
luy donnoit des doubles, comme
il eʃtoit priué de la veuë, celuy

magado con ella , quando vo la tenia
lançada en la boca y la media appa-
rejada , que por presto que el echaua
la mano , ya yua de mi cambio anichi-
lada en la mitad del justo precio.

Quexaua se me el mal ciego , porque
al tiento luego conocia y sentia , que no
era blanca entera : y dezia : Que diablo es esto , que despues que con migo
estais , no me dan sino medias blancas,
y de antes vna blanca y vn marauedi
hartas vezes me pagauan. En ti deue
de estar esta desdicha.

Tambien el abreuiaua el rezar la
mitad de la oracion no acabaua , porque me tenia mandado , que en yendo
se el que la mandaua rezar, le tirasse
por cabo del capuz. Yo assi lo hazia,
y luego el tornaua a dar bozes , diziendo : Mandan rezar tal y tal oracion , como suelen dezir.

Vsaua poner cabe si vn jarrillo de vino quando comiamos , yo muy de presto

qui lui en donnoit ne l'auoit à peine
lasché qu'aussi tost ie l'auois en ma bouche & vn denier tout prest: Si qu'il ne
pouuoit tendre la main si promptement,
qu'il ne fust desja par mon change reduit à la moitié de sa iuste valeur.

Le meschant aueugle m'en faisoit
plainte, parce qu'au maniement il sen-
toit aussi tost que ce n'estoit vn double,
& & disoit : que diable est cecy, que
depuis que tu es auec moi on ne me donne que des deniers, au lieu qu'auparau-
uant on me donnoit des doubles & bien
souuent des liards. Il faut que ce malheur vienne par toy.

Aussi ne p~~rioit il~~ si longuement & n'a-
cheuoit la moitié de l'oraison, car il m'a-
uoit commandé que celuy qui la luy
faisoit dire s'en allant, ie le tirasse par
le bord du chapperor Ce que ie faisois aussi. Et aussi to il recommençoit
à crier, disant : Qui veut faire dire telle & telle oraison. Comme ils ont coustume de dire.

Quand nous prenions nos repas, il a-
uoit accoustumé de mettre aupres de luy
son petit pot de vin: & ie le prenois fort

le aſia y daua vn par de beſos callados,
y tornaua le à ſu lugar. Mas duro me
poco, que en los tragos conocia la falta:
y por reſeruar ſu vino a ſaluo, nunca
deſpues deſamparaua el jarro, antes lo
tenia por el aſa aſido.

Mas no auia piedra yman, que aſſi
traxeſſe a ſi como yo con vna paja larga de centeno, que para aquel meneſter tenia hecha: la qual metiendo la
en en la boca del jarro, chupando el
vino, lo dexaua a buenas noches. Mas
como fueſſe el traydor tan aſtuto, pienſo que me ſintio: y dende en adelante
mudo propoſito, y aſſentaua ſu jarro
entre las piernas & atapaua le con la
mano, y aſſi beuia ſeguro.

Yo como eſtaua hecho al vino, moria
por el: y viendo que aquel remedio de
la paja no me aprouechaua ni valia,
acorde en el ſuelo del jarro hazer le
vna fuenteZilla y agujero ſutil, y deli-
cadamente con vna muy delgada tortil-
la de cera tapar lo.

Al tiempo de comer, fingiendo auer frio

subtilement, & luy ayant donné vne
couple de baisers muets ic le remettois
en sa place. Mais cela ne me dura gueres, car il recognoissoit la diminution
aux traites qu'il en faisoit : si que pour
garder seurement son vin, iamais depuis il ne laschoit son pot, ains le tenoit
tousiours par l'anse.

Mais la pierre d'Aimant n'attire si
bien à soy, que i'attirois auec vn long
chalumeau de seigle que i'auois appre-
sté pour cet effect, lequel mettant en la
bouche du pot & le succeant, ie lais-
sois le vin à bonnes nuittées. Mais com-
mé le traitre estoit si madré, ie pense
qu'il me sentit, car de là en auant il
changea d'aduis & mettoit son pot entre ses iambes & le couuroit auec la
main, & ainsi beuuoit seurement.

Or comme i'estois faict au vin, ie mourois pour iceluy. Et voyant que cette inuention du chalumeau ne me pouuoit
plus profiter, ie m'auisay de faire vne
petite fontaine & subtil trou au fonds
du pot, & de le boucher subtilemét auec
vne petite placque de cire fors mince.

A l'heure du repas, feignát auoir froid,

entraua me entre las piernas del triste
ciego, à calentar me en la probrezilla
lumbre que teniamos: y al calor della,
luego derretida la cera (por ser muy poca) començaua la fuentezilla a de-
stilar me en la boca; la qual yo de tal
manera ponia, que maldita la gota
que se perdia.

Quando el pobreto yua a beuer, no
hallaua nada: Espantaua se, maldezia se, daua al diablo el jarro y el
vino, no sabiendo que podia ser.

No direys Tyo, que os lo beuo (yo
dezia) pues no le quitays de la mano.

Tantas bueltas y tientos dio al jarro,
que hallo la fuente y cayo en la burla.
Mas assi lo dissimulo, como si no lo
vuiera sentido.

Y luego otro dia, teniendo yo recuman-
do mi jarro como solia, no pensando el
daño que me estaua aparejado ni que el
mal ciego me sentia; sente me como
solia, estando recibiendo aquellos dulces tragos, mi cara puesta hazia el Cielo

ie me mettois entre les jambes du pauure aueugle pour me chauffer au petit
feu que nous auions, à la chaleur du
quel la cire se fondant incontinent
pour estre fort mince, la petite fontaine
commençoit à me distiller en la bouche, laquelle ie tendois si bien que
maudite la goutte qui se perdoit.

Quand le pauuret venoit pour boire,
il ne trouuoit rien, dont il s'estonnoit,
se maudissoit, & donnoit au diable le
pot & le vin ne sçachant d'où cela
venoit.

Oncle (luy disois-ie) vous ne direz
pas que ie le boy, puis que vous ne le
laschez point.

Enfin il retourna & tastónna tant le
pot, qu'il trouua la fontaine & s'aduisa
de la tromperie, mais il le dissimula
comme s'il ne s'en fust point apperçeu.

Et dés le lendemain, allãt faire vuider
mon pot comme i'auois accoustumé, ne
me doutant du malheur qui m'estoit ap-
presté, ni que le mauuais aueugle m'eust
descouuert, ie m'assis comme i'auois accoustumé lors que ie receuois ces douces
gorgées, ma face tournée vers le Ciel, &

vn poco cerrados los ojos, por mejor gustar
el sabroso liquot.

Sintio el desesperado ciego que agora
ten.a tiempo de tomar de mi vengança,
y con toda su fuerça alçando con dos
manos aquel dulce y amargo jarro, le
dexo caer sobre mi boca, ayudandose como digo con todo su poder : de manera
que el pobre Lazaro, que de nada desto
se guardaua, antes como otras vezes
estaua descuydado y gozoso ; verdade-
ramente le parecio, que el Cielo con todo
lo que en el ay, le auia caydo encima.

Fue tal el gozpezillo, que me desati-
no y saco de sentido, y el jarrazo tan
grande que los pedaços del se me metieron por la cara ; rompiendo me la por muchas partes ; y me quebro los dientes, sin
los quales hasta oy dia me puede.

Desde aquella hora, quise mal al mal
ciego : y aunque me queria y regalaua y
me curaua, bien vi que se auia holgado
del cruel castigo.

Lauome con vino las roturas que con
los pedaços del jarro me auia hecho, y

les yeux vn peu fermez pour mieux gou-
ster la fauoureufe liqueur.

Le defefperé aueugle fentit qu'il auoit
lors l'opportunité de prendre vengeance de moy, & pource de toute fa force
leuant à deux mains ce doux & amer
pot, le laiffa cheoir fur mon vifage, y
aydant comme ie dis de tout fon pouuoir : de forte qu'il fembla au pauure
Lazare (qui n'attendoit rien de fem-
blable, ains qui eftoit comme les autres
fois negligent & joyeux) que le Ciel
auec tout ce qu'il contient, eftoit tombé
fur luy.

Le petit coup fut tel qu'il me priua de
jugement & fentiment, & que le pot fe
caffant me couurit le vifage de fes pieces & me le bleffa & fendit en plufieurs
endroicts, me rompant les dents, fans
lefquelles ie fuis encore maintenant.

Dés l'heure, ie voulus du mal au mefchant aueugle, car bien qu'il m'aimaft,
careffaft & penfaft, ie veis bien toutefois qu'il s'eftoit refiouy de m'auoir
chaftié fi cruellement.

Il me laua auec du vin les playes qu'il
m'auoit faites auec les pieces du pot, &

sonrriendo se dezia : *Que te parece La-*
zaro , lo que te enfermo te sana y da
salud. Y otros donayres , que a mi gusto no lo eran.

Ya que estuue medio bueno de mi negra trepa y cardenales : considerando
que a pocos golpes tales el cruel ciego
aborraria de mi, quise yo aborrar del.
Mas no lo hize tan presto, por hazello
mas a mi saluo y prouecho.

Aunque yo quisiera assentar mi coraçon y perdonalle el jarrazo, no daua
lugar el mal tratamiento que el mal ciego desde alli adelante me hazia : que
sin causa ni razon me heria , dandome
coxcorrones y repelando me.

Y si alguna le dezia porque me trá-
taua tan mal , luego contaua el cuento
del jarro , diziendo : *Pensays que este*
mi moço es algun innocente : Pues oyd
si el demonio ensayara otra tal hazaña.

Santiguando se los que lo oyan, de-

en ſe ſouſriant diſoit : Qie te ſemble
Lazare, de ce que celuy qui ta fait malade, te guarit & rend la ſanté. Et autres
railleries, qui ne me plaiſoient point.

Guary que ie fus à demy de ma noire
cicatrice & de mes meurtriſſeures conſiderant qu'auec peu de tels coups le
cruel aueugle ſe deliureroit de moy, ie
deliberay de me deſpeſtrer de luy. Mais
ie ne le fis ſi promptement pour le faire
plus à mon aiſe & profit.

Bien que i'euſſe volontiers voulu ap-
paiſer mon courage & pardonner le
coup de pot au meſchant aueugle, le
mauuais traitement qu'il me fit toûjours du depuis, ne le peuſt toutesfois
permettre : Car ſans raiſon ni cauſe il
me frappoit, me donnant des coups de
baſton ſur la teſte ou me tirant les cheueux.

Et ſi quelqu'vn luy demandoit pourquoy il me traitoit ſi mal, il luy faiſoit,
auſſitoſt le compte du pot, diſant : Vous
penſez que ce mien garçon ſoit quelque innocent, mais oyez ſi le diable
vſeroit de plus grand malice.

Ceux qui l'oyoient, diſoient lors en ſe

Zian : *Mira quien penfara de vn mo-*
chato tan pequeño tal ruyndad. Y reyan
mucho del artificio, y deZian le : Ca-
ftigaldo, caftigaldo, que de Dios lo
aureys.

Y el con aquello, nunca otra còfa ha-
zia : y en efto yo fiempre le llenaua por
los peores caminos, y adrede por le ha-
Zer mal y daño : Si auia piedras, por el-
las ; fi lodo, por lo mas alto : que aun-
que yo non yua por lo mas enxuto, holga-
ua me ami de quebrar vn ojo, por que-
brar dos al que ninguno tenia.

Con efto, fiempre con el cabo alto del
tiento me attentaua el colodrillo, el qual
fiempre traya lleno de tolondrones, y pe-
lado de fus manos. Y aunque yo iura-
ua no lo haZer con malicia fino por no
hallar mejor camino, no me aprouecha-
ua ni me creya; mas tal era el fentido
y el grandffimo entendimiento del tray-
dor.

Y porque vea vueftra merced à quan-
to fe eftendia el ingenio defte aftuto cie-
ga ; contare vn cafo de muchos que

fignant : Voyez, qui penferoit qu'vn
fi petit garçon fuft fi meschant ? Et
rioient fort de l'artifice, & luy difoient:
Chaftiez le, chaftiez le, Dieu vous en
recompenfera.

Aufsi ne faifoit il continuellement autre chofe, en vengeance dequoy ie le
menois toufiours par les pires chemins,
& exprés pour luy faire mal & dommage S'il y auoit des pierres, par icelles.
Si de la fange, par la plus profonde.
Car bien que ie ne paffaffe par le plus
fec, i'eftois toutesfois bien aife de me
creuer vn œil, pour en creuer deux à
celuy qui n'en auoit point.

S'en doutant bien, il me taftonnoit
inceffamment auec le deffus de la main
le derriere de la tefte, dont ie l'auois
toufiours plein de boffes, & pelé de fes
mains. Et combien que ie luy juraffe de
ne le faire par malice mais pour ne trouuer plus beau chemin, ie ne le luy pouuois perfuader, car tel eftoit le fens &
tres grand entendement de ce traitre.

Et afin que vous recognoifsiés, Monfieur, iufques où s'eftédoit l'efprit de ce
cauteleux aueugle, ie vous reciterai l'vn

con el me acaecieron ; en el qual me
parece , dio bien a entender su gran
aftucia.

Quando falimos de Salamanca , fu
motiuo fue venir a tierra de Toledo,
porque dezia fer la gente mas rica , aunque no muy limofnera. Arrimaua fe a
efte refran : Mas da el duro , que el
defnudo.

Y venimos a efte camino por los mejores lugares. Donde hallaua buena
acogido y ganancia , deteniamonos :
donde no , a tercero dia haziamos San
Iuan.

Acaecio que llegando a vn lugar que
llaman Almorox , al tiempo que cogian
las vuas ; vn vendimiador le dio vn razimo dellas en limofna : y como fuelen
yr los ceftos mal tradatos , y tambien
porque la vua en aquel tiempo efta muy
madura ; defgranaua fe le el razimo en
la mano.

Para echar lo en el fardel , tornaua fe
mofto , y de lo que a el fe llegaua : acor-

des choses (entr'autres) qui m'arriuerent estant auec luy , laquelle comme
j'estime vous fera recognoistre sa grande finesse.

Sen dessein estoit lors que nous sortismes de Salamanque , de se transpor-
ter au pays de Tolede , d'autant qu'il
en disoit le peuple estre plus riche, bien
que non grand aumosnier. Esperant
sur le dire du Prouerbe : *Que plus don-*
ne le riche peu charitable , que ne fait enco-
re le pauure.

Nous nous y acheminasmes par les
meilleurs Villages, & nous sejournions
où il trouuoit bon accueil & gain : mais
où non, au troisiesme iour nous nous en
allions.

Il aduint qu'approchant d'vn village
qu'on appelle *Almorox* lors que l'on
vandangeoit, vn vendangeur luy donna vne grappe de raisin en aumosme. Et
comme d'ordinaire ils s'escachent dans
les paniers, ioint que les raisins estoient
alors fort meurs, le raisin s'esgrenoit
tout és mains.

De le mettre dans le pacquet, il se fust
tourné en moust & eust gasté ce qu'il eust

do de hazer vn banquete, aſsi por no lo
poder lleuar cimo por cententar me, que
aquel dia me auia dado muchos rodil-
lazos y golpes.

Sentamo nos en vn valladar, y dixo:
agora quiero yo vſar contigo de vna libe-
ralidad, y es que ambos comamos eſte
razimo de vuas, y que ayas del tanta
parte como yo. Partillo hemos deſta
manera : Tu picaras vna vez, y yo
otra; con tal que me prometas, no tomar
cada vez mas de vna vua. Yo hare lo
miſmo, haſta que lo acabamos : y deſta
ſuerte; no aura engaño.

Hecho aſsi el concierto començamos, mas
luego al ſegundo lance, el traydor mudo propoſito y començo a tomar de dos
en dos, conſiderando que yo deuria hazer lo miſmo.

Como vi que el que braua la poſtura,
no me contente yr a la par con el, mas
aun paſſaua adelante, dos a dos y tres a
tres y como podia las comia.

touché, & pource il accorda d'en faire
vn banquet, tant pour ne le pouuoir
porter, que pour me contenter : car il
m'auoit donné ce iour là, plusieurs hor-
rions & coups de genouils.

Nous nous asseimes pres d'vne haye,
& il me dit : Ie veux maintenant vser
d'vne liberalité enuers toy, & c'est que
nous mangions ensemble cette grappe
de raisins & que tu en ayes autant que
moy, la partissant en cette sorte. Tu en
prendras vn raisin & moy vn autre, à
la charge que tu n'en prendras qu'vn à
la fois, & i'en feray de mesme, iusqu'à
ce que nous acheuions. Et en cette maniere, n'y aura point de tromperie.

L'accord ainsi faict, nous commençasmes ; mais dés la seconde prise le
traitre changea d'aduis & commença
à les prendre deux à deux, se doutant
bien que i'en ferois de mesme.

Comme ie veis qu'il contreuenoit à
l'accord, ie ne me contentay d'en faire
comme luy, ains commençay à les
prendre non seulement deux à deux
mais trois à trois, les mangeant comme ie pouuois.

Acabado el razimo, estuuo vn poco
con el escobajo en la mano : y menean-
do la cabeç , dixo : Lazaro , enga-
ñado me has : iurare yo a Dios que has
tu comido las vuas , tres a tres.

No comi , dixe yo. Mas porque sos-
pechays esso?

Respondio el sacagissimo ciego : Sabes en que veo que las comistes tres a
tres , en que comia yo dos a dos y cal-
lauas.

Reyme entre mi , y aunque mochacho
note mucho la discreta consideracion del
ciego. Mas por no ser prolixo , dexo
de contar muchas cosas assi gratiosa como de notar , que con este mi primer
amo me acaecieron : y quiero dezir el
despidiente , y con el acabar.

Estauamos en Escalona , Villa del Duque Delle , en meson : y dio me vn pedaço de longaniza , que le asasse. Y a que la
longaniza auia pringado , y comido se
las pringadas , saco vn marauedi de la
bolsa , y mando me que fuesse por el de
vino

Ayant acheué, il tint quelque temps
la rappe en fa main, puis branlant la
tefte me dit: Lazare tu m'as trompé: Ie
feray bien ferment à Dieu, que tu as
mangé les raifins trois à trois.

Excufez moy, luy dis-je. Mais pourquoy foupçonnez vous cela ?

Sçais-tu à quoy ie recognois que tu les
as mangez trois à trois (repliqua le tres
fin aueugle) c'eft à ce que ie les mangeois deux à deux, & tu n'en difois mot.

I'en ris à part moy & notay bien la
difcrette confideration de l'aueugle, encor que ie fuffe bien ieune. Mais pour
n'eftre prolixe, i'obmets à vous reciter
plufieurs chofes autant plaifantes que
remarquables, lefquelles m'aduindrent
auecque ce mien premier maiftre ; pour
vous raconter feulement la derniere,
& finir auec icelle.

Eftants en vne hoftellerie à Efcalon-
ne, ville capitale du Duché, il
me bailla vn morceau d'andoüille
pour faire roftir. Et comme l'andoüille euft degoutté, & qu'il en euft
mangé les rofties engraiffées, il tira vn fol de fa bourfe, & me com-

C

vino a la Tauerna.

Puſo me el demonio el aparejo delante los ojos , el qual (como ſuelen dezir)
haze el ladron : y fue , que auia cabe
el fuego vn nabo pequeño larguillo y
ruynoſo , y tal que por no ſer para la
olla deuio de ſer echado aili.

Y como al preſente nadie eſtuuieſſe
ſino el y yo ſolos , como me vi con apetito goloſo , auiendo me pueſto dentro el
ſabroſo olor de la longaniza , del qual
ſolamente ſabia que auia de gozar ; no
mirando que me podria ſuceder , poſpue-
ſto todo el temor : por cumplir con el
deſſeo , en tanto que el ciego ſacaua de
la bolſa el dinero , ſaque la longaniza
y muy preſto meti el ſobredicho nabo en
el aſſador : el qual mi amo dando me el
dinero para el vino , tomo y començo a
dar bueltas al fuego , queriendo aſſar
al que de ſer cozido por ſus demeritos
auia eſcapado.

Yo fuy por el vino , con el qual no tarde en deſpachar la longaniza : y quando
vine , halle al pecador del ciego que

manda de luy aller querir du vin à la
tauerne.

Le diable m'offrit deuant les yeux
l'occasion (qui comme l'on dit faict le
larron) qui fut, qu'il y auoit aupres du
feu vn petit nauet long & fané, & tel
que pour n'estre bon à mettre au pot, on
le deuoit auoir jetté-là.

Et comme à l'heure nous n'estions
que luy & moy seulement, me trouuant auec vn appetit desesperé, que m'a-
uoit excité le sauoureux flair de l'andoüille, que ie sçauois estre ma part;
toute crainte post-posée, ne regardant
à ce qui m'en pourroit arriuer : Pour
me satisfaire, pendant que l'aueugle
tiroit l'argent de sa bourse, ie tiray
l'andoüille & mis fort habilement le
susdit nauet à la broche; laquelle mon
maistre prit en me baillant l'argent
pour le vin , & commença à tourner
deuant le feu; voulant rostir celuy, qui
auoit eschappé d'estre bouilli par ses
démerites.

En allât querir le vin ie ne tarday gueres à despecher l'andoüille. Et quand ie
reuins, ie trouuay le pauure aueugle qui

tenia entre dos renanadas apretado el
nabo . el qual aun no auia conocido,
por no auer tentado con la mano.

Como tomaſſe las renanadas y mor-
dieſſe en ellas, penſando tambien lleuar
parte de la lorganiƷa ; hallo ſe en frio
con el frio nabo , altero ſe y dixo. Que
es eſto Lazarillo?

Lazaredo de mi (dixe yo) ſi quereys a mi echar algo ! yo no ven de
traer el vino ? Alguno eſtaua ay, y por
burlar haria eſto!

No no (dixo el) que yo no he dexado el aſſador de la mano. No es poſſible.

Yo torne a jurar y perjurar que eſtaua
libre de aquel trueco y cambio , mas
poco me aprouecho , pnes a las aſtucias
del maldito ciego nada ſe le aſcondia.
Leuanto ſe y aſio me por la cabeça y
llego ſe a oler me , y como deuio ſentir
el huelgo , a vſo de buen podenco.

Por mejor ſatisfazer de la verdad,
y con la gran agonia que lleuaua aſien-
do me con las manos , abrio me la boca

tenoit le nauet enferré entre deux morceaux de pain , pour ne l'auoir encores
recogneu au maniement.

Mais comme il print les deux fouppes
de pain & vint à les mordre , penfant
emporter quant & quant vne partie de
l'andoüille, il demeura auffi froid que
le nauet, & tout efmeu me dit, Qu'eft
cecy Lazarille?

Miferable que ie fuis! (dis je) me
voulez vous impofer quelque chofe ?
Ne vien-ie pas de querir du vin Qiel-
qu'vn eftant, ſcy, aura fait cela pour
rire.

Non, non (dit-il) cela ne peut eftre :
car ie n'ay point abandonné la broche.

Ie recommençay à jurer & me parju-
rer , que i'eftois innocent de ce troq &
change : mais cela me feruit de peu, puis
que rien ne fe celoit aux aftuces du maudit aueugle : qui fe leuant, me prit par
la tefte, & s'approcha pour meflairer &
fentir mon haleine , ainfi que fait vn
chien meftif.

Pour mieux fe fatis-faire de la verité,
ainfi tranfporté qu'il eftoit, il m'empoi-
gna, & auec fes mains m'ouurit la bou-

mas de su derecho, desatentadamente
metia la nariz, la qual el tenia luenga
y afilada, aquella sazon con el enojo
se auia augmentado vn palmo, con el
pico de la qual me lliego a la gulilla.

Con esto y con el gran miedo que tenia, y con la breuedad del tiempo, la
negra longaniza aun no auia hecho assiento en el estomago; y lo mas principal, con el destiendo de la cumplidissi-
ma nariz, medio casi ahogando me:
todas estas cosas se juntar on y fueron
causa, que el hecho golosinisa se mani-
festasse, y lo suyo fuesse buelto a su due-
ño. De manera, que antes que el mal
ciego sacasse de mi boca su trompa tal
alteracion sintio mi estomago, que le dio
con el hurto en ella de suerte que su nariz y la negra mal maxcada longaniza,
a vn tiempo salieron de mi boca.

O gran Dios! Quien estuuiera aquella hora sepultado, que muerto ya lo
estaua.

Fue tal el coraje del peruerso ciego,
que si al ruydo no acudieran, pienso no

che plus qu'elle n'auoit accoustumé de
s'ouurir, & follement y mit son nez
qui estoit long & pointu, & qui encores de despit s'estoit alors accreu d'vn
pied, de sorte qu'auec le bout d'iceluy
il m'atteindoit iusqu'au gosier.

Auec cela, la grande crainte que i'a-
uois, iointe à ce que la noire andoüille
n'auoit encore fait digestion en mon
estomach pour le peu de temps qu'elle y
estoit entrée, outre l'estonnement du
nez tres-accompli, qui m'estouffoit
presqu'à demy ; tout cela ensemble oc-
casionna, que le fait & la gourmandi-
se vint à se manifester, ce qui estoit venu de luy, luy retournant. De maniere, qu'auant que le meschant aueugle
retirast sa trompe de ma bouche, mon
cœur se sousleua tellement que tirant
d'iceluy ie reuomis tout le larcin, &
par ainsi son nez & la noire mal mas-
chée andoüille, sortirent en vn mesme temps de ma bouche.

O grand Dieu ! Et que ne fus-je lors
enseueli, puis que i'estois mort aussi bié.

Tel fut le courage du peruers aueugle,
que ie pése qu'il ne m'eust laissé en vie,

me dexara con la vida.

Sacaron me denire sus manos, dexando se las llenas de aquellos pocos cabellos que tenia, arañada la cara y rascuñado el pescueço y la garganta: y esto bien lo merecia, pues por su maldad me venian tantas persecutiones.

Contaua el mal ciego à todos quantos alli se allegauan mis desastres, y daua les cuenta vna y otra vez, assi de la del jarro como de la del razimo, y agora de lo presente. Era la risa de todos tan grande, que toda la gente que por la calle passaua, entraua à ver la fiesta. Mas con tanta gracia y donayre contaua el ciego mis hazañas, que aunque yo estaua tan mal tratado y llorando, me parecia que hazia sin-justicia en no se las reyr.

Y en quanto esto passaua, à la memoria me vino vna couardia y floxedad que hize porque me maldezia, y fue no dexalle sin narizes, pues tan buen tiempo tuue para ello, que la mitad del camino estaua andado; que con solo apretar los

si on n'euſt accouru au bruict.

L'on me tira d'entre ſes mains, qu'ils
luy laiſſerent pleines de ce peu de cheueux qui me reſtoient; le viſage eſcor-
ché , & le chignon du col & la gorge
tout eſgratignez. Ce que ie meritois
bien , puis que par ma mauuaiſtié m'ar-
riuoient tant de maux.

Le mauuais aueugle contoit mes de-
ſaſtres à tous ceux qui ſuruenoient là, &
les leur repetoit vne & deux fois, tant
celuy du pot, que celuy du raiſin, & celuy d'alors. Et telle eſtoit la riſee qu'ils
en faiſoient tous, que tous ceux qui paſſoient par la ruë , entroient pour veoir
la feſte : Car l'aueugle contoit mes
geſtes auec telle grace & facetie qu'encores que ie fuſſe ainſi mal traité & eſ-
pleuré que i'eſtois, ie croyois toutesfois mal faire de n'en point rire.

Pendant que ceci ſe paſſoit, ſes
meſdiſances me firent ſouuenir d'vne
coüardiſe & laſcheté dont i'auois
vſé, en ne luy faiſant perdre le
nez : Car i'en auois eu tant d'oportunité , que la moitié du chemin
en eſtoit faite ; puis qu'en ſerrant

C v

dientes, se me quedaran en casa y con
ser de aquel maluada, pornentura lo
retuuiera mejor mi estomago, que retu-
no la longaniza y no pareciendo ellas,
pudiera negar la demanda. Pluguiera
a Dios que lo vniera hecho, que esto
fuera assi que assi.

Hizieron nos amigos, la mesonera y
los que alli estauan, y con el vino que
para beuer le auia traydo, lauaron me
la cara y la garganta : sobre lo qual
discantaua el mal ciego donayres, diziendo : Por verdad ; mas vino me
gasta este moço en lauatorios al cabo de
año, que yo no beuo en dos. Alo menos Lazaro, eres en mas cargo al vino que tu padre, porque el vna vez te
engendro, mas el vino mil te ha dado
la vida. Y luego contaua quantas vezes me auia descalabrado y harpado la
cara, y con vino luego sanaua.

Yo te digo (dixo) que si hombre en
el mundo ha de ser bien auanturado con
vino, que seras tu. Y reyan mucho los
que me lauauan con esto, aunque yo renegaua. Mas el pronostico del ciego no

seulement les dents, il fuſt demeuré chez
moy ; Et eut peu eſtre , que mon eſtomach l'eut mieux retenu (pour eſtre de
ce meſchant) qu'il n'auoit faict l'andoüille : & iceluy ne paroiſſant plus ,
i'en euſſe peu deſnier la demande. Pleuſt
à Dieu que ie l'euſſe fait , car il n'en
euſt eu autre choſe.

L'hoſteſſe & ceux qui eſtoient là nous
firent amis, & me lauerent la face &
la gorge auec le vin, lequel ie luy auois
eſté querir pour boire: Dequoy le mauuais aueugle ſe mocquoit, diſant : De
verité ce garçon me gaſte plus de vin
en vn an en lauatoires, que ie n'en
boy en deux : au moins Lazare, tu es
plus tenu au vin qu'à ton pere; puis qu'il
ne t'a engendré qu'vne fois, au lieu que
le vin t'a donné mille fois la vie. Et
auſſi toſt contoit, combien de fois il
m'auoit eſcernelé & balafré le viſage,
& qu'incontinent le vin me gueriſſoit.

Ie te dis (me diſoit-il) que ſi homme
du monde doit eſtre bié heureux en vin
ce ſera toy. Dequoy ceux qui me lauoiét
rioient fort, encore que i'en enrageaſſe.
Mais le prognoſtic de l'aueugle ne fut

salio mentiroso, y despues aca muchas vezes me acuerdo de aquel hombre, que sin duda deuia tener espiritu de prophecia; y me pesa de los sinsabores que le hize, aunque bien se lo pague : considerando lo que aquel dia me dixo, salir me tan verdadero como adelante vuestra merced oyra.

Visto esto, y las malas burlas que el ciego burlaua de mi, determine de todo en todo dexalle, y como la traya pensado y lo tenia en voluntad, con este postrer juego que me hizo, afirme lo mas.

Y fue assi, que luego otro dia salimos por la villa a pedir limosna, y auia llouido mucho la noche antes: y porque el dia tambien llouia : y andaua rezando debaxo de vnos portales que en aquel pueblo auia, donde no nos mojauamos: Mas como la noche se venia y el llouer no cessaua, dixo me el ciego : Lazaro este agua es muy porfiada, y quanto lo noche mas cierra, mas rezia : acojamonos

menteur, & du depuis ie me suis resou-
uenu par deça de cet homme, qui sans
doute deuoit auoir l'esprit de prophe-
tie; & me repens des ennuis que ie luy
donnay, combien que ie luy payay
bien : considerant que ce qu'il me dit
ce iour là, m'est veritablement aduenu, comme vous entendrés cy apres.

Cecy veu & les peruerses mocque-
ries que l'aueugle faisoit de moy, ie me
resolus de le quitter du tout ; (car outre
que ie l'auois desja premedité & l'auois
en volonté, ce dernier tour qu'il m'a-
uoit fait m'y auoit fait du tout resoudre.

Ie l'effectuay dés le lendemain, qu'e-
stants allez par la ville pour demander l'aumosne, l'aueugle (pource
qu'il auoit beaucoup pleu la nuict
precedente & qu'il pleuuoit encore ce
matin là) fut contraint quelque temps
de se pourmener en priant sous quelques saillies qui estoient en ce Bourg,
où nous ne nous moüillons point. Mais
comme la nuict venoit & il ne ces-
soit de plouuoir, il me dit Lazare, cette pluye est fort importune, & plus la
nuict s'auance, plus il pleut. Retirons

a la poſada con tiempo.

Por yr alla, auiamos de paſſar vn
arroyo que con la mucha agua yua
grande, yo le dixe: Tio, el arroyo va
muy ancho, mas ſi quereys yo veo por
donde traueſſemos mas ayna ſin nos mo-
jar, porque ſe eſtrecha alli mucho, y
ſaltando paſſaremos a pie anxuto.

Parecio le buen conſejo, y dixo: Diſ-
creto eres, por eſto te quioro bien lleua
me a eſſe lugar donde el arroyo ſe enſan-
goſta, que agora es inuierno y ſabe mal
el agua, y mas lleuar los pies mojados.

Yo que vi el aparejo a mi deſſeo, ſaque le debaxo los portales y lleue la derecho de vn pilar o poſte de piedra que
en la plaça eſtaua, ſobre el qual y ſobre otros cargauan ſaleZidos de aquellas
caſas, y dixe le: Tio, eſte es el paſſo
mas angoſto que en el arroyo ay.

Como llouia rezio y el triſte ſe mo-
jaua, y con la prieſſa que lleuauamos
de ſalir del agua que en cima nos cayα,
y lo mas principal porque Dios le cego

nous auec le temps en la maiſon.

Pour y aller, nous auions vn ruiſſeau
à paſſer, lequel s'eſtoit fort accreu par
la groſſe pluye qui tomboit. Et ie luy
dis : Oncle, le ruiſſeau eſt fort grand,
mais ſi vous voulez ie void par où nous
le pourrons paſſer plus aiſement & ſans
nous mouiller, d'autant qu'il s'y eſtre-
cit fort : ſi qu'en ſautant nous le paſſe-
rons à pied ſec.

Il trouua, mon conſeil bon & me dit :
Tu es diſcret, & pour cela ie t'ayme,
mene moy au droit où le ruiſſeau s'eſtre-
cit : car maintenant qu'il eſt hyuer il
fait mauuais eſtre mouillé, & principalement par les pieds.

Moy qui vis l'opportunité d'effe-
ctuer mon deſir, le menay deſſous des
ſaillies & le mis droit à droit du pillier,
ou jambe de pierre qui eſtoit en ſa place, ſur lequel & autres poſoient les ſaillies de ces maiſons : & luy dis : Oncle,
voicy le plus eſtroit endroit du ruiſſeau.

Or comme il pleuuoit bien fort, le che-
tif ſe mouilloit & nous auions haſte d'e-
uiter l'eau qui nous tomboit ſur la teſte,
& ce qui eſt le plus principal, ce fut que

aquella hora el entendimiento , fue por
dar me del vengença. Creyo se de mi , y
dixo: Pon me bien derecho , salta tu el
arroyo.

Yo le puse bien derecho en frente del
pilar , y doy vn salto y pongo me de
tras del poste , como quien espera tope de
Toro , y dixe le : Sus , salta todo lo que
podrays , porque deys deste cabo del
agua.

Aun a penas lo auia acababo de dezir , quando se abalança el pobre ciego
como cabron , de toda su fuerça arre-
mete , tomando vn passo atras de la
corrida para hazer mayor salto ; y da
con la cabeça en el poste que sono tan
rezio como si diera con vna gran cala-
baça , y cayo luego para atras medio
muerto y hendida la cabeça.

Como , olistes la longaniza , y no el
poste , pues oled le (dixe yo.

Y dexo le en poder de mucha gente que
lo auia ydo a socorrer , y tomo la puerta
de la villa en los pies de vn trote : y

Dieu luy aueugla l'entendement, pour
me donner moyen de me vanger de lui:
tellement qu'il me creust, & dit, mets
moy bien au droict, puis saute le ruis-
seau.

Ie le mis iustement droit à droit du
pillier, puis faisant vn saut me mis derriere ledit pillier, comme qui attend le
coup de Taureau, & luy dis: Sus sautez
le plus loing que pourrés, pour tra-
uerser deça l'eau.

A peine le luy auois-ie dit, que le pauure aueugle se balançoit desja de toute
sa force comme vn bouc, ayant reculé
d'vn pas en arriere pour la course afin
de faire vn plus grand saut: & vint donner de sa teste vn si grand coup contre
le pillier, qu'il en retentist aussi haut
que s'il l'eust heurté d'vne grande cou-
ge: tombant en mesme temps à la ren-
uerse, à demi mort & la teste fenduë.

Comment (luy dis je) vous flairastes,
bien l'andoüille, & n'auez sçeu flairer
le pillier. Or flairez le.

Ie le laissay au pouuoir de plusieurs qui
accoururent à sõ secours & d'vne course ie gaignay la porte de la ville, d'où

antes que la noche vinieſſe , di con migo en Torrijo.

No ſupe mas lo que Dios del hizo, ni cure de lo ſaber.

COMO EL LAZARO SE ASSEN-
to con vn Clerigo , y de las coſas que con el paſſo.

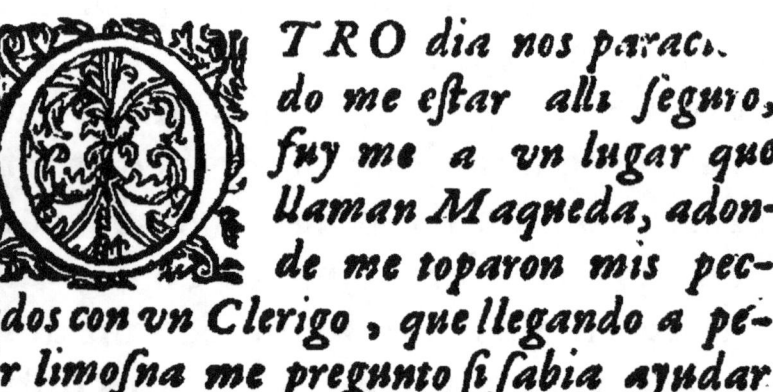TRO dia nos parace do me eſtar allí ſeguro, fuy me a vn lugar que llaman Maqueda, adonde me toparon mis peccados con vn Clerigo , que llegando a pedir limoſna me pregunto ſi ſabia ayudar a Miſſa.

Yo dixe que ſi , como era verdad; que aunque mal tratado, mil coſas buenas me moſtro el pacador del ciego , y vna dellas fue eſta. Finalmente, el Clerigo me recibio por ſuyo.

Eſcape del trueño y di en el relampago , porque era el ciego para con eſte

auant que la nuit vint ie me tranſportay à *Toryos.*

Ie ne ſçay du depuis ce que Dieu fit de luy, ny n'ay cure de le ſçauoir.

COMME LE LAZARE SE MIT
au ſeruice d'vn Preſtre, & ce qui luy aduint auec luy.

E lendemain, ne me ſemblant eſtre là ſeurement, ie m'en allay en vn village que l'on appelle *Maqueda*, où mes pechez me firent rencontrer vn Preſtre, lequel abordant pour luy demander l'aumoſne, me demãda ſi ie ſçauois ayder à dire la Meſſe.

Ie luy dis qu'ouy, comme il eſtoit vray auſſi : car bien que le mauuais aueugle me traitaſt mal, encore me monſtroit-il mille bonnes choſes, l'vne deſquelles fut celle là. Et finalement le Preſtre me receuſt pour ſien.

I'eſchappay du tonnerre & rencheus en l'eſclair, d'autãtque l'aueugle au prix,

vn Alexandre Magno , con ſer la
miſma auaricia , como he contado.

No digo mas , ſino que toda la lazaria del mundo eſtaua encerrada en eſte:
Noſe ſi de ſu coshecha era, o lo auia
anexado con el habito de clerezia.

El tenia vn arca , viejo cerrado con
ſu llaue , la qual traya atada con vn
agujeta del pale toque : Y en viniendo el bodigo de la Igleſia , por ſu mano era luego alli lançado , y tornaua
à cerrar el arca.
En toda la caſa no auia ninguna coſa de comer , como ſuele eſtar en otras
algun tocino colgado al humero , algun
queſo pueſto en alguna table o en al ar-
mario : algun canaſtillo con algunos pedaços de pan que de la meſa ſobran,
que me parece a mi : que aunque dello
no me aprouechara , con la viſta dello
me conſolara.

Solamente auia vna horca de cebollas
y tras la llaue , en vna camara en lo alto

de cettuy cy eſtoit vn Alexandre le grand, bien qu'il fuſt la meſme auarice, comme i'ay dit.

Ie n'en diray dauantage, ſinon que toute la chicheté du monde eſtoit encloſe en cettuy cy : & ne ſçay ſi elle eſtoit de ſon propre, ou s'il l'auoit annexée à ſon habit de Preſtriſe.

Il auoit vn vieux coffre fermant à clef (laquelle il portoit attachée à l'vne des eſguillettes de ſon ſaye) dans lequel il ſerroit ſes pains d'offrande auſſi toſt qu'il les rapportoit de l'Egliſe, le refermant en meſme temps luy-meſme.

Il n'y auoit choſe aucune à manger en toute ſa maiſon, comme il y a ordinairement en autres, ſoit quelque jambon pendu à la cheminée, ou quelque fromage poſé ſur quelque tablette, ou en l'armoire, ou quelque petit panier auec quelques morceaux de pain de reliefs de la table : au moins que ie peuſſe veoir : Car bien que ie n'en euſſe deu manger, la veuë au moins m'euſt conſolé.

Il y auoit ſeulement vne botte d'oignons enfermée à la clef dans la plus

de la cafa. Deftas tenia yo de racion,
vna para cada quatro dias. Y quando
le pedia la llaue para yr por ella fi alguno eftaua prefente , echaua mano al
falfopeto , y con gran continencia la de-
fataua y me la daua , diziendo; Toma,
y buelue la luego , no hagays finon go-
lofinar. Como fi debaxo della eftunie-
ran todas las conferuas de Valencia,
con no auer en la dicha camara como
dixe , maldita la otra cofa que las cebollas colgadas de vn clauo ; las quales
el tenia tambien porcuenta , que fi por
malos de mis pecados me defmandara
a mas de mi taffa , me coftara caro.
Finalmente yo me finaua de hambre,
pues ya que comigo tenia poca caridad,
configo vfaua mas.

Cinco blancas de carne era fu ordina-
rio para comer y cenar , verdad es que
partia comigo del caldo, que de la carne como la ay en el ojo , fino vn poco
de pan : y pluguiera a Dios , que me
demediara.

haute chambre de la maison, desquels il
me donnoit, à raison d'vn pour quatre
iours. Et quand ie luy demandois la clef
en la presence de quelqu'vn pour en aller querir, il foüilloit en sa pochette &
auec grande continence l'a destachoit,
& me l'a baillant disoit: Tien & l'a rap-
porte incontinent, tu ne fais que frian-
der, comme si toutes les conserues &
confitures de Valence eussent esté en-
fermées sous ceste clef, au lieu qu'il n'y
auoit en ladite chambre nul autre chose que les oignons pendus à vn clou;
desquels il retenoit si bien le compte,
que si de malheur ie me licenciois à en
prendre plus que d'ordinaire , cela me
coustoit bien cher. Et en fin ie mourois
de faim, n'vsant de si peu de charité enuers luy qu'il en vsoit enuers moy.
C'estoit son ordinaire, d'auoir pour cinq
blanques de chair, pour disner & souper.
Il est bien vray qu'il m'en donnoit du
potage mais de la chair, aussi peu que
i'en ay en l'œil; auec vn peu de pain,
dont pleust à Dieu qu'il m'eust à demy
rassasié.

Los Sabados comense en esta tierra cabeças de carnero, y embiaua me por vna que costaua tres marauedis. Aqui la le cozia, y comia los ojos y la lengua, y el cogote y sesos, y la carne que en las quixadas tenia : daua me todos los huessos roydos, y daua me los en el plato, dixiendo : Toma come, triompha ; que para ti es el Mundo : Mejor vida tienes que el Papa.

Tal te-la de Dios, dezia yo passo entre mi.

A cabo de tres semanas que estuue con el, vine a tanta flaqueza que no me podia tener en las piernas de pura hambre. Vi me claramente ya a la sepultura, si Dios y mi saber no me remediaran.

Para vsar de mis mañas no tenia aparejo por no tener en que dalle salto : y aunque algo vuiera no pudiera cegalle como hazia al que Dios perdone, si de aquella calabaçada fenecio : que todauia aunque astuto, con faltalle aquel preciada sentido, no me sentia. Mas este otro

En ce pays là, l'on mange les teſtes
de mouton les Samedis, & il m'en en-
uoyoit querir vne, qui couſtoit trois marauedis & laquelle ie luy faiſois cuyre.
Et il en mangeoit les yeux, la langue,
le derriere & la chair qui eſtoit aux
maſchoires, puis m'en donnoit tous les
os rongez dans le plat, me diſant : tien,
mange, triomphe : car c'eſt pour toy le
môde. Tu as meilleur téps que le Pape.

Dieu t'en donne vn pareil, diſois-ie
tout bas à part moy.

Au bout de trois ſepmaines que ie fus
auec luy, ie deuins ſi debille que de pure
faim ie ne me pouuois ſouſtenir ſur mes
jambes, & me veis clairement au chemin de la ſepulture, ſi Dieu & mon
ſçauoir n'y euſſent pourueu.

Ie n'auois moyen d'vſer de mes fi-
neſſes pour n'auoir en quoy le tromper,
& quand bien i'euſſe trouué dequoy
ie n'euſſe peu toutefois l'aueugler comme ie faiſois celuy auquel Dieu pardonne, s'il eſt mort de la ſuſdite
ſaloche : Lequel (bien que cauteleux) ne me deſcouuroit pour eſtre priué de ce precieux ſentiment : Mais

D

este otro, ninguno ay que tan aguda vista tuuiesse como el tenia.

Quando al ofertorio estauamos, ninguna blanca en la concha caya, que no era del registrada El vn ojo tenia en la gente, y el otro en mis manos.

Baylauan le los ojos en el caxo, como si fueran de azogue. Quantas blancas ofrecien, tenia por cuenta.

Acabado el offrecer, luego me quitaua la concheta, y la ponia sobre el altar. No era yo señor de azir le vna blanca, todo el tiempo que con el biui, o por mejor dezir mori.

De la tauerna nunca le traxe vna blanca de vino, mas aquel poco que de la ofrenda auia metido en su arcaz, compassaua de tal forma, que le duraua toda la semana. Y por ocultar su gran mezquindad, dezia me: Mira moço, los Sacerdotes han de ser muy templados en su comer y beuer; por esto, yo no me desmando como otros. Mas el lazerado mentia falsamente, porque en Confra-

quand à cét autre-cy, nul ne peut auoir
la veuë meilleure qu'il auoit.

Quand il faifoit l'offrande, aucune blá-
que n'eftoit mife au baffin qui ne fuft par
luy enregiftrée, car il auoit vn œil fur
l'affiftance, & l'autre fur mes mains.

Les yeux luy tournoient en la tefte
comme s'ils euffent efté de vif argent,
& retenoit le compte d'autant de blanques que l'on luy offroit.

L'offrá de acheuée, il m'oftoit auffi toft
le baffin & le mettoit fur l'autel, fi qu'é
tout le temps que ie vefquis, ou pour
mieux dire, que ie mourus auec luy, ie
ne luy peus defrober vn feul double.

Ie ne luy allay iamais querir pour vne
feule blanque de vin à la tauerne, car
il mefnageoit fi bien ce peu qu'on luy
donnoit aux offrándes qu'il enfermoit
dedans fon coffre, qu'il luy duroit toute la femaine. Et pour couurir fa grande chicheté, il me difoit : Remarque,
garçon, que les Preftres doiuent eftre
fort fobres en leur manger & boire,
& pource ie ne me licencie comme les autres. Mais le miferable
mentoit fauffement : car aux Confrái-

dias y mortuorios que rezamos , a costa
agena , comia como lobo , y beuia
masque vn Saludador.

Y porque dixe mortuorios ; Dios me
perdonne , que jamais fuy enemigo de
la naturaleza humana , sino entonces:
y esto era , porque comiamos bien y me
hartauan. Desseaua y aun rogaua a
Dios , que cada dia matasse el suyo.

Quando dauamos Sacramento a los
enfermos , especialmente la extrema
vncion, como manda el Clerigo rezar
a los que estan alli , yo cierto no era el
postrero de la oracion ; y con todo mi
coraçon y buena voluntad rogaua al Señor , no que le echasse a la parte que
mas seruido fuesse como se suele dezir,
mas que lleuasse deste mundo.
Y quando algunos destos escapaua
(Dios me lo perdone) que mil vezes
le daua al diablo , y el que se moria,
otras tantas bendiciones lleuaua de mi di-
chas.

En todo el tiempo que alli estuue , que

ries & mortuaires qui furuenoient, il
mangeoit comme vn loup aux defpens
d'autruy, & beuuoit plus qu'vn Conju-
rateur qui guerit le beftial.

Mais pourquoy dis-ie mortuaires,
Dieu me pardonne, car ie ne fus iamais ennemi de la nature humaine finon alors ; & ce pour autant que nous
y faifions de bons repas , & y eftois raf-
fafié. Ce pourquoy ie defirois & mefme
priois à Dieu, qu'il y en euft vn tous les
iours.

Quand nous portions le Sacrement
aux malades & fpecialement l'extreme
vnction, lors que le Preftre commandoit
aux affiftans de prier Dieu , ie n'eftois
certes des derniers à ce faire : ains de tout
mon cœur & bonne volonté ie priois le
Seigneur, non qu'il en difpofaft à fa
volonté ainfi qu'on a accouftumé de re-
querir, mais qu'il l'appelaft de ce mode.

Et quand aucun d'iceux efchappoit
(Dieu me le pardonne) ie le donnois
mille fois au diable , au lieu que celuy
qui mouroit emportoit de moy autant
d'autres benedictions.

En tout le temps que ie fus-là, qui fut

ferian quafi feys mefes, folas veynte per-
fonas fallecieron : y eftas bien creo que
las mate yo, o por mejor deZir murie-
ron a mi requefta : porque viendo el
Señor mi raueofa y continua muerte,
pienfo que fe holgaua de matar los, por
dar me a mi vida.

Mas de lo que al prefente padecia remedio no hallaua, que fi el dia que
enterrauamos yo biuia, los dias que no
auia muerto, por quedar bien veZado
de la hartura, tornando a mi quoti-
diana hambre, mas lo fentia : De manera, que en nada hallaua defcanfo
faluo en la muerte, que yo tambien para
mi como para ellos otros deffeaua algunas veZes. Mas no la via, aunque
eftaua fiempre en mi.

Penfe muchas veZes yr me de aquel
mezquino amo, mas por dos cofas lo
dexaua. La primera, por no me atreuer
a mis piernas, por temer de la flaqueZa
que de pura hambre me tenia : y la otra,
confideraua y dezia : Yo he tenido dos.

enuiron six mois, il ne mourut seulement que vingt personnes, lesquelles
encore ie croy que ie tuay, ou qui pour
mieux dire, moururent à ma requeste:
d'autant que ie pense que le Seigneur
voyant mon enragee & continuelle
mort, prenoit plaisir à les faire mourir, pour me donner la vie.

Neantmoins ie ne trouuois remede à
ce que j'endurois pour lors: car si ie
viuois le iour que l'on enterroit quelqu'vn, les autres iours qu'il n'y auoit
point de mortuaire, pour estre habitué
à la bonne chere, retournant à ma faim
quotidiane, j'en auois vn plus grand
resentiment, de sorte que ie ne trouuois
repos en autre chose qu'en la mort, laquelle quelquefois ie desirois aussi bien
pour moy, que pour les autres. Mais ie
ne la voyois point, encor qu'elle fust
tousiours en moy.

Ie pensay plusieurs fois m'en aller d'a-
uec ce miserable maistre, mais ie n'en
faisois rié pour deux raisós: La premiere, pour ne m'affieràmes iabes, desquelles ie redoutois la foiblesse prouenáte de
pure faim; & la seconde, pour côsiderer

amos el primero traya me muerto de hambre, y dexando le tope con efte otro, que me tiene ya con ella en la fepultura; pues fi defte defifto y doy en otro mas baxo, que fera fino fenecer.

Con efto no me ofaua menear, porque tenia por fe que todos los grados auia de hallar mas ruynes, y a abaxar otro punto, no fonara Lazaro ni fe oyera en el mundo.

Pues eftando en tal aflicion, que el plega al Señor librar della a todo fiel Chriftiano y fin faber dar me confejo, viendo me yr de mal en peor; vn dia qual cuytado, ruyn y lazerado de mi amo auia ydo fuera del Lugar, llego a cafo a mi puerta vn calderero, el qual yo creo que fue Angel embiado a mi por la mano de Dios en aquel habito. Pregunto me fi tenia algo que adobar.

En mi teniades bien que hazer, y no hariades poco fi me remediaffedes, dix-

& me reprefenter, que i'auois eu deux
maiftres, dont le premier m'acheminoit
à la mort par la faim; & que le quittant,
ie m'eftois mis auec cet autre, qui desja auec icelle m'auoit reduit à la fepulture : Si bien (difois-ie) que fi ie quit-
te encores celuy-cy & viens à en trouuer vn pire, que fera-ce finon mourir.

Pour ce ie n'ofois le quitter, tenant
ainfi pour article de foy, que ie deuois
r'écheoir de pis en pis, & d'ailleurs qu'à
trouuer le moins du monde pis, on ne
feroit plus mention au monde de Lazare.

Eftant donc en telle affliction, dont
il plaife au Seigneur deliurer tout fidelle Chreftien, & ne m'y fçachant donner confeil, bien que ie me veiffe aller
en empirant ; vn iour que mon miferab-
ble, mefchant & chiche maiftre s'en
eftoit allé hors du village, vn chaudronnier vint par hazard à noftre porte
(lequel comme ie croy eftoit quelque
Ange que Dieu m'énoyoit en cet habit)
& me demáda fi ie n'auois rié à refaire.

Vous trouueriez en moy affez à refaire & ne feriez peu fi me pouuiez donner

paſſo que no me oyo. Mas como no era tiempo de gaſtar lo en dezir gracias, alumbrado por el Eſpiritu ſanto, le dixe: Tio, vna llaue deſte arca he perdido, y temo mi Señor me açote: Por vueſtra vida veays, ſi en eſtas que trayes ay algunas que le haga, que yo os lo pagare.

Començo a prouar el Angelico caldevero vna y otra de vn gran ſartal que dellas traya, y yo ayudalle con mis flacas oraciones; quando no me cato, veo en figura de panes (como dizen) a cara de Dios, dentro del arcaz: y abierto, dixe le: Yo no tengo dineros que os dar por la llaue, mas tomad de ay el pago.

El tomo vn bodigo de aquellos el que mejor le parecio, y dando me mi llaue ſe fue muy conſento, dexando me mas a mi. Mas no toque en nada por el preſente, porque no fueſſe la falta ſentidas y aun porque me vi de tanto bien ſeñor, parecio me que la hambre no ſe me oſa-

remede, dis je si bas qu'il ne m'ouyt.
Mais comme il n'estoit temps de s'amu-
ser à le remercier, illuminé du S Esprit,
ie luy dis : Oncle, j'ay perdu la clef de
ce coffre, & j'ay peur que mon maistre
me foüette. Ie vous supplie de voir si
entre celles que vous portez il n'y en
a point aucune qui le puis ouurir, & ie
vous la payeray.

L'Angelique chaudronnier commença à en essayer tantost vne, tantost vne
autre, d'vn gros trousseau d'icelles qu'il
portoit, & ie luy aydois auec mes peu
feruêtesoraisôs. Et lors que j'en perdois
toute esperance, ie vis en figure de pain
(côme l'on dit) la face de Dieu dedans
le coffre : lequel ouuert, ie luy dis : Ie
n'ay point d'argent pour vous payer la
clef, mais payez vous en de cecy.

Il print celuy des pains d'offrande qui
luy sembla le meilleur, & me donnât la
clef, s'en alla fort content, me le laissant
encores plus. Mais ie ne touchay à rien
pour l'heure, tât afin qu'il ne s'aperceust
de ce qui y defailloit, que pource que
me voyât Seigneur de tât de biens, il me
sembloit que la faim ne m'oseroit plus

na llegar.

Vino el misero de mi amo, y quiso
Dios no miro en la oblada qu'el Angel
auia lleuado. Y otro dia en saliendo de
casa, abro mi Parayso panal y tomo
entre las manos y dientes vn bodigo y en
dos Credos le hize inuisible, no se me
oluidando el arca abierta y comienço a
barrar la casa con mucha alegria, pareciendo me con aquel remedio, remediar dende en adelante la triste vida.

Y assi estuue con ello aquel dia y otro
gozoso: Mas no estaua en mi dicha
que me durasse mucho aquel descanso,
porque luego al tercero dia me vino la
terciana derecha; y fue que veo a des-
hora al que mataua de hambre, sobre
nuestro arcaz, boluiendo y reboluiendo,
contando y tornando a contar los panes.

Yo dissimulaua, y en mi secreta oracion
y deuociones y plegarias, dezia: Sant
Iuan, yciega le.

Despues que estuuo vn gran rato
echando la cuenta, por dias y de dos con-

aborder.

Mon miserable maiſtre reuint , & Dieu voulut qu'il ne prit pas garde au pain que l'Ange auoit emporté. Et le lendemain , ſorty qu'il fut dé ſa maiſon, i'ouuris mon Paradis de pain & pris entre mes mains & dents vn pain d'of-frande, qu'en moins de deux *Credo* , ie rendis inuiſible, n'oubliant pas à refer-mer le coffre. Puis ie commençay à balier la maiſon d'vne grande allegreſ-ſe , eſperant par ce moyen de pouruoir de là en auant à la triſte vie.

Et ainſi ie demeuray ioyeux tout ce iour-là & le lendemain. Mais ma for-tune ne vouloit que cet aiſe me duraſt long-temps; car dés le troiſieſme iour d'apres, la ſieure tierce me print, de voir à heure induë celuy qui me faiſoit mou-rir de faim , foüiller dedans le coffre, tournant & retournant , contant & racontant les pains.

Ie le diſſimulois, & diſois en mes ſe-crettes oraiſons , deuotions & prieres: Monſieur Sainct Iean , & aueuglez-le.

Apres qu'il euſt eſté long temps à fai-re ſa ſupputation , contant par iours &

tando dixo : Si no tuuiera a tan buen
recaudo esta arca , yo dixera que me
auian tomado della panes : pero de oy
mas , solo por cerrar puerta a la sospecha , quiero tener buena cuenta con ellas. Nueue quedan y vn pedaço.

Nueuas malas te de Dios , dixe yo
entre mi , parecio me con lo que dixo,
passar me el coraçon con saeta de mon-
tero , y començo me el estomago a es-
caruar de hambre , viendo se puesto en
la dieta passada.

Fue fuera de casa , yo por consolar
me abro el arca , y como vi el pan comence lo de adorar (no osando recebillo)
conte los , si a dicha el lazerado se er-
rara ; y halle su cuenta mas verdadera,
que yo quisiera. Lo mas que yo pude
hazer , fue dar en ellos mil besos : y lo
mas delicado que yo pude ; del partido
parti vn poco al pelo que el estaua : y
con aquel passe aquel dia , no tan alegre como el passado.

doigts, il dit, si ce coffre n'estoit en
lieu si seur, ie dirois qu'on m'en auroit
pris des pains : mais d'huy en auant pour
seulement fermer la porte à la suspition,
ie veux en retenir le compte. Il y en reste neuf & vn morceau.

Mauuaises nouuelles te doient Dieu,
dis-ie à part moy. Il me sembla en luy
oyant dire cela, qu'il me perçeoit le
cœur auec vn dard de chasseur ; & l'e-
stomac me commença à panteler de
faim, se voyant reduit à la diette passée.

Sorty qu'il fust de la maison, i'ouuris
le coffre pour me consoler, & comme
i'aperceus le pain, ie commençay à
l'adorer, & n'y osant toucher ie les
comptay, pour veoir si par fortune le
miserable ne s'estoit point trompé.
Mais ie trouuay son conte plus veritable que ie n'eusse voulu. Tout ce
que ie peuz faire, fut de leur dóner mille baisers, & couppay seulement vn peu
de l'entamé par le mesme endroit par
où il en auoit coupé, & le plus mince
que ie peus, & auec cela ie passay ce
iour là, non auec tant d'alegresse que
i'auois fait le passé.

Mas como la hambre crecieſſe, mayormente que tenia el eſtomago hecho a mas pan aquellos dos o tres dias ya dichos, moria de mala muerte; tanto que otra coſa no hazia en viendo me ſolo, ſino abrir y cerrar el arca y contemplar en aquella cara de Dios, que aſſi diZen los niños.

Mas el miſmo Dios que ſocorre a los affligidos, viendo me en tal eſtrecho truxo a mi memoria vn pequeño remedio, que conſiderando entre mi, dixe: Eſte arqueron es viejo y grande y roto por algunas partes, aunque pequeños agujeror: Puede ſe penſar, que ratones entrando en el, haz, en daño a eſte pan. Sacarlo entero, no es coſa conueniente, porque vera la falta el que en tanto me haze biuir. Eſto bien ſe ſuffre.

Y comienço a deſmigajar el pan ſobre vnos no muy coſtoſos manteles que alli eſtauan, y tomo vno y dexo otro: de manera que en cada qual de tres o quatro deſmigaje ſu poco, y deſpues como quien toma drajes lo comi, y algo me

Mais comme ma faim croiſſoit pour
auoir ja habitué mon eſtomach és deux
ou trois iours deſſuſdits à manger dauantage de pain, ie mourois de mal
mort : ſi que me voyant ſeul, ie ne faiſois qu'ouurir & refermer le coffre pour
contempler ce viſage de Dieu, les enfans appellant ainſi le pain.

Mais le meſme Dieu qui ſecoure les
affligez, me voyant en tel deſtroict,
ſuggera à ma memoire vn petit remede,
que conſiderant à part moy, ie dis : Ce
coffre eſt vieil, grand & rompu en quelques endroits, bien que ce ne ſoient
que petits trous. Il pourra penſer que
les rats y entrant, auront endommagé
ce pain : car d'en oſter d'entier il ne le
faut pas, pour autant que celuy s'ap-
perceuroit du deffaut qui m'en fait ſouf-
frir vn ſi grand : Mais il ne me ſoup-
çonnera point de cecy.

Ie cômençay à eſmier le pain ſur quelques nappes, non fort ſomptueuſes qui
eſtoient là; & en pris d'vn & nõ de l'autre, de ſorte que i'en eſmiay de trois ou
quatre vn peu de chacun, puis ie mãgeay
ces miettes comme celuy qui prẽd de la

confole.

Mas el como vinieſſe a comer y abrieſſe
el arca, vio el mal peſar y ſin duda
creyo ſer ratones los que el daño auian
hecho, porque eſtaua muy al proprio
contrahecho, de como ellos lo ſuelen
hazer.

Miro todo el arcaz de vn cabo a
otro y vio le ciertos agujeros por do ſo-
ſpechaua auiam entrado, llamo me diziendo: Lazaro, mira, mira, que
perſecucion ha venido aqueſta noche, por
nueſtro pan.

Yo hize me muy marauillado, preguntando le que ſeria. Que ha de ſer, dixo
el? ratones, que no dexan coſa a vida.

Puſimonos a comer, y quiſo Dios que
aun en eſte me fue bien; que me cupo
mas pan que la lazeria que me ſolia
dar, porque rayo con vn cuchillo todo
lo que panſo ſer ratonado, diziendo:
Come te eſſo, que el raton coſa limpia es.

Y aſſi aquel dia añadiendo la racion
del trabajo de mis manos, o da mis vñas
por mejor dezir, acabamos de comer,

dragee, & m'en confolay aucunement.

Et côme il vint à difner & à ouurir le coffre, il s'apperçeut du dommage & creut fãs doute que ç'auoit efté des rats qui l'auoient faict; car ie l'auois proprement côtrefait, au plus pres qu'ils le fôt.

Il vifita tout le coffre de bout à autre, & y trouua certains trous par où il foupçonnoit qu'ils eftoient entrez, & m'appellant, me dit : Lazare, regarde, regarde, comme noftre pain a efté perfecuté cette nuit?

I'en fis fort dé l'eftôné, luy demãdât que ce pouroit eftre. Il ne le faut point demander refpondit il. Ce font des rats, lefquels n'efpargnent chofe aucune.

Nous nous mifmes à difner, & Dieu voulut qu'il m'en fuft encor'de mieux à ce repas : car il me couppa plus de pain qu'il n'auoit accouftumé de m'en coupper ; d'autant qu'il ratiffa auec vn coufteau, tout ce qu'il penfoit eftre rongé de rat, me difant: Tien mange cela, car le rat n'eft point venimeux.

Et ainfi adiouftât ce iour là la raifô du trauail de mes mains, ou pour mieux dire de mes ongles, nous acheuafmes de

aunque yo nunca empeçaua.

Y luego me vino otro sobresalto ; que
fue ver le andar solicito, quitando clauos de paredes y buscando tabillas ; con
las quales clauo y cerro todos los agujeros de la vieja arca.

O Señor mio (dixe yo entonces) à
quanta miseria y fortuna y desastres,
estamos puestos los nascidos : y quan poco
duram los plazeres desta nuestra traba-
josa vida!

He me aqui , que pensauo con este
pobre y triste remedio remediar y passar
mi Lazaria ; y estaua ya quanto que
alegre y de buen auentura. Mas no
quiso mi desdicha , despertando a este
Lazaredo de mi amo y poniendo le mas
diligencia de la que el de suyo se tenia
(pues los miseros por la mayor parte,
nunca de aquella carecem) agora cerrando los agujeros del arca , cerrasse la
puerta à mi consuelo y la abriesse a mis
trabajos!

Assi lamentaua yo en tanto que mi
solicito carpintero , con muchos clauos

difner, combien que ie ne commen-
çaffe iamais à ce faire.

Auffi-toft vn autre furfaut me furprit
en le voyant chercher ça & là , arra-
chant les cloux des murs & cherchant
de petits ais , auec lefquels il cloüa &
boucha tous les trous du vieux coffre.

O mon Seigneur (dis-ie lors) à combien de miferes, fortures & defaftres,
les viuants font-ils expofez ; & combien peu les plaifirs de cette noftre vie
laborieufe , durent-ils!

Me voicy qui penfois foulager & paf-
fer ma mifere au moyen de ce pauure &
trifte remede, en eftant ja d'autant alegre & bien fortuné. Mais mon malheur en a autrement difpofé, efueillant
ce miferable de mon maiftre & luy donnant beaucoup plus de diligence qu'il
n'en auoit de nature (encores que les
miferables pour la plufpart, n'en manquent iamais) à ce qu'en bouchant
maintenant les trous de ce coffre il vint
à fermer la porte à ma confolation &
l'ouurir à mes trauaux.

Pendant que ie me lamentois ainfi,
mon foucieux charpentier mit fin à fes

y tablillas dio fin a sus obras, diziendo:
Agora dueños traydores ratones, con-
uiene os mudar propofito , que en esta
casa mala medra teneys.

De que salio de su casa , voy a ver
la obra y halle que no dexo en la triste
y vieja arca agujero , ni aun por donde
pudiesse entrar vn Moxquito.

Abro con mi desaprouechada llaue,
sin esperança de sacar prouecho ; y vi
los dos o tres panes començados , los
que mi amo creyo ser ratonados : y dellos todauia saque alguna lazeria , to-
cando los muy ligeramente a vso de es-
gremidor diestro.

Como la necessidad sea tan gran mae-
stra , viendo me con tanta hambre , noche y dia estaua pensando la manera que
tenia para sustentar el biuir : y pienso
para hallar estos negros remedios , que
me era luz la hambre , pues dizen que
el ingenio con ella se auisa , y al contrario con la hartura : Y assi era por
cierto , en mi.

ouurages, auec plufieurs cloux & ta-
blettes, difant; Il vous faut maintenant changer d'auis, meffieurs les trai-
tres rats : car vous trouuerez peu d'ac-
queft en cefte maifon.

Si toft qu'il fut forti de la maifon, i'allay veoir l'ouurage, & trouué qu'il n'a-
uoit laiffé aucun trou au vieux & trifte
coffre, ny feulement par où vne petite
mouche y peuft entrer.

Ie l'ouuris auec ma clef inutile, fans
efperance d'y rien gaigner, & vis les
deux ou trois pains entamez que mon
maiftre croyoit eftre rongez des rats
defquels ie couppay quelque peu, les
touchant auffi legerement qu'vn adroit
efcrimeur porte fa touche.

Or comme la neceffité eft fi grande
maiftreffe, refentant vne faim fi grande, nuit & iour ie premeditois la maniere de me conferuer la vie, & penfe que pour trouuer ces noirs remedes
la faim me feruoit de lumiere : Auffi
dit-on qu'elle fait efueiller l'efprit,
& que la faturité faict le contraire.
Ce que i'efprouuois veritable, en
moy.

Pues eſtando vna noche deſuelado en eſte penſamiento , penſando como me podria valer y aprouechar me del arcaz, ſinti que mi amo dormia , porque lo moſtraua con roncar y en vnos reſoplidos grandes que daua quando eſtaua durmiendo.

Leuante me muy quedito , y auiendo en el dia penſado la que auia de hazer, y dexado vn cuchillo viejo que por alli andaua , en parte do le halaſſe , voy me al triſte arcaz , y por do auia mirado tener menos defenſa , le acometi con el cuchillo , que a manera de barreno del vſe : Y como la antiquiſſima arca , por ſer de tantos años la halaſſe ſin fuerça y coraçon , antes muy blanda y carcomida , luego ſe me rindio y conſintio en ſu coſtado por mi remedio , vn buen agujero.

Eſto hecho , abro muy paſſo la llagada arca , y al tiento de pan que halle partido , hize ſegun de yuſo eſta eſcrito. Y con aquello algun tanto conſolado , tornando a çerrar me bolui a mis pajas , en las quales repoſe y dormi vn poco , lo
qual yo

Estant donc vne nuict, esueillé en ceste pensée, imaginant comme ie me pourrois preualoir & seruir du coffre, i'entendis que mon maistre dormoit, aux ronflemens & grands soufflemens qu'il faisoit en dormant.

Ie me leuay fort doucement, & le iour precedent ayant premedité ce que i'auois à faire, & laissé à dessein vn vieux cousteau (qui trainoit çà & là) en lieu où ie le pouuois bien trouuer, i'allay vers le triste coffre, & l'assaillis auec mon cousteau (dont ie me seruis en lieu de foret) par où ie l'auois recogneu auoir moins de deffense. Et comme ie trouuay le coffre desnué de force & courage, & fort tendre & vermoulu, pour estre si ancien, il se rendit aussi-tost à moy, & consentit qu'vn bon trou se fist à son costé pour mon remede.

Cecy fait, i'ouuris fort coyement le coffre navré , & fis ce qui est cy-deuant escrit au pain qu'à tastons ie trouuay entamé : auec quoy consolé aucunement, ie m'en retournay à ma paillasse , sur laquelle ie reposay , & dormis vn peu. Ce

E

qual yo hazia mal, y echaua lo al no
comer : Y aſſi ſeria , porque cierto en
aquel tiempo , no me deuian de quitar
el ſueño los cuydados del Rey de Fran-
cia.

Otro dia fue por el Señor mi amo viſto el daño, aſſi del pan como del agujero
que yo auia hecho, y començo a dar al
diablo los ratones y dezir : Que diremos
a eſto ? Nunca auer ſentido ratones en
eſta caſa, ſino agora.

Y ſin duda deuia de dezir verdad,
porque ſi caſa auia de auer en el Reyno
iuſtamente dellos preuilegiada, aquella
de razon auia de ſer; porque no ſuelen
morar, donde no ay que comer.

Torna a buſcar claues por la caſa y por
las paredes, y tablillas a ataparſe los.

Venida la noche y ſu repoſo, luego yo
era pueſto en pie con mi aparejo, y quantos el tapaua de dia, deſtapaua yo de noche.

En tal manera fue y tal prieſſa nos dimos

qui m'arriuoit peu souuent, & ce que
i'attribuois au non manger : car pour
certain en ce temps-là les soucis du
Roy de France ne me deuoient empescher de dormir.

Le lendemain le Sieur mien maistre
apperceut le dommage tant du pain que
du trou que i'auois fait, & commença
à donner au diable les rats & dire :
Que dirons nous de cecy ? ne s'estre iamais apperceu qu'il y ait des rats en cette maison, sinon maintenant.

Sans doute il deuoit dire vray, car s'il
y deuoit auoir maison au Royaume à
bon droit exempte d'iceux, par raison
ce deuoit estre celle là, d'autant qu'ils
n'ont accoustumé de demeurer où il n'y
a rien à manger.

Il recommença à chercher contre
les murs & par la maison, des cloux
& petits ais pour les estouper.

La nuict venuë & son repos, i'estois aussi-tost sur pieds auec mon atti-
rail, & autant qu'il en estoupoit le
iour, i'en destoupois, & r'ouurois de
nuict.

Nous en fismes tant, & auec tant de di-

que sin duda por esto se deuio de dezir:
Donde vna puerta se cierra, otra se a-
bre. Finalmente, parecíamos tener a
destajo la tela de Penelope, pues quanto
el texia de dia, rompia yo de noche.

Y en poco dias y noches pusimos la pobre Dispensa de tal forma, que quisiera
quisiera propriamente della hablar, mas
coraças vieias de otro tiempo que no arcaz la llamara, segun la clauazon y
zachuelas sobre si tenia.

De que vio no le aprouechar nada su
remedio, dixo: Este arcaz esta tan mal
tratado y es de madera tan vieia y flaca,
que no aura raton a quien se defienda,
y va ya tal que si andamos mas con el,
nos dexara sin guarda: y aun lo peor, que
aunque haze poca, todauia hara falta
faltando, y me pondra en costa de otro,
tres o quatro reales. El meior remedio
que hallo, pues el de hasta aqui no aprouecha, armare por de dentro a estos ratones malditos.

ligence, qu'indubitablemét on en pouuoit dire : *Qu'où vne porte se ferme*, *vne
autre s'ouure*: Car finalemét il sembloit
que nous eussions la toile de Penelopé
au rabais puis qu'autant qu'il en ourdis-
soit de iour, i'en defaisois de nuict.

En peu de iours & nuicts nous mismes
la pauure Despence en tel estat, que qui
en eust proprement voulu parler, l'eust
plutost qualifiee vieille cuirasse du téps
passé, que coffre, tant elle estoit couuerte de ferrure & de petits cloux.

Quand il vid que ce qu'il y faisoit n'y
seruoit de rien, il me dit : Ce coffre est
en si mauuais estat, & est de bois si
vieil, & pourry, qu'il ne pourra plus re-
sister aux rats ; & desia est deuenu tel,
que si nous y rauodons plus, il ne pourra plus nous seruir ; & ce qui est encor
pis, combien qu'il ne serue de guieres,
si est-ce que me defaillant, il faudra
par necessité que i'en achete vn autre,
lequel me coustera trois ou quatre real-
les. Parquoy le meilleur remede que i'y
trouue, puis que le precedent ne sert
de rien, c'est d'armer le dedans contre
ces maudits rats.

E iij

Luego busco prestada vna ratonera, y
con cortezas de queso que a los vezinos
pedia, contino el gato estaua armado
dentro del arca : lo qual era para mi singular auxilio, porque puesto caso que
yo no auia menester muchas salsas para
comer, todauia me holgaua con las cortezas del queso que de la ratonera sacaua, y sin esto no perdonaua el ratonar del
bodigo.

Como hallasse el pan ratonado y el queso comido, y no cayesse el raton que lo
comia ; danase al diablo y preguntaua a
los vezinos que podria ser, comer el queso y sacar lo de la ratonera, y no caer ni
quedar dentro el raton, y hallar cayda la
trempilla del gato.

Acordaron los vezinos, no ser el raton
el que este daño hazia, porque no fuera
menos de auer caydo alguna vez.

Dixo le vn vezino : En vuestra casa yo
me acuerdo que solia andar vna Culebra, y esta deue de ser sin duda : y lleua

Auſſi toſt il emprunte vne rattiere,
laquelle ayant amorcee de pelcures de
fromage qu'il demandoit aux voiſins,
eſtoit continuellement tenduë au dedans du coffre. Ce qui me ſeruoit
d'vn ſingulier ayde, d'autant que
bien que ie n'euſſe beſoin de beaucoup
de ſaulces pour me donner appetit,
ie prenois toutefois plaiſir à tirer
leſdites pelcures de la rattiere, ſans
laiſſer neantmoins de ronger le pain
d'offrande.

Comme il vint à trouuer le pain rongé & le fromage mangé, ſans que le rat
qui le mangeoit fuſt pris, il ſe donnoit
au diable, & demandoit à ſes voiſins
d'où pouuoit venir cela, que le rat
mangeoit le fromage, & le tiröit de la
rattiere ſans y demeurer pris, bien
qu'il la trouuaſt deſtenduë

Les voiſins luy dirent que ce n'eſtoit
vn rat qui faiſoit ce dommage, parce
qu'au moins il s'y fuſt prins à quelqu'vne des fois.

L'vn d'êtr'eux luy dit à la fin : Il me ſou-
uient qu'vne couleuure alloit autresfois
en voſtre maiſon, ce doit eſtre elle ſans

razon, que como es larga, tiene lugar de
tomar el ceuo; y aunque la coja la trempilla en cima, como no entre toda dentro,
tornase a salir.

Quadro a todos lo que aquel dixo, y
altera mucho a mi amo: y dende en adelante no dormia tan a sueño suelto, que
qualquier gusano de la madera que de
noche sonasse, penfaua ser la culebra
que le roya el arca. Luego era puesto en
pie, y con vn garrotte que a la cabecera
(desde que aquello le dixeron) ponia,
daua en la pecadora del arca grandes
garrotazos, penfando espantar la Culebra.

A los vezinos despertaua con el estruendo que hazia, y a mi no dexaua dormir. Yuase a mis pajas y trastornaua las
y a mi con ellas, penfando que se yua
para mi y se emboluia en mis pajas o
en mi sayo, porque le dezian que de no-

doute: car il y a apparence que comme
elle eſt longue, elle a moyen de prendre l'appaſt; bien que la petite trappe
luy tombe ſur la teſte, elle s'en peut
toutefois bien retirer, pour ne point
entrer toute dedans.

Ce que celuy-là dit fut jugé vray ſem-
blable par tous les autres, & mon maiſtre s'en eſmeut fort, ſi que de là en
auant il ne dormoit de ſi bõ ſomme, que
le moindre ver ou craquetis de bois qui
reſonnoit la nuict ne luy fiſt penſer que
c'eſtoit la couleuure qui rongeoit le
coffre. Et auſſi toſt eſtoit ſur pieds, &
auec vn gros leuier (que depuis qu'on
luy euſt dit ce la il mettoit à ſon cheuet) il venoit donner de grands coups
de baſton ſur le pauure coffre, penſant
eſpouuanter la couleuure.

Il eſueilloit ſes voiſins au bruit
qu'il faiſoit, & m'empeſchoit de
dormir : car il s'en venoit retourner la paille ſur laquelle i'eſtois
couché, & moy quant & quant,
penſant que la couleuure fuſt venuë
ſe fourrer en ma paille, ou en ma iuppe,
ſuiuant ce qu'on luy auoit dit que vo-

che acaecia a estos animales buscando calor, yrse a las cunas donde estan criaturas, y aun mordellas y hazer les peligrar.

Yo las mas vezes hazia del dormido, y en la mañana dezia me el: Esta noche moço, no sentiste nada? Pues tras la Culebra anduue, y aun pienso se ha de yr para ti a la cama, que son muy frias y buscan calor.

Plega à Dios que no me muerda (dezia yo) que harto miedo le tengo.

Desta manera andaua tan eleuado y leuantado del sueño, que mi fe la Culebra o el Culebro por mejor dezir, no osaua roer de noche ni leuantarse al arca: mas de dia, mientras estaua en la Iglesia o por el lugar, hazia mis saltos.

Los quales daños viendo el y el poco remedio que les podia poner, andaua de noche (como digo) hecho trasgo.

Yo vue miedo que con aquellas diligencias no me topasse con la llaue que debaxo de las pajas tenia, y parecio me lo mas segura metella de noche en la bo-

lontiers ces animaux cherchant la chaleur, venoient aux berceaux des enfans,
& mesme les mordoient, & mettoient
en danger de mort.

Le plus souuent ie faisois du dormeur
& il me disoit le matin : N'as-tu rien
senty cette nuict garçon? Car i'ay couru
apres la couleuure, qui se retire comme ie pense, aupres de toy en ton lict :
car elles sont fort froides, & cherchent
la chaleur.

Dieu vueille qu'elle ne me morde :
disois je, i'en ay grande peur.

Il estoit donc tellement aux alteres,
& de si court somme, que ma foy la couleuure, ou pour mieux dire le couleuure, n'osoit plus ronger, ny s'approcher du coffre la nuict : mais ie faisois
mes sauts de iour, pendant qu'il estoit
à l'Eglise, ou par le village.

Voyant ces degasts, & qu'il n'y pouuoit mettre remede, il alloit toute nuict,
comme ie dis, ainsi qu'vn lutin.
I'eus peur que ses diligences luy fissent
trouuer ma clef que ie mettois soubs ma
paille, & me sembla que ie la garderois
plus seurement la nuict dedans ma bou-

ca. porque y a defde que biui conel ciego
la tenia tan hecha b.'z̃, que me acaecio tener en ella doze o quinze marauedis todo en medias blancas, fin que me
eftoruaffe el comer, porque de otra manera no era feñor de vna blanca quel
maldito ciego no cayeffe con ella, no dexando coftura ny remiendo que no me
bufçaua muy a menudo.

Pues affi como digo, metia cada noche la llaue en la boca, y dormia fin re-
celo que el bruxo de mi amo cayeffe con
ella. Mas quando la defdicha ha de
venir, por de mas es diligencia.

Quifieron mis hados o (por mejor dezir) mis pecados, que vna noche que
eftaua durmiendo, la llaue fe me pufo
en la boca que abierta deuia tener, de
tal manera y poftura, quel ayre y refoplo
que ya durmiendo echaua, falia por lo
hueco de la llaue que de cañuto era, y
filuaua (fegun mi defaftre quifo) muy
rezio: de tal manera, que el fobre fal-
fado de mi amo lo oyo, y creyo fin duda fer

che : car deſlors que ie demeurois auec
l'aueugle, i'auois ſi bien accouſtumé de
la faire ſeruir de bourſe , qu'il m'adue-
noit quelquesfois d'y auoir douze ou
quinze marauedis tout en demy blanques, ſans que cela m'empéchaſt de mãger: Car artremét ie n'euſſe peu auoir vn
ſeul denier que le maudit aueugle n'euſt
trouué, ne laiſſant couſture ni rapiece-
ment, qu'il ne taſtonnaſt ſoigneuſemét.

Ainſi donc que ie dis ie mettois chaque nuict ma clef en ma bouche, & dor-
mois ſans apprehenſion que mon ſor-
cier de maiſtre la trouuaſt. Mais quand
le malheur doit arriuer, toute preuoyan-
ce ne ſert de rien.

Mes deſtins (ou pour mieux dire ,
mes pechez) voulurent qu'vne nuict
en dormant la clef ſe tourna, en telle
ſorte & poſture en ma bouche, laquelle
ie deuois tenir ouuerte, que l'air & le
ſouffle que ie iettois en dormant, ſor-
toit par la foirure de la clef qui eſtoit
de cuiure, & ſiffloit (comme mon
deſaſtre voulut) fort haut, en telle
ſorte que mon ſurpris de maiſtre l'entendit, & creuſt eſtre ſans doute le

el siluo de la Culebra, Y cierto lo deuia
parecer.

Leuanto se muy paso con su garrote en
la mano , y al tiento y sonido de la Culebra se llego a mi con mucha quietud,
por no ser sentido de la Culebra Y como cerca se vio, penso que alli en las pajas do yo estaua echado, al calor mio se
auia venido : Leuantando bien el palo,
pensando tener la debaxo y dar le tal gar-
rotazo que la matasse, con tota su fuerça
me descarga en la cabeça tan gran golpe,
que sin ningun sentido y muy mal descalabrado me dexe.

Como sintio que me auia dado, segun yo deuia hazer gran sentimiento
con el fiero golpe ; contaua el que se
auia llegado a mi , y dando me grandes
bozes llamando me procuro recordar-
me. Mas como me to casse con las manos ; tento la mucha sangre que se me
yua y conocio al daño que me auia hecho ; y con mucha priessa fue a buscar
lumbre : Y llegando con ella, hallo me

sifflement de la couleuure, comme de
fait il en deuoit approcher.

Il se leua tout bellement auec son baston en la main & à tastös au sifflemét
de la couleuure, s'aprocha de moy sans
faire bruit, pour n'estre senty de la couleuure. Et cóme il en fut pres, pensant
qu'elle se fust venuë mettre chaudemét
sous moy dans la paille sur laquelle j'e-
stois couché, leuant son baston pour (la
pensant tenir au dessous) luy en donner
tel coup qu'il la peust tuer, de toute sa
force il me deschargea vn si grand coup
sur la teste, qu'il me rendit priué de
tout sentiment, & tout esceruelé.

Comme il s'apperceut qu'il m'auoit
frappé au grand resentiment que ie
deuos produire de l'enorme coup,
il s'approcha de moy (comme il conta
du depuis) & en m'appellant à
haute voix, tascha de m'esueiller.
Mais comme il vint à me toucher auec
les mains, il sentit l'abondance du
sang qui decouloit de moy, & recon-
neut le mal qu'il m'auoit fait. Parquoy
en grande haste alla chercher du feu,
auec lequel reuenant, il me trouua

quexando, todauia con mi llaue en la boca, que nunca la defamparre : La mitad
fuera bien de aquella manera, que deuia
eftar al tiempo que filuaua con ella.

Efpantado el matador de Culebras que
podria fer aquella llaue, miro la facando
me la del todo de la boca, y vio lo que era
porque en las guardas nada de la fuya di-
ferenciaua. Fue luego a prouella, y con ella
prouo el maleficio.

Deuio de dezir el cruel caçador: El raton
y culebra que me dauan guerra y me comian mi hazienda, he hallado.

De lo que fuccedio en aquellos tres dias
figuientes ninguna fedare, por que los tuue en el vientre de la balena: Mas de como
efto que he contado oy (defpues que en mi
torne) dezira mi amo, el qual a quantos
alli venian, lo contaua por extenfo.

Al cabo de tres dias yo torne en mi
fentido, y vi me echado en mis pajas, la
cabeça toda emplaftada y llena de azey-
tes y vnguentos, y efpantado dixe; Que

pleignant toutefois auec ma clef en la
bouche. laquelle ie ne quittay jamais;
bien qu'elle en fust à demi dehors, ainsi
qu'elle estoit lors que i'en sifflois.

Le tueur de couleuures estonné quelle pourroit estre ceste clef, la regarde,
& me la tirant de la bouche, s'aper-
ceut de ce qui estoit, à ce que les gardes estoient toutes semblables à la
sienne. Et aussi tost l'alla esprouuer, &
par ce moyen verifia le malefice.

Le cruel chasseur deuoit bien dire
i'ay trouué le rat, & la couleuure qui
me faisoient la guerre & mangeoient
mon bien.

Ie ne certifiray rien de ce qui se passa
és trois iours d'apres, pour autant que
ie les passay dans le ventre de la balai-
ne: Mais quant à ce que i'ay conté,
ie l'ouys dire à mon maistre apres que
ie fus reuenu à moy: car il le contoit
tout au long à tous ceux qui le venoient veoir.

Au bout de trois iours ie reuins en mõ
bon sens, & me trouuay couché sur ma
paille, la teste pleine d'emplastres, &
d'huilles & vnguents; dont tout estóné

es esto?

Respondio me el cruel Sacerdote : A fe
que los ratones y culebras que me destru-
yan, ya los he caçado.

Y mire por mi, y vi me tan mal tratado, que luego sospeche mi mal.

A esta hora entro vna vieja que ensal-
maua y los vezines, y comiençan me quitar trapos de la cabeça y curar el garrota-
zo : y como me allaron buelto en mi sentido holgaron se mucho y dixeron : Pues ha
tornado en su acuerdo, plazera a Dios no
sera nada.

Ay tornaron denuevo a contar mis cuytas y a rey las, y yo peccador a llorar las.

Con todo esto, dieron me de comer,
que estaua transido de hambre y a penas
me pudieron remediar : y assi de poco en
poco, a los quinze dias me leuante y estuue sin peligro, mas no sin hambre y medio
sano.

Luego otro dia que fui leuantado, el

ie demanday ; Qu'eſt-cecy ?

Le cruel Preſtre me reſpondit : Ma
foy c'eſt que i'ay chaſſé les rats & couleuures, qui me ruinoient.

Ie me contemplay lors, & me voyant
ſi mal traité, ie ſoupçonnay auſſi toſt
mon mal.

Là deſſus, les voiſins & vne vieille
charmereſſe entrerent, qui commencerent à m'oſter les drapeaux de la teſte,
& à curer la playe du coup de baſton;
Et comme ils virent que i'eſtois reuenu
en mon bon ſens, ils en furent fort
ioyeux & dirent : Puis qu'il eſt reuenu
en ſon bon ſens, ce ne ſera rien s'il plaiſt
à Dieu.

Ils recommencerent de nouueau à raconter mes miſeres & à s'en gauſſer,
& moy pauuret à en plorer.

Auec tout cela, ils me donnerent à
manger, & à peine me peurent ils raſ-
faſier, pour autant que i'eſtois tranſi de
faim. Et ainſi peu à peu au bout de quinze iours ie me leuay & fus hors de danger, mais non exempt & hors de faim,
ni du tout guery.

Dés le lendemain que ie fus debout, le

Señor mi amo me tomo por la mano y
saco me la puerta fuera y puesto en la calle dixo me Lazaro, de oy mas eres tuyó
y no mio. busca amo, y ve te con Dios,
que yo no quero en mi compañia tan diligente seruidor No es possible, sino que
ayas sido moço de ciego.

Y santiguando se de mi, como si yo
estuuiera endemoniado, se voluio a meter en casa y cerrar su puerta.

COMO EL LAZARO SE AS-
sento con vn Escudero, y de lo
que le acaecio con el.

 Esta manera me fue força-
do sacar fuerças de flaque-
za, y poco a poco con ayuda
de las buenas gentes, dy comigo en esta insigne Ciu-
dad de Toledo, adonde con
la merced de Dios; dende a quinze dias
se me cerro la herida.

Mientras estaua malo siempre me dauan alguna limosna, mas despues que

Sieur mon maiſtre me print par la main,
& m'ayant tiré hors la porte, eſtant en
la ruë me dit : Lazare, d'huy en auant,
tu ſeras à toy & non à moy : Cherche
maiſtre & t'en vas à Dieu, car ie ne
veux d'vn ſi diligent ſeruiteur que tu
es. Il eſt impoſſible que tu n'aye eſté
garçon d'aueugle.

Et en faiſant le ſigne de la Croix
comme ſi i'euſſe eſté demoniaque, s'en
retourna dans ſa maiſon, en refermant
la porte apres luy.

COMME LE LAZARE SE MIT
au ſeruice d'vn Eſcuyer, & de ce qui
luy arriua auec luy.

E fus ainſi forcé de tirer
forces de foibleſſe, &
m'en vins peu à peu à
l'ayde des bonnes gens,
en ceſte inſigne Ville de
Tolede, où graces à
Dieu ma playe ſe guerit en quinze iours.

Pendant que ie fus bleſſé on me donnoit touſiours quelque aumoſne, mais

estune sano todos me dezian: Tu vellaco
y gallo sero eres busca busca vn amo, à
quien siruas.

Y adonde se hallara esse (dezia yo entre mi si Dios agora de nueuo) como crio
el mundo, no lo criasse?

Andando assi discurriendo de puerta
en puerta, con harto poco remedio (porque ya la Charidad se subio al Cielo) topo me Dios con vn Escudero que yua por
la calle con razonable vestido, bien pey-
nado, su passo y compas en orde.

Miro me y yo el dixo me, Mochacho,
buscas amo? Yo le dixe; Si señor.

Pues vente tras mi (me respondio) que
Dios te ha hecho merced en topar comigo,
Alguna buena oracion rezaste oy.

Yo segui le, dando gracias a Dios por lo
que le oy, y tambien que me parecia segun
su hapito y continente, ser el que yo auia
menester.

Era de mañana quando este mi tercero amo tope, y lleuo me tras si gran

depuis que ie fus gueri, tous me difoient : Tu es vn vaurien & vn gueux,
cherche, cherche vn maiftre à qui tu
feruiras.

Et où fe trouueroit il, difois-ie en moy-
mefme, fi Dieu maintenant ne le creoit
de nouueau, comme il crea le monde?

Allant ainfi difcourant de porte en
porte fans gueres gaigner, pour autant
que la Charité eftoit ia remontee au
Ciel, ie me rencontray auec vn Efcuyer qui paffoit par la ruë, & eftoit
affez bien en conche, bien peigné, &
marchant affez grauement.

Il me regarda & moy luy, & me dit,
Petit garçon, cherche tu maiftre ? Et
ie luy refpondis, ouy monfieur.

Vien t'en donc apres moy (me repliqua-il, car Dieu t'a bien aidé en t'a-
dreffant auec moy. Tu as dit au iour-
d'huy quelque bonne oraifon.

Ie le fuiuis, rendant graces à Dieu de
ce qu'il m'auoit dit, & auffi pource
qu'il me fembloit (à fon habit & main-
tien) eftre celuy dont i'auois befoin

Il eftoit fort matin quant ie rencontray ce mien troifiéme maiftre, & il me

parte de la Ciudad.

Paſſamos por las placas do ſe vendia
pan y otras prouiſiones, y yo penſaua y
aun deſſeaua que alli me queria cargar
de lo que ſe vendia, porque eſta era propria
hora quando ſe ſuele prouuer de lo neceſ-
ſario, Mas muy a tandido paſſo paſſaua,
por eſtas coſas.

Poruentura no le vee aqui a ſu contento,
dezia yo; y querra que lo compremos en
otro cabo.

Deſta manera anduuimos haſta que dio
las onze : entonces ſe entro en la Igleſia
mayor y yo tras el, y muy deuotamente le vy
oyr Miſſa y los otros oficios diuinos,
haſta que todo fue acabado y la gente yda
entonces ſalimos de la Igleſia, y à buen
paſſo tendido començamos a yr por vna
calle abaxo.

Yo yua el mas alegre del mundo, en
ver que no nos auiamos ocupado en buſcar de comer; Bien conſidere, que deuia
ſer hombre mi nueuo amo que ſe
proueya en junto, y que ya la comida
eſtaria

traina apres luy par la plufpart des ruës
de la ville.

Nous paſſions par les places où
l'on vendoit le pain & les autres pro-
uiſions, & ie penſois, & meſme deſirois qu'il m'y vouluſt charger de ce qui
s'y vendoit: car c'eſtoit l'heure proprement que l'on ſe pouruoyoit de ce dont
l'on auoit neceſſité. Mais il y paſſoit à
grands pas.

Peut-eſtre ceux-cy ne luy ſemblent-
ils à ſon gré (diſois-je) & veut en a-
cheter ailleurs.

Nous-nous pourmenaſmes ainſi iuſques ſur les onze heures, qu'il entra en
la grande Egliſe, & moy apres luy, où
ie le vids deuotement ouyr Meſſe & les
autres diuins Offices, iuſques à ce que
tout fuſt acheué, & tout le monde reti-
ré. Et alors nous ſortiſmes de l'Egliſe,
& à bon pas tendu nous commençaſmes à deſcendre aual vne ruë.

Ie le ſuiuois, eſtant le plus ioyeux du
monde, de voir que nous ne nous eſtions
amuſez à chercher à diſner, eſtimant
que ce mič nouueau maiſtre deuoit eſtre
homme de prouiſion, & que le diſner

F

estaria a punto, y tal como desseaua y aun la auia menester.

En estè tiempo dio el relox la vna despues de medio dia, y llegamos a vna casa ante la qual mi amo separo y yo con el: y detribando el cabo de la capa sobre el lado yxquierdo, saco vna llaue de la manga, y abrio su puerta.

Entramos en casa, la qual tenia la entrada obscura y lobrega, de tal manera que parecia que ponia temor a los que en ella entrauan, aunque dentro della estaua vn patio pequeño y rasonables camaras.

Desque fuymos entrados, quita de sobre si su capa, y preguntado si tenia las manos limpias, la sacudimos y doblamos; y muy limpiamente soplando vn poyo que alli estaua, la puso en el.

Hecho este, sento se cabo della, preguntando me muy por extenso de donde era, y como auia venido a aquella Ciudad: y yo le di mas larga cuenta que quisiera, porque me parecia mas con-

eſtoit ià preſt tel que le deſirois, & meſ-
mes en auois beſoing.

Sur ces entrefaites l'horloge ſonna
vne heure apres midy, & nous arriuaſmes à vne maiſon, deuant laquelle mon
maiſtre s'arreſta, & moy auſſi. Et laiſſant pendre le bout de ſon manteau ſur
ſon coſté gauche, tira vne clef de ſa
manche, & ouurit ſa porte.

Nous entraſmes en la maiſon, l'entrée
de laquelle eſtoit ſi obſcure, & lugubre,
qu'elle ſembloit effrayer ceux qui y
entroient, combien qu'il y euſt au dedans vne petite court, & d'aſſez belles
chambres.

Dés que nous fuſmes entrez, il
oſta ſon manteau de deſſus ſes eſpaules, & m'ayant demandé, ſi i'auois
les mains nettes, nous le ſecoüaſines,
& ployaſmes, puis ayant ſoufflé bien
net vn ſiege de pierre qui eſtoit là, il le
mit deſſus.

Cela fait, il s'aſſeit aupres, m'enque-
rant fort au long d'où i'eſtois, & comme
j'eſtois venu en cette ville. Et ie luy en
fis vn plus long diſcours que ie n'euſſe
voulu, pource qu'il me ſēbloit eſtre plus

teniente hora de mandar ponner la mesa
y escudillar la olla, que de lo que pedia.
Con todo esso, yo le satisfize de mi
persona lo mejor que mentir supe, diziendo mis bienes y callando lo de mas,
porque me parecia no ser para en camara.

Esto hecho, estuuo assi xu poca y yo luego vi mala señal, por ser ya casi las dos,
y no le ver mas aliento de comer que a
vn muerto.

Despues desto, consideraua aquel tener cerrada la puerta con llaue, ni sentir
arriba ni abaxo passos de bina persona
por la casa. Todo lo que auia visto eran
paredes, sin ver en ella silleta ni tajo, ni
banco ni mesa, ni aun tal arcaz, como el
de marras. Finalmente, ella parecia casa
encantada.

Estando assi, dixome: Tu moço, has
comido? No Señor, dixe yo, que aun no
eran dadas las ocho, quando con vuestra
merced encontre.

toſt heure de commander de mettre la
nappe, & d'aſſeoir ſur table, que de reciter ce qu'il me demandoit. Et toutesfois ie le ſatisfis de ma perſõne au mieux
que ie luy ſceus mentir, luy mention-
nant mes biens, & luy taiſant le ſurplus
parce qu'il ne me ſembloit eſtre à dire
en vne chambre.

Apres ce il demeura quelque temps
ainſi, & auſſi toſt ie vids vn mauuais ſi-
gnal à ce qu'il eſtoit pres de deux heures, & que neantmoins ie ne le voyois
non plus deſireux de mãger, qu'vn mort.

Outre ce, ie conſiderois qu'il tenoit
ſa porte fermée à la clef, & qu'on n'entendoit marcher perſonne, ny en haut,
ny en bas. Que ie n'auois rien veu en ſa
maiſon que des murailles, n'y ayant ny
petite ſelle, ny banc de cuiſine, ny eſ-
cabelle, ny table, ny meſme vn tel coffre qu'eſtoit celuy de la couleuure, ſemblant proprement eſtre vne maiſon en-
chantée.

Là deſſus il me demande: As-tu diſné,
garçon? Non, Monſieur, luy répondis-
ja: car huict heures n'eſtoient encore
ſonnées quand ie vous ay rencontré,

Pues aunque de mañana (dixo el) yo
auia almorzado, y quando affi como algo
baço te faber que hafta la noche me eftoy
affi : Por effo, paffa te como pudieres,
que defpues cenaremos.

Vueftra merced crea quando efto le oy,
que eftuue en poco de caer de mi eftado,
no tanto de hambre como por conocer, de
todo en todo la fortuna fer me aduer-
fa.

Alli fe me reprefentaron de nueuo mis
fatigas, y torne a llorar mis trabajos, Alli
fe me vino a la memoria la confideracion
que hazia quando me penfaua yr del
Clerigo, diziendo que aunque aquel era
defuenturado y mifero, poruentura topa-
ria con otro peor.

Finalmente, alli llore mi trabajofa vida paffada y mi cercana muerte venide-
ra, y con todo diffimulando lo mejor que
pude, le dixe: Señor, moço foy que no
me fatigo mucho por comer, bendito
Dios. Deffo me podre yo alabar entre
todos mis yguales por de mejor garganta, y affi fuy yo loado della hafta oy dia.

Or nonobstant qu'il fust matin (dit-
il) j'auois déjeuné & ie t'aduertis que
quand ie desieune ainsi, ie ne mange plus
iusqu'au soir. Partant passe toy comme tu pourras iusqu'à ce que nous
souppions.

Croyez, Monsieur, que quand j'ouys
cecy, peu s'en fallut que ie ne vinsse à
tomber de mon haut, non tant de faim,
que pour connoistre que la fortune m'é-
toit du tout en tout contraire.

Ie me representay de nouueau mes fatigues, recommenceay à pleurer mes
trauaux, & me ressouuins lors de la
consideration que ie faisois quand ie
pensois à m'en aller d'auec le prestre,
disant qu'encor qu'il fust bien malheureux & miserable, parauenture toutesfois j'en pourrois rencontrer vne pire.

Finalement e ploray là ma laborieuse
vie passée, & ma prochaine mort future,
& neantmoins dissimulât au mieux que
ie peus, ie luy dis : Monsieur ie suis garçon qui ne me soucie beaucoup du manger, Dieu mercy, & me pourray vanter
d'estre l'vn des plus sobres de tous mes
égaux, comme aussi j'en ay acquis la re-

F iiij

de los amos que yo he tenido.

Virtud es essa, dixo el, y por esso le quer-
ro yo mas, porque el hartar es de los puercos, y el comer regladamente es de los
hombres de bien.

Bien te he entendido, dixe yo entre mi.
Maldita tanta medicina y bondad, como
aquestos mis amos que yo hallo *, hallan
en la hambre.

Puse me a un cabo del portal, y saque
unos pedaços de pan del seno, que me a-
uian quedado de los de por Dios. El que
vio esto, dixo me: Ven aca moço, que comes?

Yo llegue me a el, y mostre le el pan,
Tomo me el un pedaço de tres que eran,
el mejor y mas grande, y dixo me: Por
me vida, que parece este buen pan.

Y como agora (dixe yo) Señor es bueno?

Si a fe dixo el, Adonde lo vuiste? Si
es amassado de manos limpias?

No se yo esso, le dixe. Mas a mi no me
pone asco el sabor dello.

putation enuers les maiſtres que i'ay
ſeruis iuſques à preſent.

C'eſt vne vertu (dit-il) & ie t'en
aymeray de mieux : car c'eſt à faire
aux pourceaux à ſe ſaouler , & aux
hommes vertueux à manger medio-
crement.

Ie t'ay bien entendu, dis-je à part moy.
Maudite ſoit telle bonté & medecine,
que ces maiſt res que ie rencontre trouuent en la faim.

Ie me retiray en vn coin du porche, &
tiray de mon ſein quelques morceaux de
pain qui m'eſtoiēt reſtez de mes aumô-
nes. Dont luy s'apperceuant , me dit :
Vien-çà garçon , que manges-tu?

Ie m'approchay de luy , & luy mon-
ſtray le pain , & de trois morceaux que
j'en auois, il m'en print l'vn, le meilleur,
& plus gros, me diſant : Par ma vie , ce
pain me ſemble eſtre bon.

Et comme maintenant ſeroit- il bon,
Monſieur, luy dis-je?

Si eſt, ma foy , repliqua-il. De qui l'as-
tu eu? Eſt-il peſtry de mains nettes

Ie n'en ſçay rien, luy dis-je: mais tant
y a que ie le trouue bon.

Assi plega a Dios, dixo el probre de mi amo. Y lleuando lo a la boca, començo a dar en el tan fieros bocados, como yo en lo otro. Sabrosissimo pan esta, dixo : por Dios.

Y como la senti de que pie coxqueaua, di me priessa, porque le vi en disposicion si acabaua antes que yo, se comediria a ayudarme a lo que me quedasse, y con esto, acabamos casi a vna.

Començo a sacudir con las manos vnas pocas de migajas y bien mendas, que en los pechos se le auian quedado, y entro en vna camareta que alli estaua, y saco vn jarro desbocado y no muy nueuo : Y desque vuo beuido, combido me con el.

Yo por hazer del continente, dexe : Señor, no bueno vino. Agua es me respondio bien puedes beuer.

Entonces tome el jarro y beui no mucho, porque de sed no era mi congoxa. Assi estuuimos hasta la noche, hablando en cosas que me preguntaua, a las

Plaise à Dieu qu'ainsi soit, dit ce mien pauure maistre: Qui le portant à sa bouche, commença à y mordre d'aussi bonnes bouchées, que moy en l'autre. Et disoit : Par bieu voila de bon pain.

Comme ie reconneus de quel pied il clochoit, ie me hastay, pour le voir en disposition (s'il acheuoit deuãt moy) de se conuier luy-méme de m'aider à manger ce qui me resteroit, si que nous acheuasmes presque en mesme temps.

Il commença à secoüer auec les mains quelques petites miettes & biẽ menuës qui estoient demeurées sur le deuant de son pourpoint, puis entra en vne chambrette qui estoit là, d'où il tira vn pot esbreché, assez vieil ; où dés qu'il eust beu, il m'inuita de boire.

Pour faire de l'abstinent, ie luy dis: Monsieur, ie ne bois point de vin. Mais il repliqua: C'est de l'eau tu en peux bien boire.

Alors ie pris le pot, mais ie n'en beus guere, pour autãt que mon angoisse ne prouenoit de soif. Et nous demeurâmes ainsi iusqu'à la nuit, deuisant de choses

F vj

quales yo le respondi le mejor que supe.

En este tiempo, metio me en la camara donde estaua el jarro de que beuimos, y dixo me : Moço, para te alli, y veras como hazemos esta cama, para que la sapas hazer de aqui adelante.

Puse me de vn cabo y el de otro, y hezimos la negra cama en la qual no auia mucho que hazer ; porque ella tenia sobre vnos bancos vn cañizo, sobre el qual estaua tendida la ropa, que por no estar muy cõtinuada a lauar, se no parecia colchon, aunque seruia del, con harta menos lana que era menester.

Aquel tendimos haziendo cuenta de ablandalle, lo qual era impossible, porque de lo duro mal se puede hazer blando.

El diablo del enxalma maldita la cosa tenia denero de si, que puesto sobre el cañizo, todas la cañas se señalauan y parecian a lo proprio entrecuesto de flaquissimo puerco.

dont il m'enqueroit. A quoy ie luy répondis au mieux qu'il m'eſtoit poſſible.

Là deſſus il me mena en la chambre
d'où il auoit apporté le pot dans lequel
nous auions beu, & me dit : Garçon
mets toy delà, & prens garde comme
nous ferons ce lict, afin que tu le ſça-
ches faire d'huy en auant.

Ie me mis à vn bout, & luy à l'autre,
& fiſmes le noir lict, auquel n'y auoit
pas beaucoup à faire, iceluy n'eſtant
compoſé que d'vn entrelas de roſeaux
tenant à quelques pieces de bois, ſur
lequel eſtoit eſtenduë la robbe, qui
pour n'eſtre ſouuent lauée, ne ſembloit eſtre matelats, encores qu'il s'en-
ſeruiſt auec beaucoup moins de laine
qu'il y en falloit.

Nous l'eſtendiſmes, faiſant eſtat de
l'amollir: mais il eſtoit impoſſible, d'autant que fort mal-aiſément le mol ſe
peut il faire du dur.

Le diable de matelats eſtoit ſi peu
plein, que mis ſur l'entrelas de roſeaux,
iceux roſeaux paroiſſoient au trauers,
& reſſembloient proprement à l'autre
coſté d'vn pourceau fort maigre,

Sobre aquel hambriento colchon, vn alfamar del mifmo jaez, del qual el color
yo no pude alcançar.

Hecha la cama y la noche venida, dixo me, Laẑaro, ya es tarde y de aqui à
la plaça ay gran trecho: tambien en eſta
Ciudad andan muchos ladrones, que
fiendo de noche capean. Paſſemos como
podemos y mañana veniendo el dia Dios
hara merced, porque yo por eſtar fclo no
eſtoy proueydo, antes he comido eſtos dias
por alla fuera: mas agoṛa, ṣazer lo hemos de otra manera.

Señor de mi (dixe yo) ninguna pena
tenga vueſtra merced, que bien fe paſſar
vna noche y aun mas, fi es meneſter, fin
comer.

Biuiras mas fano, me reſpondio; porque como deziamos oy, no ay tal cofa en
el mundo para biuir mucho, que comer
poco.

Si por eſſa via es (dixe entre mi) nunca yo morire, que fiempre he guardado
eſſa regla por fuerça, y aun eſpero en

Sur cét affamé matelats nous mifmes
vne couuerture de laine de mefme valeur, de laquelle ie ne peus iuger la
couleur.

Le lict fait & la nuict venuë, il me
dit : Lazare, il eft defia tard, & y a
loing d'icy à la place, outre que depuis
qu'il eft nuict, plufieurs larrons raudent
par cette ville, qui vollent les manteaux, paffons-nous comme nous pourrons, & demain dés le matin Dieu nous
pouruoyera : car pour autant que i'eftois
feul, ie n'ay nulles prouifions, ayant ces
iours paffez pris mes repas dehors,
mais d'ores en auant il nous faudra faire autrement.

Monfieur (luy dis-je) ne vous met-
tezen peine de moy, car ie pafferay bié
vne nuict fans manger, & voire dauantage, fi befoing eft.

Tu en viuras plus longuement (me repartit-il) car comme nous difions tantoft, il n'y a rien qui entretienne mieux
la fanté, que le fobre manger.

Si cela eft (dis-je en moy-méme)ie ne
mourray iamais : car i'ay toûjours gardé
cette regle par force, & efpere encores

mi defdicha a tenella toda mi vida.

Acoftofe en la cama, poniendo por cabecera las calças y el jubon; y mando me
echar a fu pies. Lo qual yo hize, mas
maldito el fueño, que yo dormi, porque
las cañas y mis falidos hueffos en toda
la noche dexaron de rifar y encender fe,
que con mis crabajos, males y hambre,
pienfo que en mi cuerpo no auia libra
de carne: y tambien como aquel dia no
auia comido cafi nada, rauiaua de ham-
ber, la qual con el fueño no tenia ami-
ftad.

Maledixe me mil vezes (Dios me lo
perdone) ya mi ruin fortuna, alli lo mas
de la noche, y lo peor, no ofando me re-
boluer por no defpartalle, pedia Dios muchas vezes la muerte.

La mañana venida leuantamonos, y
comiença a limpiar y facudir fus calças y
jubon fayo y capa, y yo que le feruia de
pelillo, y vifte fe me muy a fu plazer de
efpacio, eche le agua manos.

en mon malheur, de l'obſeruer toute
ma vie.

Il ſe coucha au lit, & fit vn cheuet de
ſes chauſſes, & de ſon pourpoint, me
cõmandant de me coucher à ſes pieds.
Ce que ie fis : mais maudit le ſomme
dont ie dormis, d'autant que les roſeaux
& mes os perçant la peau, ne ceſſerent
toute la nuit de ſe colerer & quereller:
car pour les trauaux, maux & faim que
j'auois endurez, ie penſe qu'il n'y auoit
vne liure de chair en tout mon corps,
joint que pour n'auoir quaſi rien mangé ce iour là, j'enrageois de faim, laquelle n'eſt amie du ſommeil.

En la plus part de la nuict ie mau-
dis mille fois moy, & ma mauuaiſe fortune (Dieu me le pardonne) & qui pis
eſt, ne m'oſant remuer de peur de
l'éueiller, ie requis pluſieurs fois la
mort à Dieu.

La matinée venuë, nous nous leuaſmes
& il commença à nettoyer & ſecoüer
ſes chauſſes, pourpoint, iuppe & manteau, & (luy ſeruant de vergettes à nettoyer) ie le veſtis fort à ſon plaiſir &
loiſir, & luy baillay à lauer.

Peyno se y puso se su espada en el talauarte, y al tiempo que la ponia, dixo
me: O si supiesses moço que pieça es esta
no ay marco de oro en el mundo parque yo
la diesse: mas assi ninguna de quantas
Antonio hizo, no acerto a ponelle los aze-
ros tan prestos, como esta los tiene.

Y saco la de la vayna, y tento la con
los dedos, deziendo: Ves la aqui, yo obli-
go con ella cercenar vn copo de lana.

Y yo, dixe entre mi, con mis dientes,
aunque no son de azero, vn pan de quatre
libras.

Torno la meter y ciño sela, y vn sar-
tal de cuentas gruessas del talauarte, y
con vn passo sossegado y el cuerpo derecho,
haziendo con el y con la cabeça muy
gentiles meneos, echando el cabo de la
capa sobre el ombro y a vezes so el
braço, y poniendo la mano derecha
en el costado, salio por la puerta, diziendo: Lazaro, mira por la casa en
tanto que voy a oyr Missa, y la cama, y
ve por la vasija de agua al rio que aqui
baxo esta, y cierra la puerta con llaue, no

Il fe peigna , & mit fon épée en fon porte-épéé , & en l'y mettant , me dit: O garçon , fi tu fçauois quelle piece voicy ; il n'y a marc d'or au monde pour lequel ie la vouluffe donner : car auffi entre toutes celles que fit iamais Antoine, il n'en a point fait de fi bonne trempe , ny de fi bon acier qu'eft cel-le-cy.

Et la tirant de la guaine , la taftoit auec les doigts, difant: Regarde-la icy, ie ga-ge d'en couper vne poupée de laine.

Et moy (dis-je à part moy) auec mes dents, combien qu'elles ne foient d'a-cier , vn pain de quatre liures.

Il la renguaina , & fe la ceignit auec vne écharpe de groffes patenoftres, puis d'vn graue marcher tenãt le corps droit & faifant auec iceluy & la tefte , de fort gentilles geftes, iettant le bout de fon manteau, tantoft fur fon épaule , & par fois fous le bras, mettant la main droi-cte au cofté, il fortit par la porte, difant: Lazare prens garde à la maifon pendãt que ie vay ouyr Meffe, fais le lit , & va querir plein le pot d'eau à la riuiere qui eft là bas : mais fermes la porte à la clef.

nos liuren algo, y pon la aqui al quicio,
porque ſi yo viniere en tanto, pueda entrar.

Y ſube ſe por la calle arriba, con tan
gentil ſemblante y continente, que quien
no le conociera penſara ſer muy cercano pariente al Conde de Arcos, o a lo menos
camarero que le daua de veſtir.

Bendito ſeays vos Señor que de yo diziendo que days la enfermedad y poneys
el remedio : Quien encontrara a aquel
mi Señor, que no pienſe ſegun el contento de ſi lleua, auer a noche bien cena-
do y dormido en buena cama ; y aunque
agora es de mañana, no le cuenten por
bien almorzado ? Grandes ſecretos ſon
Señor los que vos hazeys, y las gentes
ignoran.

A quien no engañara aquella buena
diſpoſicion y razonable capa y ſayo, y
quien penſara, que aquel gentil hombre
ſe paſſo ayer todo el dia con aquel men-
drugo de pan, que ſu criado Lazaro truxo vn dia y noche en el arca de ſu ſeno,
do no ſe le podia pegar mucha limpie-

afin qu'on ne nous dérobe rien, & mets-
la icy au piuot de la porte, afin que si ie
reuiens cependant, ie puiſſe entrer.

Et s'en alla ainſi à mont la ruë, auec vn
ſi gentil maintiẽ, & telle apparence, que
qui ne l'euſt connu, l'euſt penſé eſtre
proche parent du Comte d'Arcos, ou à
tout le moins ſon valet de chambre.

Beniſt ſoyez-vous, Seigneur, demeu-
ray-je diſant qui enuoyez la maladie,
& y pouruoyez de remede. Qui eſt-ce
qui rencontrera ce mien maiſtre, qui
ne iuge au contentement qu'il monſtre de ſoy, qu'il ſoupa hier au ſoir
tres-bien , & cette nuiĉt a dormy en
bon liĉt, & meſme à deſieuné ce matin?
Grands ſont les ſecrets que vous ope-
rez, Seigneur, ils ne peuuent eſtre conneus des hommes.

Qui eſt-ce qui ne ſeroit trõpé à ce braue maintiẽ, & à ces mediocres cappes &
iuppes? Et qui penſeroit que ce Gentil-
hõme ſe paſſa hier tout le iour de cette
bribbe de pain, que ſõ ſeruiteur ʟazare
auoit portée vn iour & vne nuiĉt dedans
le coffre de ſon ſein, où il ne s'y pouuoit
attacher guere de netteté? Et qu'auiour-

za: Y oy lauando se las manos y cara, a
falta de paño de manos, se hazia seruir
de la halda del sayo. Nadie por cierto, lo
sospechara.

O Señor, y quantos de aquestos deueys
vos tener por el mundo derramados, que
padecen por la negra que llaman honrra,
lo que por vos no suffririan.

Assi estauao y a la puerta, mirando y considerando estas cosas, hasta que el Señor
mi amo traspuso la larga y angosta calle.
Zorne mea entrar en casa, y en vn Credo la anduue toda alto y baxo, sin hazer
represa ni hallar en que.

Hago la negra dura cama, y tomo el
jarro y doy comigo en el rio; donde en
vna huerta vi a mi amo en gran requesta
con dos reboçadas mugeres, al parecer
de las que en aquel lugar no hazen falta, antes muchas tienen por estilo de yr
se a las mañanicas del verano a refres-
car, almorzar, sin lleuar que, por aquellas
frescas riberas; con confiança que no

d'huy lauant ses mains & son visage, il s'est fait seruir, à faute d'essuye-mains de la doublure de sa iuppe? Personne pour certain ne le soupçonneroit.

O Seigneur, & combien deuez-vous auoir de ces gens-là parmy le monde, qui souffrent pour cette vanité, qu'ils appellent honneur, ce qu'ils ne voudroient endurer pour l'amour de vous?

Ie demeuray ainsi à la porte à regarder & considerer ces choses, iusqu'à ce que le Seigneur mon maistre eust passé la longue & étroite ruë, & lors ie rentray en la maison, laquelle en vn *Credo*, ie courus tout, haute & bas, sans m'arrester, ny trouuer à quoy.

Ie fis le noir lit, puis pris le pot, & m'acheminay vers la riuiere, où en vne basse court ie veis mon maistre en grands discours auec deux femmes masquées, de celles (à les voir) dont il n'y a faute en ce lieu-là, plusieurs desquelles, tant s'en faut, ont accoustnmé de sortir en Esté tous les matins, pour aller prēdre le frais & déjeuner (sans porter lequoy) le lōg de ces fraisches riues, s'asseurāt qu'elles

ba de faltar quien se lo de, segun las tienen puestas en esta costombre aquellos hi-
dalgos de lugar.

Y como digo , el estaua entre ellas hecho vn Macias, diziendo les mas dulçu-
ras que Ouidio escriuo. Pero, como sintieron del que estaua bien enternecido, no
se les hizo de verguença pedir le de almorzar , con el acostumbrado pago.

El sintiendo se tan frio de bolsa quanto caliente del estomago , tomo le tal calor
frio que le robo la calor del gesto ; y començo a turbar se en la platica , y a poner el excusas, no validas. Ellas que deuian ser bien instituydas , como le sintieron
la enfermedad, dexaron le para el que era.

Yo que estaua comiendo ciertos tron-
chos de verças , con las quales me desa-
yune con mucha diligencia , como moço nueuo sin ser visto de mi amo , torne
a casa: de la qual pense barrar alguna
parte que bien era menester , mas no halle
conque.

Puse me

manqueroient d'y trouuer quelqu'vn
qui leur en donnera, selon la coustume
que leur entretiennent les Gentils-
hommes du païs.

Comme ie dis, il sembloit estre entr'elles vn Macias, leur disant de plus
douces paroles, qu'Ouide n'a iamais
écrit. Mais comme elles sentirent de luy
qu'il étoit bien attendry, ils n'eurent
point honte de luy demander à déjeuner, auec le payement accoustumé.

Luy se sentant aussi froid de bourse
que chaud d'estomac, en conceut vn tel
frisson, que changeant de couleur, il
commença à se partroubler en ses de-
uis, & à leur alleguer des excuses non
receuables ; ausquelles reconnoissant
sa maladie, elles qui deuoient estre bien
dessalées, l'abandonnerent pour tel
qu'il estoit.

Moy qui mangeois certains trognons
de choux, desquels ie fis mon déjeuné,
comme nouueau garçon ie m'en retournay à la maison en grāde diligence, sans
estre apperceu de mon maistre, où pensant en balier vne partie qui en auoit
bon besoin, ie ne trouuay auec quoy.

G

Puse me a pensar que haria, y parecio
me esperar a mi amo hasta que el dia de-
mediasse, y si viniesse y poruentura tra-
xesse algo que comiessemos: mas en vano
fue mi esperança.

Desque vi ser las dos, y no venia y
la hambre me aquexaua, cierro mi puerta y pongo la llaue do mando, y torno
me a mi menester con baxa y enferma
boz, y enclinadas mis manos en los senos; puesto Dios ante mis ojos y la lengua
en su nombre, comienço, a pedir pan por
las puertas y casas mas grandes que me
parecia.

Mas como yo este officio le vuiesse
mamado en leche, quierro dezir que
con el gran maëstro el ciego lo aprendi,
tan suficiente discipulo sali, que aunque
en este pueblo no auia caridad ni el año
fuesse muy abundante, tan buena maña
me di; que antes que el relox diesse las
quatro, ya yo tenia otras tantas libras

Ie me mis à penſer que ie ferois, &
trouuay bon d'attendre mon maiſtre
iuſqu'à midy, pour voir s'il viendroit, &
n'apporteroit point parauenture quelque choſe dequoy diſner , mais mon
eſperance fut vaine.

Comme ie veis qu'il ne venoit, encores que deux heures fuſſent ſonnées, la
faim me preſſant, ie fermay la porte, &
en mis la clef où il m'auoit dit, puis recommençay à faire mon meſtier auec
vne baſſe & debile voix, les bras croi-
ſez, & mains cachées dedans mon ſein,
Dieu objecté deuant mes yeux , & ſon
nom eſtant ſur ma langue, & cōmençay
à mandier du pain par les portes & maiſons qui me ſembloient plus apparētes.

Or comme i'auois eſté nourry dés
le berceau en cét office , l'ayant appris auec l'aueugle qui y eſtoit maiſtre paſſé, j'y eſtois ſi ſçauant diſciple,
qu'encores qu'il n'y euſt point de charité en ce peuple , & que l'année n'euſt
eſté beaucoup fertile, ſi eſt-ce que ie
ſceus ſi bien caymander , qu'auant
que l'horloge ſonnaſt quatre heures,
j'auois déja autant de liures de pain

de pan enfiladas en el cuerpo, y mas de otras dos en las mangas y fenos.

Boluy me a la pofada, y al paffar por la tripperia, pedi a vna de aquellas mugeres y dio me vn pedaço de vña de vaca con otras pocas de trippas cozidas. Quando llegue a cafa, ya el bueno de mi amo eftaua en ella, doblada fu capa y puefta en el poyo y el paffeando fe por el patio.

Como entre, vino fe para mi, y penfe que me queria reñir la tardança: mas mejor lo hizo Dios. Pregunto me do venia, yo le dixe: Señor, hafta que dio las dos eftuue aqui; y de que vi que veftra merced ne venia, fuy me por effa Ciudad a encomendar me a las buenas gentes, y han me dado efto que veys. Moftre le el pan y las tripas, que en vn cabo de la halda traya.

A lo qual el moftro buen femblante, y dixo: Pues esperado te he a comer, y de que vi que no venifte, comi: Mas tu hazes como hombre de bien en effo, que

enfilées dans le corps, & plus de deux
autres en mes manches & fein.

Ie m'en retournay vers la maifon, &
en paffant par la tripperie, ie demanday
à l'vne des trippieres, qui me donna vn
morceau d'ongle de vache, auec quelque peu d'autres trippes cuittes. Et
quand j'arriuay à la maifon, mon bon
maiftre y eftoit defia, fa cappe ployée
& mife fur le fiege de pierre, luy fe
pourmenant emmy la court.

Comme j'entray, il s'en vint vers moy,
& penfois que ce fuft pour me tancer
d'auoir tant demeuré, mais Dieu le rendit meilleur : car il me demanda feulement d'où ie venois. Et ie luy dis : Monfieur, ie vous ay icy attendu iufqu'à 2. h.
mais quand i'ay veu que vous ne ve-
niez, ie m'en fuis allé par cette ville me
recommander aux gens de bien , qui
m'ont donné ce que voyez , luy mon-
trant le pain & les trippes que ie tenois
dans l'vn des bouts de mon habillemét.

A quoy il môftra bon vifage, & me dit:
Or ie t'ay attédu à difner, mais quâd i'ay
veu que tu ne venois point , i'ay difné.
Mais tu fais en cecy comme homme de

mas vale pedillo por Dios, que no hurtalle; y aſſi el me ayude, como ello me parece bien : Y ſolamente te encomiendo no ſepan que bines comigo, por lo que toca a mi honra : aunque bien creo que ſera ſegreto, ſegun lo poco que en eſte pueblo ſoy conocido : nunca a el yo vuiera de venir.

Deſſo pierda Señor cuydado, le dixe yo, que mal dito aquel que ninguno tiene de penir me eſſa cuenta, ni yo de dalla.

Agora pues come pecador (dixo el) que (ſi a Dios plaze) preſto nos veremos ſin neceſſidad, aunque te digo, que deſpues que en eſta caſa entre, nunca bien me ha ydo, deueſer de mal ſuelo, que ay caſas deſdichadas y de mal pie, que a los que binen en ellas pegan la deſdicha. Eſta dene de ſer ſin duda dellas, mas yo te prometo acabado el mes, no quede en ella, aunque me la den por mia.

Sente me al cabo del poyo, y porque no me tuuieſſe por gloton, calle la me-

bien : car il vaut mieux en demander
pour Dieu, que d'en dérober. Et ainſi
vueille-il m'aider côme ie le trouue bon.
Ie te recommande ſeulement qu'on ne
ſçache que tu demeures auec moy, pour
autant qu'il importe à mon honneur ;
bien que ie croye que cela pourra bien
eſtre ſecret pour le peu que ie ſuis conneu en cette ville, où pluſt à Dieu que
ie ne fuſſe iamais venu.

Ne vous ſouciez de cela, Mr (luy dis-
je) car maudit ſoit celuy qui a enuie de
m'en enquerir, ou moy de le dire.

Dîne donc maintenant pauuret (dit-il)
car s'il plaiſt à Dieu, nous nous verrons
bien-toſt ſãs neceſſité; toutefois ie te dis
que depuis que ie ſuis venu en céte maiſon, nul bien ne m'eſt arriué. Elle doit
eſtre de mauuais fõds, car il y a des maiſons malencõtreuſes & de mauuais pied
qui portent malencontre à ceux qui y
demeurent, & celle-cy en doit eſtre vne.

Mais ie te promets que le mois acheué
ie n'y demeureray plus, quand bien l'on
m'en voudroit donner la proprieté.

Ie m'aſſeis au bout du ſiege de pierre,
& ne luy diſant que j'auois gouſté, afin

rienda y comienço a cenar y morder en mis
tripas y pan.

Dissimuladamente miraua al desuentu-
rado Señor mio, que no partia sus ojos
de mis faldas, que aquellas sazon seruian
nian de plato. Tanta lastima aya Dios
de mi como yo auia del, porque senti lo
que sentia, y muchas vezes auia por
ello passado, y passaua cada dia.

Pensaua si seria comedir me a combi-
dalle, mas por me auer dicho que auia
comido, temia me no accetaria el com-
bite. Finalmente, yo desseaua quel pecador ayudasse a su trabajo del mio y se de-
sayudasse como el dia antes hizo; pues
auia mejor aparejo, por ser mejor la vian-
da y menos mi hambre quiso Dios cumplir mi desseo y aun pienso que el suyo,
porque como comence a comer, el se andaua passeando. Llego se a mi, y dicho
me: Digo te Lazaro, que tienes en comer la mejor gracia que en mi vida vi a
hombre, y que nadie te lo vee, hazes que

qu'il ne me reputaſt gourmand, ie commençay à ſoupper, & mordre en mes
trippes, & en mon pain.

Sans faire ſemblant de rien ie regar-
dois mon mal-heureux maître, lequel ne
leuoit ſes yeux de deſſus le bord de mõ
habit, qui alors me ſeruit de plat. Et
Dieu ait telle compaſſion de moy que
i'en auois de luy, pour auoir ſenty ce
qu'il reſſentoit, & auoir pluſieurs fois
paſſé par là, y paſſãt encor' chacun iour.

Ie penſois s'il me ſeroit ſeant de l'inuiter à manger : mais pour autant qu'il
m'auoit dit auoir dîné, ie craignois qu'il
me refuſaſt. Mais en fin comme ie deſirois que le pauuret aidaſt ſon trauail
auec le mien, & en déjeunaſt comme
il auoit fait le iour precedent, ayant
encor alors dequoy le mieux traitter,
pour auoir meilleure viande, & moins
de faim : D i e v vou!ut accomplir
mon deſir, & lẽ ſien auſſi comme ie
penſe : car comme ie commençay à
manger, & il ſe pourmenoit, il s'approcha de moy, & me dit : Ie te dis,
Lazare, que tu as la meilleure grace à
manger que j'aye iamais veuë à nul hõ-

no le pongas gana, aunque no la tenga.

La muy buena que tu tienes (dixe yo entre mi) te haze parecer la mia hermofa. Con todo, parecio me ayudar le, pues se ayudaua y me abria camino para ello, y dixe le : Señor, el buen aparejo haze buen artifice : Este pan esta sabrosissimo y esta vña de vaca tambien corida y sazonada, que no aura a quien no combide con su sabor.

Vña de vaca es, pregunto el? Si Señor, le dixe yo.

Digo te (dixo el) que es el mejor bocado del mundo, y que no ay Faysan que assi me sepa.

Pues pruene Señor (dixe yo) y veras que tal esta.

Pongo le en las vñas la otra y tres o quatro raciones de pan de lo mas blanco. Assento se me al lado, y comiença a comer, como aquel que lo auia ganado, royendo cada huessezillo de aquellos mejor que vn galgo suyo lo biziera.

me en ma vie, & nul ne te void faire, à qui tu ne donnes appetit, encores qu'il n'en ait point.

La meilleure que tu as (dis-je en moy mesme) te fait iuger la mienne belle. Et là dessus ie trouuay bon de luy ayder, puis qu'il s'aydoit, & m'en ouuroit le chemin; & partant ie luy dis: Monsieur, le bon assaisonnement fait trouuer la viande bonne, & aussi ce pain est tres-bon, & cette ongle de vache si bien cuitte & assaisonnée, qu'elle feroit enuie d'en manger à qui la verroit.

Est-ce vne ongle de vache, demanda-il? Oüy, Monsieur, luy répondis-je.

Ie te dis (me repliqua-il) que c'est le meilleur morceau du monde, & qu'il n'y a Faisan que i'ayme mieux.

Tastez-en donc (luy dis-je) & vous trouuerez qu'elle est telle.

Ie la luy mis és mains auec trois où quatre morceaux de pain du plus blanc, & il s'asseit à costé de moy, & commença à manger, comme celuy qui auoit bien faim, rongeant chaque petit os d'icelle, mieux qu'vn sien leurier n'eust fait.

G vj

Con almodrote (dezia) es este singular manjar.

Con mejor salsa lo comes tu, respondi yo paso.

Por Dios (dixo el) que me ha sabido, como si no vuiera oy comido bocado.

Assi me vengan los buenos años como es ello, dixe yo entre mi.

Pidio me el jarro del agua, y di se lo como lo auia traydo : Es señal, que pues no le faltaua el agua que no le auia a mi amo sobrado la comida.

Beuimos y muy contentos nos fuymos a dormir, como la noche passada. Y por euitar prolixidad, desta manera estuuimos ocho o diez dias, yendo se el pecador en la mañana, con aquel contento y passo contado, a papar ayre por las calles, teniendo en el pobre Lazaro vna cabeça de Lobo.

Contemplaua yo muchas vezes mi desastre, que escapando de los amos ruynes que auia tenido y buscando mejoria, viniesse topar con quien no solo no me mantuuiesse, mas a quien yo auia de mantener.

Cecy eſt vn ſingulier manger auec
vne ſaulce d'ails & fromage, diſoit-il.

Tu la manges encor auec vne meilleure ſaulce, dis-je tout bas.

Par bieu (adjouſta-il) ie l'ay trouuée
auſſi bonne, que ſi ie n'euſſe eu mangé
d'aujourd'huy.

Ainſi me viennent les bons ans comme cela eſt, dis-je en moy-meſme.

Il me demāda le pot à l'eau, & ie le luy
baillay auſſi plein que ie l'auois apporté: Signe, que puiſque l'eau ne luy fail-
loit, il ne lui étoit reſté de viāde à dîner.

Nous beuſmes, & fort contents nous
en allaſmes repoſer comme la nuiƈt paſſée. Et pour éuiter prolixité, nous paſ-
ſaſmes ainſi huiƈt ou dix iours, le pauuret s'en allant le matin auec ce contentement & pas comptez, humer l'air
par les ruës, le pauure Lazare luy ſeruant de teſte de Loup.

Pluſieurs fois ie conſiderois mon deſaſtre, qui échappant des méchans
maiſtres que i'auois eus, & cherchant
mieux, ie m'eſtois rencontré auec qui
non ſeulement ne me nourriſſoit, mais
lequel meſme il me falloit nourrir.

Con todo le queria bien, con ver
que no tenia ni podia mas, y antes le
auia laſtima que en eſtimad: y muchas
vezes, por lleuar a la poſada con que
el lo paſſaſſe, yo lo paſſaua mal. Porque vna mañana leuantando ſe el triſte
en camiſa, ſubio a lo alto de la caſa a
hazer ſus meneſteres; y en tanto yo por
ſalir de ſoſpecha deſemboluy le el jupo y
las calças que a la cabecera dexo, y alle
vna bolſilla de tercio pelo raſo, hecha
cien doblezes, y ſin maldita la blanca ni ſeñal que la vuieſſe tenido mucho
tiempo.

Eſte (dezia yo) es pobre, y nadie da
lo que no tiene: mas el auariento ciego y
el malauenturado mezquino Clerigo, que
con dar ſe los Dios ambos, al vno de mano beſada, y al otro de lengua ſuelta, me
matauan de hambre: Aquellos es juſto
deſamar, y aqueſte es de auer manzilla.

Dios me es teſtigo, que oy dia quando
topo con alguno de ſu habito con aquel
paſſo y pompa, le he laſtima: con penſar
ſi padeſe lo que aquel le vi ſufrir, el qual

Pour tout cela ie ne laiſſois de l'aimer, pour voir qu'il n'auoit, ny pouuoit dauantage, & plûtoſt i'en auois pitié ; enſorte que par pluſieurs fois, pour luy porter à manger, ie ne mangeois à ſuffiſance : car vn matin que le pauuret ſe leua en chemiſe, & alla faire ſes affaires. au haut de la maiſon, pour m'oſter hors de ſoupçon, ie déuelopay cependant ſon pourpoint & ſes chauſſes qu'il auoit laiſſez à ſon cheuet, & y trouuay vne petite bourſe de velours raſe, ployée en cent plis, & ſans aucun denier, ny ſigne qu'il y en euſt eu de long-temps.

Celuy-cy (diſois-je) eſt pauure, & nul ne peut dõner ce qu'il n'a pas, & pource eſt digne de pitié ; mais j'auois iuſte ſujet de n'aymer point l'auaricieux aueugle, & l'infortuné chiche Preſtre, qui bien que Dieu leur dõnaſt des moyens, à l'vn pour bailler ſa main à baiſer, & l'autre pour déployer & vſer de ſa langue, me laiſſoient toutefois mourir de faim.

Dieu m'eſt témoin, que quand maintenant ie rencõtre quelqu'vn de ſon habit & de ſon marcher & maintiẽ, i'en ay pitié, en doutant s'il ne ſouffre point, ce

con toda su pobreza holgaria de seruir,
mas que a los otros, por lo que he dicho.

Solo tenia del vn poco de descontento,
que quisiera yo que no tuuiera tanta presuncion, mas que abaxara vn poco su fan-
tasia, con lo mucho que subio su necessidad: Mas segun me parece, es regla ya
entre ellos vsada y guardada, aunque no
aya cornado de trueco ha de andar el bir-
rete en su lugar: El Señor lo remedie, que
ya con este mal han de morir.

Pues estando yo en tal estado passando
la vida que digo, quiso mi mala fortuna
que de perseguir me no ero satisfecha,
que en aquella erabajada y vergonçosa
biuiendo no durasse. Y fue, como el año
esta tierra fuesse esteril de pan acordaron
el ayuntamento, que todos los pobres estran-
jeros se fuessen de la Ciudad, con pregon;
Que el que de alli adelante topassen, fuesse
punido con açotes.

Y assi executando la Ley, desde a quatro dias que el pregon se dio, vi lleuar

que i'ay veu souffrir à cestuy-là, auquel auec toute sa pauureté, i'aymerois
toutefois mieux seruir qu'aux autres,
pour la raison que i'ay ja dite.

I'estois seulement vn peu mécontent
de luy : car i'eusse bien voulu qu'il n'eût
eu tant de presomption, mais eut vn peu
rabaissé sa fantasie d'autant que sa necessité estoit grande. Mais cõme ie pense, c'est vne reigle vsitée & gardée entr'eux, qu'encore qu'ils n'ayent vaillant
vn carolus, toutesfois le chapeau doit
marcher en son rang. Le Seigneur y remedie, ou ils mourront en ce peché.

Estant donc en tel estat & menant la
vie que ie dis, ma mauuaise fortune qui
n'estoit lassée de me persecuter, ne
voulut encore que ceste laborieuse &
honteuse façon de viure me durast : car
comme l'année auoit esté fort peu fertile en bled, il fut ordonné en assemblée de ville, & publié que tous les pauures estrangers eussent a sortir la ville,
à peine du foüet, contre ceux qui y se-
roient trouuez de là en auant.

En execution de cette Loy, quatre
iours apres la publicatiõ d'icelle, ie veis

vna proceſſion de pobres açotando por las
quarto calles. Lo qual me puſo tan gran
eſpanto, que nunca oſe deſmandar me a
demandar.

Aqui viera quien vello pudiera, la
abſtinençia de mi caſa y la triſteza y ſilencio de los moradores della, tanto que
nos acaëcio eſtar dos o tres dias ſin comer
bocado ni hablar palabra.

A mi dieron me la vida vnas mugercillas hilanderas de algodon, que hazian
bonetes y biuien par de noſotros, con las
quales yo tuue vezindad y conocimiento:
que de la lazeria, que les trayan me dauan alguna coſilla, con la qual muy
paſſado me paſſaua.

Y no tenia tanta laſtima de mi como
del laſtimado de mi amo, que el ocho
dias maldito el bocado que comio; a lo
menos en caſa bien los eſtuuimos ſin comer. No ſe yo como o donde andaua, y
que comia. Y velle venir a medio dia
la calle abaxo, con eſtirado cuerpo mas
largo que galgo de buena caſta: y por

mener vne proceſſion de pauures foüet-
tant par les quatre ruës. Ce qui me donna telle épouuante , que iamais du depuis ie n'oſay m'enhardir de caymãder.

Lors euſt-on veu (qui l'euſt peu veoir)
l'abſtinence de noſtre maiſon, & la triſteſſe & ſilence des demeurans en icelle:
car il nous arriua d'eſtre deux ou trois
iours ſans manger morceau,& ſans dire
vne ſeule parole.

Quelques pauures femmes filandieres
de cotton , qui faiſoient des bonnets, &
demeuroient aupres de nous, auec leſquelles ie pris connoiſſance, à cauſe du
voiſinage , me conſeruerent la vie : car
elles me donnoient touſiours quelque
choſe de ce peu qu'elles auoient , auec
quoy ie me paſſois fort paſſé.

Ie n'auois tant de compaſſion de
moy-meſme, que i'auois de mon affligé maître qui fut huict iours ſans manger morceau : car au moins nous fuſmes bien autant ſans manger en la
maiſon , & ie ne ſçay comment , ny
où il alloit , ny qu'il mangeoit , &
toutesfois vous l'euſſiez veu venir ſur
le midy du bas de la ruë , auec vn corps

lo que tocaua a su negra que dizen honrra, tomaua vna paja de las que aun assar no auia en casa, y salia a la puerta escarnando los que nada entre si tenian, quexandose todauia de aquel mal solar, diziendo : Malo esta de ver, que la desdicha desta tiuienda lo haze. Como ves es lobrega, triste y obscura; mientras aqui estuuieremos hemos de padecer, ya desseo se acabe este mes por sallir della.

Pues estando en esta afligida y hambrienta persecucion, vn dia no se por qual dicha o ventura, en el pobre poder de mi ami entro vn real, con el qual vino a casa tan vsano como si tuuiera el tesoro de Venecia : y con gesto muy alegre y risueño, me lo dio diziendo : Toma Lazaro, que Dios ya va abriendo su mano : Ve ala plaça, y merca pan y vino y carne, quebremos el ojo al diablo. Y mas te hago saber porque te huelgues, que he alquilado otra casa, y en esta desastrada no hemos de estar mas de en cumpliendo el mes.

eſtendu,& plus long que celuy d'vn leurier de bonne race.Et pource qu'il importoit à ſa vanité qu'on apelle hôneur,
il prenoit vn peu de paille, & ſortãt à la
porte,nettoyoit ce qui n'auoit riẽ entre
ſoy, ſe plaignãt toutefois de ce malheureux domicile, diſãt:Il eſt aiſé à voir que
cette maiſon nous porte mal-encontre.
Cõme tu voids,elle eſt lugubre,triſte &
bſcure,& toutefois nous y deuõs paci-
r iuſqu'à l'acheuemẽt du mois, que ie
ꞌ ꞏdrois déja eſtre venu pour en ſortir.
Eſtant donc en cette affligée & affa-
mée perſecution,vn iour(ie ne ſçay par
quel bon-heur ou aduenture) vne reale
écheut au pauure pouuoir de mon maiſtre qui auec icelle s'en vint à la maiſon
auſſi content que s'il euſt eu le treſor de
Veniſe,& auec vn viſage joyeux & riant
me la bailla diſant : Tien Lazare, Dieu
commence déja à nous ouurir ſa main.
Va-t'en à la place, & achepte du pain,
du vin & de la chair. Creuons l'œil au
diable. Et qui plus eſt,ie t'aduertis, afin
que tu t'en réjouïſſe, que i'ay loüé vne
autre maiſon , & partant que nous
ne demeurerons plus en cette malen-

Maldita ſea ella y el que en ella puſo la primera reja, que con mal en ella entre. Por nueſtro Señor, quanto ha que en ella biuo, gota de vino ni bocado de carne ño he comido, ni he auido deſcanſo ninguno, mas tal viſta tiene, y tal obſcuridad y triſteza. Ve y ven preſto, y comamos oy como Condes.

Tomo mi real y jarro, y a los pies dando les prieſſa, comienço a ſubir mi calle, encaminando mis paſſos para la plaça, muy contento y alegre.

Mas me que aprouecha, ſi eſta conſtituydo en mi triſte fortuna, que ningun gozo me venga ſin çoçobra?

Y aſſi fue porque yendo la calle arriba, echando mi cuenta en lo que le emplearia que fueſſe mejor y mas prouechoſamente gaſtado, dando infinitas gracias a Dios que a mi amo auia hecho con dinero, a deſora me vino al encuentro vn muerto, que por la calle abaxo muchos clerigos y gente en vnas andas trayan.

côtreuſe-cy que iuſques à la fin du mois.

Maudite ſoit-elle, & celuy lequel y a mis la premiere tuille : car en mal'heure y ſuis-je entré. Par bieu depuis que ie ſuis venu demeurer en icelle, ie n'ay beu vne ſeule goutte de vin, mangé bouchée de chair, ny eu aucũ repos; mais auſſi eſt elle ſi mal percée, & ſi obſcure & melã-colique. Va, & n'arreſte gueres, & nous diſnerons aujourd'huy comme Comtes.

Ie pris ma reale & mon pot, & haſtant mes pieds, ie commençay à monter la ruë, addreſſant mes pas vers la place, fort joyeux & content.

Mais dequoy me ſeruoit cela s'il eſtoit conſtitué en ma triſte fortune, qu'aucun plaiſir ne me vinſt ſans faſcherie?

Ainſi m'en arriua-il : car comme j'al-lois amont la ruë faiſant mon conte en quoy i'employerois mieux & plus pro-fitablement mon argent, & rendant gra-ces infinies à Dieu, de ce qu'il auoit en-uoyé de l'argent à mon maiſtre, à l'im-prouiſte ie rencontray vn mort que plu-ſieurs Preſtres & autres gens portoient, qu'accompagnoient dans vne biere aual la ruë.

Arrime me a la pared por dar los
lugar, y desque el cuerpo passo venia luego par del lecho, vna que deuia ser su
muger del defunto, cargada de luto y con
ella otras muchas mugeres; la qual yua
llorando a grandes bozes, y diziendo:
Marido y Señor mio, adonde os me lleuan! A la casa triste y desdichada, a
la casa lobrega y obscura, a la casa donde nunca comen ni beuen!

Yo que aquello oy, junto se me el Cielo
con la tierra, y dixe : O desdichado de
mi! Para mi casa lleuan este muerto.

Dexo el camino que lleuaua, y hendi
por medio de la gente, y bueluo por la
calle abaxo a todo el mas correr que pude para mi casa : y entrando en ella,
cierro a grande priessa, innocando el auxilio y fauor de mi amo, abraçando me
del que me venga ayudar y a defender
la entrada.

El qual algo alterado, pensando que
fuesse otra cosa me dixo : Que es esso
moço? Que bozes das? Que has, porque cierras la puerta con tal furia?

O Señor,

Ie me rangeay contre le mur pour leur
faire place, & le corps eſtãt paſſé ie veis
auſſi-toſt vne fême le ſuiure, qui deuoit
eſtre la femme du deffunct, eſtãt habil-
lée de dueil, & ſuiuie de pluſieurs autres
femmes, plorant & faiſant de grands
cris, & diſant en allant : Mon Seigneur
& mary, où eſt-ce qu'on vous porte ?
Hà la triſte & malheureuſe maiſon! Hà
la maiſon lugubre & obſcure ! Hà la
maiſon, où jamais on ne boit ny mange.

Il me ſembla entendant cecy, que le
Ciel ſe joignit auec la terre, & dis : ô
moy malheureux ! Ils portent ce mort
en ma maiſon.

Laiſſant le chemin que ie tenois, ie
trauerſay par le milieu de la compagnie, & m'en retournay à toute courſe
aual la ruë vers ma maiſon : où entrant
en grand haſte i'enfermay la porte, in-
uocquant l'ayde & la faueur de mon
maiſtre, l'embraſſant à ce qu'il vinſt
m'ayder à en deffendre l'entrée.

Luy quelque peu émeu, penſant que ce
fuſt autre choſe, me dit: Qu'y a-il, garçon? Pourquoy crie-tu? Qu'as-tu? Pourquoy fermes tu la porte d'vne telle furie?

H

O Señor, dixe yo acuda aqui, que nos traen aca vn muerto.

Como, assi, respondio el:

A qui arriba lo encontre (dixe yo (y venia diziendo se muger: Mozido y señor mio adoude os llenen! A la casa sobrega y obscura, a la casa triste y desdichabada, a la casa donde nunca comen ny benen! Aca Señor nos lo traen.

Y ciertamente quando mi amo esto oy, aunque no tenia porque estar muy risueño; rio tanto, que mui gran rato estuuo sin poder hablar.

En este tiempo, tenia ya yo echada el aldaua a la puerta y puesto el ombro en ella por mas defensa.

Passo la gente con su muerto y yo todauia me recelaua que nos le auia de meter en casa. Y desque fui ya mas harto de reir que de comer, el bueno de mi amo dixo me: Verdad es Lazaro segun la biudado va diziendo, tu tuuiste razon de pensar lo que pensaste; mas pues Dios lo ha hecho mejor y passan adelante, abre, y ve por de comer.

O Monſieur luy dis-je accourez icy, car on nous apporte ceans vn mort?.

Comment dit-il vn mort?

Ie l'ay rencontré là haut luy dy-je ſa fēme venoit diſant: monſeigneur & mary, où eſt-ce qu'on vous porte? En la maiſõ lugubre & obſcure? A la maiſon triſte & malheureuſe? A la maiſonoù iamais onne boit ne mange! Ils nous l'apportent deçaMonſieur!

Certainement quand mon maiſtre entendit cecy, encor qu'il n'euſt beaucoup d'enuie de rire, ſi eſt ce qu'il rit tant, qu'il fuſt fort long temps ſans pouuoir parler. Et cependant j'auois verroüillé la porte & m'eſtois adoſſé contre icelle, pour plus grand deffence.

Le connoy & le trépaſſé paſſerent, & neantmoins ie ne me pouuois perſuader qu'ils ne le vouluſſent mettre en noſtre maiſon. Mais enfin, apres que mon maiſtre fut plus ſaoul de rire que de manger il me dit: Il eſt bien vray Lazare, que ſur ce que la veſue dit en allãt, tu as eu raiſõ de pẽſer ce que tu as pẽſé mais puiſque Dieu en a autremẽt diſpoſé & qu'ils paſſent outre, onure & vas querir à diſner.

H ij

Dexa los Señor acaben de paſſar la calle, dixe yo.

Al fin vino mi amo à la puerta de la calle, y abre la eſforçando me; que bien era meneſter, ſegun el miedo y alteracion; y me torno a encaminar.

Mas aunque comimos bien aquel dia, maldito el guſto yo tomaua en ello, ni en aquellos tres dias torne en mi color: y mi amo muy riſueño todas las vezes, que ſe le acordaua aquella mi conſideracion.

Deſta manera eſtuue con mi tercero y pobre amo, que fue eſte Eſcudero, algunos dias; y en todos deſſeando ſaber la intencion de ſu venida y eſta en eſta tierra, porque deſde el primer dia que con el aſſente, le conoci ſer eſtranjero, por el poco conocimiento y trato que con los naturales della tenia.

Al ſe cumplio mi deſſeo y ſupe lo que deſſeaua, porque vn dia que auiamos comido razonablemente y eſtaua algo contento, conto me ſu haZienda

Monſieur, luy dis-je, laiſſez les acheuer de paſſer la ruë.

A la fin mon maiſtre vint à la porte de deuant & l'ouurit malgré moy, car il falut qu'il me forçaſt, pour la peur & l'émotion dont i'eſtois ſurpris. Et lors ie repris mon chemin.

Mais encore que nous fiſſions bonne chere ce iour-là, ie n'y prins toutesfois point de gouſt, & la couleur ne me reuint de trois iours apres, bien que mon maiſtre ne puſt ſe tenir de rire, toutes les fois qu'il ſe reſſouuenoit de cette mienne ſuſdite conſideration.

Ie fus ainſi quelques iours auec cét Eſcuyer mon troiſiéme pauure maiſtre, deſirant touſiours de ſçauoir l'occaſion de ſa venuë & demeure en ce païs, pour auoir recogneu dés le premier iour que i'entray à ſon ſeruice qu'il n'en eſtoit pas au peu de connoiſſance & conuerſation qu'il auoit auec les natifs d'iceluy.

En fin mon deſir s'accomplit & ſceus ce que ie deſirois ſçauoir; car vn iour que nous auions diſné raiſonnablement, & qu'il eſtoit aucunement content, il me

dixo me fer de Caftilla la vieja, y que a-
nia dexado fu tierra no mas, de por no
quitar el bonete a vn Cauallero fu vezino.

Señor, dixe yo: Si el era lo que dezis
y tenia mas que vos, no errauades en quitar fe lo primero, pues de... que el tambien os lo quitaua.

Si fi tiene, y tambien me loquitaua el
a mi, mas de quantas vezes yo fe le quitaua primero, no fuera malo comedir fe el
alguna y ganar me por la mano.

Parece me Señor, le dixe yo, que en
effo no mirata, mayoramente con mis mayores que yo, y tienen mas.

Eres muchacho, me refpondio, y no fien-
tes las cofas de la honrra en que el
dia de oy efta todo el caudal de los hombres de bien. Pues hago te faber, que
yo foy como ves vn Efcudero, mas vo-
to te a Dios fi al Conde topo en la calle
y no me quita muy bien quitado del todo el bonete, que otra vez que venga

compta son affaire & dit qu'il estoit de
Castille la vieille, & qu'il n'estoit hors
hors de son pays pour autre sujet, que
pour ne saliier le premier vn Gentil-
homme sien voisin.

Monsieur luy dis-je. S'il n'eust esté tel
que vous dites & plus riche que vous,
ie croy que n'eussiez failly à le saliier le
premier, attendu méme que vous dites
qu'il vous saliioit aussi.

Il l'est (me répondit-il) & si me saluoit
aussi, mais entre tant de fois que ie luy
tirois le chappeau le premier, il n'eust
esté mauuais qu'il fust venu à me pre-
uenir & arrester par la main.

Il me semble Monsieur (luy repliquay-
je) que ie ne prendrois garde à cela, principalement auec plus grands & riches
que ie ne serois.

Tu es ieune (me repartit-il) & ne sçay
que c'est que d'hôneur, auquel consiste
en ce temps cy toute la richesse des hô-
mes de bien: mais ie te fay sçauoir qne ie
ne suis comme tu vois qn'vn Escuyer, &
neantmoins ie voüe à Dieu que si ie ren-
côtrois le Côte en la rüe & il ne me tirât
du tout le chappeau, qu'vne autrefois

me sepa yo entrar en vna casa, fingiendo yo ella algun negocio, o atrauessar otra calle si la ay antes que llegue a mi, por no quitar se lo : que vn hidalgo no deue a otro que a Dios y al Rey nada, ni es iusto siendo hombre de bien, se descuyde vn punto de tener en mucho su persona.

Acuerdo me, que vn dia deshonrre en mi tierra à vn oficial y quise poner en el las manos, porque cada vez que le topaua me dezia : Mantenga Dios à vuestra merced.

Vos Don villano ruyn, le dixe yo, porque no soys bien criado? mantenga os Dios me aueys de dezir, como si fuesse quien quiera?

De alli adelante, de aqui aculla me quitaua el bonete, y hablaua como deuia.

Y no es buena manera de saludar vn hombre à otro, dixe yo, dezir le que le mantenga Dios.

Mira moço de en hora mala, dixo el, à los hombres de poca arte dizen esso, mas à los mas altos como yo, no les han

quand ie le verrois venir, i'entrerois en
quelque maifon feignant y auoir quelque affaire, ou trauerferois par vne autre ruë, auant qu'il approchaft de moy,
pour ne le faluër : Car vn Gentil-homme ne doit rien à autre qu'à Dieu & au
Roy, & n'eft raifonnable qu'étant homme de bien, il neglige d'vn feul poinct
de prefumer beaucoup de foy.

Il me fouuient qu'vn iour en mon païs
ie fis vn affront & voulus battre vn ar-
tifan, pource qu'à chacune fois que ie
le rencontrois il me difoit : Monfieur,
Dieu vous fauue & gard.

Vous monfieur le méchant vilain, luy
disje ; à quoy tient-il que n'eftes mieux
appris ? Me deuez-vous ainfi faluër,
comme fi i'eftois vn ie ne fçay qui ?

De là en auant, il me tiroit le chappeau d'auffi loin qu'il me voyoit, & parloit comme il deuoit.

Et n'eft-ce pas vne bonne maniere
de fe faluër l'vn l'autre, que de fe dire :
Dieu vous fauue & gard ? luy disje.

Apprends à la mal'heure, garçon (repliqua-il) que l'on doit dire cela à ceux
de baffe qualité, mais qu'aux plus grãds

de hablar menos de : *Befo las manos de vueſtra merced.* O por lo menos , *Beſos. Señor las manos,* ſi el que me habla es cauallero.

Y aſſi de aquel de mi tierra que me a-taua de mantenimiento , nunca mas le qui ſe ſuffrir , ni ſuffriria a hombre del mundo del Rey abaxos , que mantengaos Di os me diga.

Peccador de mi, dixe yo , *por eſſo tiene tan poco cuydado de mantener te ,* pues no ſufres que xadie ſe lo ruegue.

Mayormente dixo , *que no ſoy tan pobre que no tenga en mi tierra vn ſolar de caſas,* que a eſtar ellas en pie y bien labradas , diez y ſeys leguas de donde nab an aquella coſtanilla de *Valladolid,* valdrian mas de dozientos mil marauedis , ſegun ſe podrian hazer grandes y buenas,

Yo tengo vn *Palomar.* que a no eſtar derribado como eſta, daria cada. Año mas dozientos Palominos ; y otras coſas que me callo, que dexe por lo que

comme moy on ne leur peut moins dire
que ie baiſe les mains de voſtre Seigneu-
rie. Ou à tout le moins : Monſieur, ie
vous baiſe les mains. Si celuy qui parle-
roit à moy eſtoit Gentil-homme.

Et auſſi ne voulus-je iamais diſſimu-
ler de celuy de mon pays, qui me ſaluoit
de Dieu vous gard, ny le ſouffrirois
ny ſouffriray à homme du monde, ſauf
au Roy.

Ie ne me dois point étonner dis-je s'il
a ſi peu de ſoucy de me maintenir puis
qu'il ne veut pas que l'on ſouhaitte que
Dieu le maintienne luy-meſme.

Attendu principalement pourſuiuit-il
que ie ne ſuis ſi pauure, que ie n'aye en
mon pays à ſeize lieuës, du lieu de ma-
naiſſance en cette petite coſte de Valladolid, vne place à baſtir maiſons; où s'il
y en auoit d'éleuées & bien baſties, elles
vaudroient plus de deux cents mil marauedis, ſelon qu'on les y pourroit baſtir
grandes & bonnes.

Et i'ay outre plus vn colombier lequel
s'il n'eſtoit ruiné comme il eſt, rendroit
chacun an plus de deux cents pigeons,
outre quelques autres choſes dont ie ne

tocaua a mi honrra : y vine a esta Ciudad, pensando que hallaria vn buen assiento, mas no me ha succedido como pense.

Canonigos y Señores de la Iglesia muchos hallo, mas es gente tan limitada, que no les sacara de su passo todo el mundo.

Caualleros de media talla tambien me ruegan, mas seruir a estos es gran trabajo, porque de hombre os aueys de conuertir en malilla ; y sino, anda con Dios os dizen : y las mas vezes, son los pagamentos a largos plazos, y las mas ciertos comido por seruido.

Ya quando quieren reformar conciencia y satisfazer os vuestros sudores, soys librado en la recamara en vn sudado jubon, o rayda capa o sayo.

Ya quando assienta hombre con vn Señor de titulo, todauia passa su lazeria; pues poruentura no ay en mi habilidad

fais point mention, & que ie delaiffay pour la conferuation de mon honneur, m'en venant en cette ville, où ie penſois trouuer vn bon party : mais il ne m'eſt point fuccedé ainſi que ie penſois.

Ie trouue pluſieurs Chanoines & Sei-gneurs d'Eglife : mais ce font gens ſi li-mitez, que tout le monde ne les feroit auancer d'vn pas.

Quelques Gentils-hõmes de moyen-ne qualité me prient auſſi, mais on a bien de la peine à feruir telles gens : car d'homme il faut deuenir le neuf de deniers du ieu de cartes : ou finon ils vous difent : Va-t'en auec Dieu. Et le plus fouuent les ſalaires font à longs termes, & encores les plus certains font, d'auoir eſté nourris pour le fer-uice qu'on aura fait.

Ou s'ils veulent acquitter leur con-fcience, & vous recompenfer de vos fueurs, ce fera en leur garderobbe de quelque pourpoint defchiré, ou de quel-que vieux manteau, ou faye.

Que ſi on entre au feruice de quelque Seigneur de marque, on paffe veritable-mẽt ſa mifere : mais peut-eſtre ne ſuis-ie

para feruir, y contentara eftos,

Por Dios fi con el topafte, muy gran
fu priuado pienfo que fueffe y que mil
feruicios le hizieffe; porque yo fabria mentille tambien como otro, y agradalle alas
mu.: arauillas. Reille y a mucho fus do-
naires y coftumbres, aunque no fueffen
las mejores del mundo. Nunca dezille
cofa con que la pefaffe, aunque mucho le
cumplieffe.

Ser mui diligente en fu perfona, en lt
cho ni hecho: no me matar, por no haze..
bien las cofas que no auia de ver, y poner
me a reñir donde el lo oieffe con la gente
de fu feruicio, porque parecieffe tener
gran cuidado de lo que a el tocaua.

Si reñieffe con alguno fu criado, da
vnos puntillos agudos para le encender
la yra, y que parecieffen en fauor del
culpado.

Dezir le bien de lo que bien le eftuuieffe y por el contrario fer maliciofo mofador.
Malfinar a los de çafa y a los de fuera

aſſez capable, pour en ſeruir.

Par bieu ſi j'en trouuois quelqu'vn, ie penſe que ie ſerois ſon grand migñõ, & luy ferois mille ſeruices : car ie luy ſçaurois auſſi bien mentir qu'vn autre, & luy agreer en tout, luy loüer grandement ſes complexions & bonnes grates, encor qu'elles ne fuſſenr les meilleures du monde, ne luy dire iamais choſe qui le peuſt faſcher, encore qu'elle luy importaſt de beaucoup.

Eſtre fort diligent en faits & dits en ſon endroit , & deuant luy, mais ne me tuer pour ne bien faire ce qu'il n'auroit à voir. Et me mettre à crier apres ſes gens d'où il le pourroit bien entendre, afin qu'il m'eſtimaſt ſoigneux de ce qui luy touchoit & importoit.

S'il crioit apres quelque ſien ſeruiteur, ie ſçaurois bien, pour luy enflammer la colere, auaneer quelques paroles couuertes, qui ſembleroient toutesfois eſtre dites en faueur du coupable.

Luy bien dire de ce qu'il aimeroit & priſeroit, & au contraire eſtre malicieux mocqueur.

Calõnier ceux de la maiſon & ceux de

pesquisar y procurar de saber vidas aje-
r..., para contar selas : y otras muchas
galas desta calidad, que oy dia se vsan
en palacio y a los Señores del parecen
bien, y no quieren ver en sus casas hombres virtuosos ; antes los aborrecen y tienen en poco, y llaman necios, y que no
son personas de negocios, ni con quien el
Señor se puede descuydar.

Y con estos, los astutos vsan como digo el
dia de oy, de lo que yo vsaria : mas no
quiere mi ventura que le halle.

Desta manera lamentaua tambien su
aduersa fortuna mi amo, dandome relacion de su persona valerosa. Pues
estando en esto, entro por la puerta vn
hombre y vna vieja : el hombre le pide
el alquile de la casa, y la vieja el de
la cama.

Hazen cuenta, y de dos meses le alcançaron, lo que el en vn año no alcançara:
pienso que fueron doze o treze reales.

Y el les dio muy buena respuesta, que
saldria a la plaça a trocar vna pieça de

dehors, m'enquerir, & tâcher de ſçauoir
les comportemens d'autruy, pour luy en
faire rapport. Et pluſieurs autres ſem-
blables galanteries dont aujourd'huy
l'on vſe en Cour , & qui plaiſent aux
Seigneurs d'icelle , leſquels ne veulent
point d'hõmes vertueux en leurs maiſons , ains les abhorrent , meſpriſent, &
appellent ſots , qui ne ſont perſonnes
d'affaires , ny auec qui le Seigneur ſe
puſt deſennuyer.

Et auec tels Seigneurs les ſeruiteurs
accorts font aujourd'huy ce que ie dis
que ie ferois , ſi ma fortune permettoit
que i'en rencontraſſe quelqu'vn.
Mon maître ſe plaignoit ainſi de ſon ad-
uerſe fortune, m'informant de ſa valeu-
reuſe perſonne, quãd ſur ces entrefaites
vn homme & vne vieille entrerent par
la porte. Et l'hõme luy demãde le loyer
de la maiſon, & la vieille , celuy du lict.

Ils font compte, & pour deux mois le
rendirent redeuable de ce qu'il n'euſt
peu amaſſer en vn an, & ie penſe que ce
fut de douze ou treize reales.

Il leur rendit fort bõne réponſe; qu'il
iroit à la place changer vn doublon , &

a dos y que a la tarde boluieſſen. Mas ſu
ſalida, fue ſin buelta: por manera que a
la tarde ellos bolxieron, mas fue tarde:
yo les dixe, que aun no era venido.

Venida la noche y el no, yo huue miedo
do quedar en caſa ſolo, y fui me a las vezinas y conte les el caſo, y alli dormi.

Venida la mañana, los acreedores buel-
uen y preguntan por el vezino: mas a
eſtotra puerta.

Las mugeres le reſponden: Veys aqui
ſu moço, y la llaue de la puerta.

Ellos me preguntaron por el, y dixe les
que no ſabia adonde eſtaua y que tan poco auia buelto a caſa, deſque ſalio a trocar la pieça; y que penſaua de mi y de
ellos, ſe auia ydo con el trueco.

De que eſto me oieron, van ſor vn Alguazil y vn Eſcriuano y he los dos buel-
uen luego con ellos, y toman la llaue y
llaman me, y llaman teſtigos y abren la
puerta, y entran a embargar la hazienda
de mi amo, haſta ſer pagados de ſu deuda.

qu'ils reuinſſent au ſoir. Mais ſon allée fut ſans retour ; de ſorte qu'iceux reuenant le ſoir, ce fut trop tard , & ie leur dis qu'il n'eſtoit encore reuenu.

La nuit venuë & luy non , j'eus peur de demeurer ſeul en la maiſon, & m'en allay chez les voiſines , où leur ayant conté le fait , ie paſſay la nuict.

Le lendemain au matin les creanciers reuiennent , & s'enquierent de luy aux voiſins: mais à cette autre autre porte.

Les femmes enfin leur répondent: Voicy ſon ſeruiteur , & la clef de ſa porte.

Ils me demandent lors où il eſtoit, & ie leur dis queie ne ſçauois , & qu'il n'étoit point reuenu en la maiſon depuis qu'il en eſtoit ſorty pour aller changer la piece & partant que ie penſois qu'il s'en fuſt fuy de moy & d'eux , auec la monnoye d'icelle.

Comme ils entendirent cela, ils allerét querir vn Commiſſaire & vn Greffier, auec leſquels ils reuiennent auſſi-tôt, & prennent la clef, & m'appellât auec autres témoins , ouurent la porte, & entrent pour ſe ſaiſir du bien de mon maiſtre, iuſque à la cõcurrence de leur deu.

Anduuieron toda la casa, y hallaron la desembaraçada como he contado, y dizen me : Ques de la hazienda de su amo? Sus arcas y paños de pared, y alhajas de casa?

No se yo esso, le respondi.

Sin duda, dizen ellos, esta noche lo deuen de auer alçado y lleuado a alguna parte. Señor Alguazil, prended a este moço, que el sabe donde esta.

En esto, vino el Alguazil, y echome mano por el collar del jubon, diziendo: Mochacho, tu eres preso, si no descubres los bienes deste tu amo.

Yo como en otra tal no me vuiesse visto, porque asido del collar si auia sido muchas vezes, mas era mansamente del trauado, para que mostrasse el camino al que no via : yo tuue mucho miedo, y llorando prometi le de dezir lo que me preguntauan.

Bien esta, dizen ellos. Pues di lo que sabes, y no ayas temor.

Sentose el Escriuano en un poyo para escreuir el inuentario, preguntando me que tenia.

Ils vont par toute la maifon, & commo
i'ay dit, la trouuant vuide, ils me demandent: Qu'eſt deuenu le bien de ton maiſtre? ſes coffres, tapiſſeries, & vſtenſi-
les de ménage ?

Ie n'en ſçay rien, leur répondis-je.

Sans doute, dirent-ils, ils ont tout
enleué cette nuict, & traſporté en quelqu'autre part. Monſieur l'Huiſſier, prenez ce garçon, car il ſçait où eſt tout.

Là deſſus l'Huiſſier me vint mettre la
main ſur le collet du pourpoint, diſant:
Garçon, ie te meneray priſonnier ſi tu
ne découures où ſont les biens de ton
maiſtre.

Moy qui ne m'eſtois iamais veu en tel
acceſſoire (ayant eſté de verité pluſieurs fois ſaiſi par le collet, mais doucement par l'attaché, afin que ie luy
monſtraſſe le chemin qu'il ne voyoit)
j'eus grande peur, & en pleurant ie luy
promis dire ce qu'ils me demandoient.

C'eſt aſſez , dirent-ils : Dis donc
hardiment ce que tu ſçais.

Le Greffier s'aſſeit ſur vn ſiege de pierre pour écrire l'inuentaire, me demandant quels biens il auoit.

Señores, dixe yo, lo que este mi amo tiene segun el me dixo, es vn mui buen solar de casas, y vn Palomar derribado.

Bien esta, dizen ellos : Por poco que esso valga, ay para nos entegrar de la deuda.

Ya que parte de la Ciudad tiene esso, me preguntaron?

En su tierra, les respondi.

Por Dios que esta bueno el negocio, dixeron ellos. Y adonde es su tierra?

De Castilla la vieja me dixo que el era les dixe,

Rieron se mucho el Alguazil y el Escriuano, diziendo : Bastante relacion es esta para cobrar vuestra deuda, aunque mejor fuesse.

Las vezinas que estauan presentes, dixeron : Señores, este es vn niño innocente, y ha pocos dias que esta con esse Escudero, y no sabe del mas que vuestras mercedes, sino quanto el pecadorcico se llega a qui à nuestra casa y le damos de comer lo que podemos por amor de Dios, y a las noches se yua a dormir con el.

Meſſieurs, leur dis-je, le bien de mon
maiſtre conſiſte, à ce qu'il m'a dit, en v-
ne fort bonne place à baſtir maiſons, &
en vn colombier ruiné.

Bon dirent-ils, cela ne peut-ſi peu va-
loir, qu'il n'y ait pour nous ſatisfaire de
ce qui nous eſt deu.

Et en quel endroit de la ville ſont ſi-
tués ces heritages, me demanderent-
ils?

En ſon pays, leur répondis-je.

Par bieu dirent-ils, voila qui eſt bon.

Et de quel pays eſt-il?

Il m'a dit qu'il eſtoit de Caſtille la
vieille, leur dis-je.

Le Sergent & le Greffier rierent fort
diſant : Cette depoſition eſt ſuffiſante
pour vous payer de voſtre debte, encore qu'elle fuſt plus grande.

Les voiſines là preſentes leur dirent:
Meſſieurs ce garçõ eſt vn innocent, qui
depuis peu demeure auec cét Eſcuyer, &
ne ſçait nõ plus de ſes affaires que vous:
car méme le pauure petit s'en venoit en
noſtre maiſõ, & luy donnions à dîner ce
que pouuiõs pour l'amour de Dieu, puis
s'é retonrnoit les ſoirs coucher auec lui

Vista mi innocencia, dexaron me dando me por libre. Y el Alguazil y el Escriuano piden al hombre y a la muger sus derechos, sobre lo qual tuuieron gran contienda y ruydo; porque ellos allegaron no ser obligados a pagar, pues no auia de que, ni se hazia el embargo.

Los otros dezian, que auian dexado de yr a otro negocio que les importaua mas por venir a aquel. Finalmente despues de dadas muchas bozes, al cabo carga vn porqueron con el viejo alfamar de la vieja: y aunque no jua muy cargado, allauan todos cinco danzo bozes, no se en que paro.

Creo yo quel pecador alfamar pagara por todos y bien se ampleaua, pues al tiempo que auia de reposar y descansar de los trabajos passados, se andaua alquilando.

Assi como he contado me dixo mi pobre tercero amo, do acabe de conocer mi ruin dicha; pues señalando se todo lo que podria contra mi, hazia mis negocios tan al reues, que los amos que suelen ser dexados de los moços, en mi no fuesse assi, mas que mi amo me dexasse y huyesse de mi.

COMO

Mon innocence recõneuë, ils me remirent en liberté, l'Huiſſier & le Greffier demanderẽt leurs droits à l'hõme & à la fẽme, qui là deſſus entrerẽt auec eux en grãd debat & rumeur, d'autãt qu'ils alleguoiẽt n'étre tenus de les payer, vû qu'il n'y auoit dequoy, ny ſe faiſoit de ſaiſie.

Les autres diſoient que pour les ſuiure ils auoiẽt failly à vaquer à vne autre affaire qui leur importoit plus. Et en fin, apres auoir bien crié, vn Sergent chargea la vieille couuerture de laine de la vieille; & combien qu'il n'en fuſt gueres chargé, ils le ſuiuoient neantmoins ie ne ſçay où en diſputant.

Ie croy que la pauure couuerture les payera tous, laquelle gagnoit bien ſon pain, puis qu'elle eſtoit encore loüée lors qu'elle deuoit ſe repoſer, & délaſſer des trauaux paſſez.

Mon pauure troiſiéme maiſtre m'abandonna, ainſi que i'ay dit; en quoy i'acheuay de cõnoiſtre ma mauuaiſe fortune, à ce que déployant tout ce qu'elle pouuoit cõtre moy, elle faiſoit mes affaires tãt au rebours de biẽ, qu'au lieu que les ſeruiteurs couſtumieremẽt quittent

I

COMO EL LAZARO SE ASSENTO con vn Frayle de la merced, y de lo que le acaecio con el.

Vue de buscar el quarto y este fue vn frayle de la merced, que las mugercillas que digo encaminaron, al qual ellas le llaman pariente: Gran enemigo del Coro, y de comer en el conuento, perdido por andar fuera, amicissimo de negocios seglares, y visitas; tanto que pienso que rompia el mas çapatos que todo el Conuento.

Este me dio los primeros çapatos que rompi en mi vida, mas no me duraron ocho dias, ni yo pude con su trote durar mas. Y por esto y por otras cosillas que no digo, sali del.

COMO EL LAZARO SE ASsento con vn Buldero, y de las cosas que con el passo.

N el quito por mi ventura di, que fue vn Buldero, el mas desembuelto, y

leurs maiſtres, au contraire mon maître m'auoit laiſſé, & s'ē eſtoit enfuy de moy

---

COMME LE LAZARE SE MIT
au ſeruice d'vn Moine de la Mercy, & de ce qui luy arriua auec luy.

L me fallut chercher vn quatrieſ-me maiſtre, qui fut vn Moine de l'ordre de la Mercy, lequel les femmes ſuſdites m'adreſſerent, & qu'elles ap-pelloient leur parent. Grand ennemy du Chœur & de manger en Conuent, perdu pour aller dehors, & tres grand amy des affaires ſeculieres & viſites: tāt que ie penſe que luy ſeul vſoit plus de ſouliers que tout le reſte du Conuent.

Cettuy-cy me dōna les premiers ſou-liers que i'vſay en ma vie: mais ils ne me durerent huiƈt iours, & ie ne peůs plus long-temps reſiſter à le ſuiure. Et pour ce ſubiet & autres petites choſes dont ie ne fais point mention, ie le quittay.

COMME le Lazare entra au ſeruice
d'vn Buliſte & ce qu'il reconnut de luy.

A fortune me fit rencontrer le cin-quiéme, qui fut vn Buliſte, le plus

desuergonçado, y el mayor echador dellas que jamais yo vi, ni ver espero, ni piense nadie vio : porque tenia y buscaua modos y maneras, y muy sotiles inuenciones.

En entrando en los lugares do auian de presentar la Bula, primero presentaua a los Clerigos o Curas algunas cosillas no tan poco de mucho valor ni sustancia. Vna Lechuga Murciana, si era por el tiempo : vn par de Limas o Naranjas, vn Melocoton, vn par de duraznos, cadasendas peras verdiñales.

Assi procuraua tener los propicios, porque fauoreciessen su negocio y llamassen sus feligreses a tomar la Bula; ofreciendose le a el las gracias.

Informaua se de la suficiencia dellos, si dezian que entandian no hablaua palabra en Latin, por no dar tropeçon: Mas aprouechaua se de vn gentil y bien cortado romance y desemboltissima lengua.

¿Si sabian que los dichos Clerigos eras

libre & eshonté, & le plus grand diſtributeur d'icelles que iamais ie vids, eſpere voir, ny penſe qu'aucun ait veu : car il auoit & cherchoit moyens & manieres & fort ſubtiles inuentions.

Entrant aux lieux où il deuoit preſenter la Bulle, premierement il faiſoit preſent aux Preſtres ou Curez des lieux, de quelques petites choſettes de peu de valeur, & ſubſtance : comme d'vne couple de citrons, ou d'oranges, d'vn melon, d'vne couple de peſches, ou d'vne coup'e de quelqu'autre fruict.

Et ainſi procuroit de les auoir propices afin qu'ils fauoriſaſſent ſon affaire, & conuoquaſſent leurs Parroiſſiens, pour prendre la Bulle en remerciement.

Il s'informoit de la ſuffiſance d'iceux, & ſi on luy diſoit qu'ils ſçauoient le Latin, il n'en diſoit vn ſeul mot, pour ne point broncher, mais ſe ſeruoit d'vn gentil, & elegant langage, & d'vne belle langue.

Ou s'il ſçauoit que leſdits Preſtres

de los reuerendos, digo que mas con dineros que con letras y con reuerendas se ordenan; hazia se entre ellos en santo Thomas, y hablado dos horras en Latin: a lo menos que lo parecia, aunque no lo era.

Quando por bien no lo tomauan las bulas, buscaua como por mal se las tomassen, y para aquello hazia molestias al pueblo: y otras vezes, con mañosos artificios. Porque todos los que le veya hazer seria largo de contar, dire vno mui sotil y doñoso, conel qual prouare bien su suficiencia.

En vn lugar de la sagra de Toledo, auia predicado dos o tres dias, haziendo sus acostumbradas diligencias, y no le auian tomado Bula, ni a mi ver tenian intencion de se la tomar. Estaua dado al diablo, con aquello.

Y pensando que hazer, se acordo de combidar al pueblo, a otro dia de mañana para despedir la Bula.

Y esta noche despues de cenar, pusieronse a iugar la colacion el y el Algua-

eſtoient de ces reuerends, qui ſont
pluſtoſt ordonnez pour leurs moyens
que pour leur ſçauoir & capacité : il
faiſoit entr'eux le Sainct Thomas, &
leur parloit deux heures en Latin, au
moins comme il ſembloit, encor que
ce n'en fuſt pas.

Quand on ne prenoit ſes Bulles par
biē il cherchoit comme il les feroit prēdre par mal, moleſtant le peuple à cette
fin, & quelquefois vſant de cauteleux
artifices. Et pour autant que ie ſerois
trop long à raconter tous ceux dont ie
luy vids vſer, j'en diray ſeulement vn
fort plaiſant & ſubtil, auec lequel ie
prouueray aſſez ſa ſuffiſance.

Il auoit préché deux ou trois iours en
vn village du dioceſe de Tolede, faiſãt
ſes diligences accouſtumées, mais on
n'y auoit pris ſa Bulle, ny n'auoient intention de la prendre, à ce que i'en pouuois voir eſtant donné au diable auec
cela. Et penſant qu'il feroit, il reſolut
d'inuiter le peuple le matin enſuiuant
pour dépeſcher la Bulle.

Ce ſoir là apres ſoupper ils ſe mirent
luy & ſon Sergēt à ioüer la collation, &

zil; y ſobre el juego vinieron a reñir y a
auer malas palabras. El llamo ai Alguazil ladron, y el otro a el falſario.

Sobre eſto, el Señor Comiſſario mi ſeñor tomo vn lançon, que en el portal do
jugauan eſtaua. El Alguazil puſo mano a ſu eſpada, que en la cinta tenia.

Al ruydo y bozes que todos dimos,
ocupen los hueſpedes y vezinos y meten
ſe en medio: y ellos muy enojados, pro-
curando ſe deſembaraçar de los que en
medio eſtauan, para ſe matar.

Mas como la gente al gran ruydo car-
gaſſe y la caſa eſtuuieſſe llena della, viendo que no podian afrentar ſe con las armas, dezian ſe palabras injurioſas: entre las quales, el Alguazil dio a mi
amo, que era falſario y las Bulas que
predicaua eran falſas.

Finalmente que los del pueblo viendo
que no baſtauan para ponellos en paz,
acordaron de lleuar al Alguazil de la
poſada a otra parte. Y aſſi quedo mi amo,
muy enojado.

sur le jeu vindrent à quereller, & à prendre paroles ensemble, luy appellant le Sergent larron, & le Sergent l'appelant faussaire.

Sur quoy le sieur Commissaire, mon Seigneur, print vne picque qui estoit en la salle où ils ioüoyent, & le Sergent mit la main à son espée qu'il portoit à sa ceinture.

Les hostes & voisins accoururent au bruit & cris que nous fismes tous, & se mirent entr'eux deux : dont iceux fort faschez, taschoient se dépestrer de ceux qui les separoient, pour s'entretuër. Mais comme le monde accouroit au grand bruit, si que la maison estoit déja pleine, voyant qu'ils ne pouuoient s'aborder auec les armes, ils se disoient paroles injurieuses ; entre lesquelles le Sergent dit à mon maistre qu'il estoit vn faussaire, & que les Bulles qu'il preschoit estoient fausses.

Finalemēt ceux qui estoient là voyant qu'ils ne pouuoient les mettre d'accord, resolurent d'emmener le Sergent en vne autre maison. Et ainsi mon maistre demeura fort ennuyé.

Y defpues que los huefpedes y vezinos le vuieron rogado que perdieffe el enojo y fe fueffe a dormir, affi nos echamos todos.

La mañana venida, mi amo fe fue a la Iglefia y mando tañer a Miffa y al Sermon para defpedir la Bula. Y el pueblo fe junto, el qual andaua murmurado de las Bulas, diziendo como eran falfas y que el mifmo Alguazil riñendo lo auia defcubierto. De manera : que tras que tenian mala gana de tomalla, con aquello del todo la aborrecieron.

El Señor Comiffario fe fubio al pulpito y comiença fu Sermon y a animar la gente, aque no quedaffen fin tanto bien y indulgencia como la fanta Bula traya.

Eftando en lo mejor del Sermon, entro por la puerta de la Iglefia el Alguazil: y defque hizo oracion, leuanto fe y con boz alta y paufada, cuerdamente començo a dezir.

Buenos hombres, oyd me vna palabra, que defpues oyres a quien quifieredes. Yo vine aqui con efte echacuerno que

Toutesfois les hoftes & voifins l'ayất prié d'oublier fa fâcheric, & de s'en aller repofer, enfin nous-nous en allâmes tous coucher.

La matinée venuë, mon maiftre alla à l'Eglife, & fit fonner la Meffe & le Sermon pour dépefcher la Bulle. Et le peuple s'affembla, en murmurant des Bulles, difant qu'elles eftoient fauffes; comme le Sergent mefme l'auoit découuert en querellant. De forte qu'auec ce qu'ils auoient peu d'enuie de la prendre, cela la leur faifoit abhorrer du tout.

Le fieur Commiffaire monta au pulpitre, & commença par fa predication à animer l'affiftance, à ne méprifer tant de bien & indulgence que la fainte Bulle portoit, ou conferoit.

Eftant au milieu de fon Sermõ, le Sergent entra par la porte de l'Eglife, où dés qu'il euft fait fon oraifon, il fe leua, & d'vne voix haute & pofée, commença courageufement à dire.

Gens de bien, entédez moy vn peu parler, & puis vous entédrez qui vous voudrés: Ie fuis icy venu auec ce caffard qui

os predica, el qual me engaño y dixe
que le fauorecieße en eſte negocio, y que
partiriamos la ganancia. Y agora viſto
el daño que haria a mi conciencia y a
vueſtras haziendas, arrepentido de lo hecho os declaro claramente, que las Bulas
que predica ſon falſas, y que no le creays
ni las tomeys? y que yo directe ni indi-
recte no ſoy parte en ellas, y que deſde
agora dexo la vara y doy con ella en el
ſuelo : Y ſi en algun tiempo eſte fuere
caſtigado por la falſedad, que voſotros
me ſeays teſtigos como yo no ſoy con el
ni le doy a ello ayuda, ante os deſen-
gaño y declaro ſu maldad. Y acabo ſu
razionamento.

Algunos hombres honrrados que alli
eſtauan, ſe quiſieron leuantar y echar
al Alguazil fuera de la Igleſia, por euitar eſcandalo : Mas mi amo les fue a
la mano, y mando a todos que ſo pena
de excomunion, no le eſtoruaſſen mas que
le dexaſſen dezir todo lo que quiſieſſe :
y aſſi el tabien tuuo ſilencio, mientras
el Alguazil dixo todo lo que he dicho.

vous prefche, lequel m'auoit enjollé,&
prié de le fauorifer en cét affaire , dont
nous deuions partir le gain : mais ayant
reconneu le tort que ie ferois à ma con-
fcience,& à vos biens, me repentant du
fait , ie vous declare apert_ment que
les Bulles qu'il prefche font fauffes,afin
que ne le croyez, ny en preniez, & que
ie ne m'en mefle plus , directement, ny
indirectement ; ains dés à prefent quit-
te la baguette , & la jette par terre,
afin que fi quelque iour cettuy-cy eft
chaftié pour fa fauffeté , vous autres
me foyez témoins que ie ne fuis d'a-
uec luy, ny ne luy ayde, ains que ie
vous aduife de la tromperie , & declare fa mefchanceté. Et finit ainfi fon
difcours.

Quelques hommes d'honneur qui
eftoient là fe voulurent leuer,& mettre
le Sergent hors de l'Eglife,pour euiter le
fcandale : mais mon maiftre les arrefta,
& commanda à tous que fur peine d'ex-
communication ils ne le deftourbaf-
fent , mais luy laiffaffent dire tout ce
qu'il voudroit, luy pareillemét preftant
filence à tout ce que nous auons dit.

Como callo, mi amo le pregunto si queria dezir mas que te dixesse. El Alguazil dixo: Harto mas ay que dezir de vos y de vuestra falsedad, mas por agora basta.

El Señor Comissario se hinco de rodillas en el pulpito, y puestas las manos y mirando el Cielo dixo assi: Señor Dios, a quien ninguna cosa es escondida antes todas manifiestas, y a quien nada est impossible antes todo possible: tu sabes la verdad, y quan injustamente yo soy afrentado. En lo que a mi toca yo le perdone, porque tu Señor me perdones? No mires aquel: que no sabe lo que haze ni dize. Mas la iniuria a ti hecha te suplico y por iusticia te pido, no dissimules, porque alguno que esta aqui que porauentura penso tomar aquesta santa Bula, dando credito a las falsas palabras de aquel hombre lo dexara de hazer.

Y pues les tanto periuzio del proximo, te suplico yo Señor no le dissimules, mas luego muestra aqui milagro, y sea desta manera: Que si es verdad lo que

Comme il vint à se taire, mon maistre
luy dit, que s'il en vouloit dire dauãta-
ge, il le dist. Et le Sergent luy dit: I'ay
biẽ plus à dire de vous & de vôtre faul-
seté mais baste pour maintenant.

Le sieur Cõmissaire se mit lors à genoux au pulpitre, & les mains iointes, en
regardãt au Ciel, dit ainsi: Seigneur Dieu
à qui aucune chose n'est cachée, ains
toutes manifestes, & à qui rien n'est impossible, ains tout possible; vous sçauez
la verité, & combien injustement ie suis
blasmé. Quant à ce qui me touche, ie
le pardonne, afin, Seigneur, que me
pardonniez: ne prenez garde à celuy qui
ne sçait ce qu'il fait, ny dit. Mais quant
à l'iniure que vous faites, ie vous supplie, & par iustice vous requiers de ne
la point dissimuler, afin que nul des assistans qui auoient peut-estre proposé
de prendre cette sainte Bulle, adioustant
foy aux fausses paroles de cét homme,
laisse à le faire.

Et cela donc estant si preiudiciable au
prochain, ie vous supplie, Seigneur de ne
le point dissimuler, mais de mõstrer icy
promptement vn miracle, qui soit tel:

aquel dize, y que yo traygo maldad y falsedad, este pulpito se hunda comigo y metta
siete estados debaxo de tierra, do el ni yo
iamas parezcamos.

Y si es verdad lo que yo digo, y aquel
persuadido del demonio (por quitar y
privar a los que estan presentes de tan
gran bien) dize maldad, tambien sea
castigado y de todos conocida su malicia.

A penas auia acabado su oracion el
deuoto Señor mio, quando el negro Alguazil caë de su estado y da tan gran
golpe en el suelo que la Iglesia toda hizo resonar; y començo a bramar y echar
espumajos por la boca, y torcella, y hazer visajes con el gesto; dando de pie y
de mano; reboluiendo se por aquel suelo
a vna parte y a otra.

El estruendo y bozes de la gente era
tan grande, que no se oyan vnos a otros.
Algunos estauan espantados y temerosos.
Vnos dizien: El Señor le socorra y vala.
Otros Bien se le emplea, pues leuantaua
tan falso testimonio.

Qve si ce que dit cettui-là est veritable, & que i'y entende malice, ou fausseté, ce pulpitre fonde soubs moy, & s'abysme sept toises soubs terre, d'où luy ne moy iamais ne paroissions.

Ou si ce que ie dis contient verité, & que cét instigué du diable (pour détourner, & priuer ceux qui sont presens d'vn si grand bien) mente faussement, il soit aussi chastié, & sa malice soit conneuë de tous.

A peine mon deuot maistre auoit-il acheué son oraison, que le pauure Sergent tomba de son haut, & donna si grand coup contre terre, qu'il en fit retentir toute l'Eglise, & commença à mugir, & écumer par la bouche, à la tordre, & à faire iaides grimaces, se debattant de pieds & mains, & se tournant de part & d'autre sur la terre.

Le bruit, & les cris des assistans estoit si grand, qu'ils ne s'entendoient les vns les autres. Aucuns estoient en crainte & espouuantement; les vns disoient, Dieu le secoure & deliure; & d'autres, Il luy est bien employé, puis qu'il portoit vn si faux témoignage.

Finalmente, algunos que alli eſtauan, y a mi parecer no ſin harto temor, ſe llegaron y le traueron de los braços; con los quales daua fuertes puñadas, a los que cerca del eſtauan.

Otros le tirauan por las piernas y tuuiera reziamente, porque no auia Mula falſa en el mundo, que tan rezias coces tiraſſe. Y aſſi le tuuieron vn gran rato porque mas de quinze hombres eſtauan ſobre el, y a todos daua las manos llenas, y ſi ſe deſcuydauan en los hocicos.

A todo eſto, el Señor mi amo eſtaua en el pulpito de rodillas, las manos y los ojos pueſtos en el Cielo, traſportado en la diuina eſſencia, que el planto y ruydo y bozes que en la Igleſia auia, no eran parte para apartalle de ſu diuina contemplacion.

Aquellos buenos hombres llegaron a el, y dando bozes le deſpartaron y le ſuplicaron quiſieſſe ſocorrer a aquel pobre que eſtaua muriendo, y que no miraſſe a las coſas paſſadas ni a ſus dichos malos, pues ya dellos tenia el pago: mas

Finalement aucuns des affiſtans, non
point ſans crainte à mon aduis, s'ap-
procherent, & luy prindrent les bras,
auec leſquels il donnoit de rudes gourmades à ceux leſquels eſtoient autour
de luy.

Autres le tiroient par les iambes, & les
luy tenoient fermement, d'autant qu'il
n'y auoit ſi fauſſe mule au monde, qui
peuſt tirer de telles ruades. Et le tin-
drent ainſi vn long temps, eſtans plus de
quinze hommes ſur luy, leſquels il em-
beſongnoit tous, donnant ſur le groin
de ceux qui s'oublioient à le tenir.

Pendant tout cecy, le ſieur mon maiſtre eſtoit à genoux au pulpitre, les
mains iointes, & les yeux éleuez au ciel,
ſi tranſporté en la diuine eſſence, que les
pleurs, ny les cris & bruit que l'on faiſoit en l'Egliſe, n'eſtoient baſtants pour
le diuertir de ſa diuine contemplation.

Ces hommes de bien s'approchent de
luy, & à force de crier le réueillent, &
prient de vouloir ſecourir ce pauure hõme qui ſe mouroit, ne prenant garde à
ce qui s'eſtoit paſſé, ny à ſes calomnies,
puis qu'il en auoit receu le payement:

ſi en algo podia aproucchar para librar
le del peligro y paſſion que padecia, por
amor de Dios lo hizicſſe; pues ellos
veyan clara la culpa del culpado y la
verdad y bondad ſuya, pues a ſu peti-
cion y vengança, el Señor no alargo el
caſtigo.

El Señor Comiſſario, como quien deſ-
pierta de vn dulce ſueño los miro y miro
al delinquente y a todos los que al rededor eſtauan; y muy pauſadamente les dixo: Buenos hombres, voſotros nunca
auiades de rogar por vn hombre en quien
Dios tan ſeñaladamente ſe ha ſeñalado.
Mas pues el nos manda, que nos bolua-
mos mal por mal y perdonemos las inju-
rias, con confiança podremos ſuplicar,
que le cumpla lo que nos manda y ſu
Majeſtad perdone a eſte que le ofendio,
poniendo en ſu ſanta fe obſtaculo. Vamos
todos a ſuplicalle.

Y aſſi baxo del pulpito y encomendo
les, que muy deuotamente ſupplicaſſen
a nueſtro Señor, tuuieſſe por bien de
perdonar a aquel pecador, y boluer la

mais que s'il pouuoit quelque chofe
pour le deliurer du peril & du mal qu'il
enduroit, il le fift pour l'amour de Dieu,
puifqu'ils reconnoiffoient euidemment
la faute du coulpable, & fa verité &
bonté, à ce qu'à la requefte, & pour le
venger, Dieu n'auoit differé le chaftie-
ment.

Le fieur Commiffaire, comme qui fe
refueille d'vn doux fomme, les regarde,
& puis le delinquant, & tous ceux qui
eftoient au tour de luy, puis fort pofé-
ment leur dit: gens de bien, qu'il ne vous
arriue plus de prier pour vn homme en
qui Dieu s'eft voulu glorifier tant figna-
lément; toutesfois puis qu'il nous commande ne point rendre mal pour mal,
ains de pardonner les injures, nous le
pourrons fupplier auec confiance qu'il
accompliffe ce qu'il nous commande, fa
Majefté pardonnant à celuy qui la of-
fenfée, oppofant vn obftacle à fa faincte foy. Allons tous l'en fupplier.

Et ainfi defcendant du pulpitre, & leur
recómandant de prier tres-deuotement
noftre Seigneur, d'auoir pour agreable
de pardõner à ce pecheur, & de luy ren-

en salud y sano juzio , y lançar dey el demonio , si su Majestad auia permitido que por su gran pecado en el entrasse.

Todos se hincaron de rodillas y delante del altar con los Clerigos començauan a cantar con boz baxa vna Letania , y viniendo el con la Cruz y agua bendita despues de auer sobre el cantado , el Señor miramo puestas las manos al Cielo y los ojos , que casinada se le parecia si no vn poco de blanco , comiença vna oracion no menos larga que deuota , con la qual hizo llorar a toda la gente , como suelen hazer en los sermones de la Passion de Predicador y auditorio deuoto : suplicando a nuestro Señor , pues no queria la muerte del pecador si no su vida y arrepentimiento , que aquel encaminado por el demonio y persuadido de la muerte y pecado . le quisiesse perdonar y dar vida y salud para que se arrepintiesse y confessasse sus pecadores.

Y esto hecho , mando traer la bula y puso en la cabeça , y luego el pecador

dre sa santé & son bon sens, chassant
le diable hors de luy, si sa Majesté auoit
permis qu'il fust entré eh son corps
pour son grand peché.

Tous se ietterent à genoux , & auec
les Prestres commencerent à chanter
deuãt l'Autel , d'vne voix basse les Letanies, pendant qu'auec la Croix & l'eau
beniste le sieur mon maistre alla vers le
Sergent , sur lequel apres auoir chanté,
les mains leuées au Ciel & les yeux, dõt
quasi rien ne paroissoit sinon vn peu du
blanc ; il commença vne oraison , non
moins longue que deuote, auec laquelle il fit plorer toute l'assistance, comme
coustumierement il arriue és Sermons
de la Passion , faits par quelque deuot
Predicateur à des auditeurs deuots, sup-
pliant à nostre Seigneur, puis qu'il ne
vouloit la mort du pecheur, mais sa cõ-
uersion & vie, qu'il luy pleust pardonner, & donner vie & santé à cét instigué du diable, & persuadé de la mort &
peché, à ce qu'il vinst à se repentir , &
confesser ses pechez.

Cela fait, il fit apporter la bulle, & la
lui mit sur la teste, & aussi-tôt le pauure

del Alguazil començo poco a poco a estar mejor y tornar en si. Y desque fue bien buelto en su acuerdo, echo se a los pies del Señor Comissario, demandando le perdon confesso auer dicho aquello por la boca y mandamiento del demonio, lo vno por hazer el daño y vengarse del enojo, lo otro y mas principal porque el demonio recibia mucha pena del bien que alli se hiziera en tomar la Bula.

El Señor mi amo le perdono y fueron hechas las amestades entre ellos, y a tomar la Bula vuo tanta priessa, que casi anima biuiente en el lugar no se quedo sin ella: Marido y muger, y hijos y hijas, moços y moças.

Diuulgo se la nueua de lo acaecido, por los lugares comarcanos: y quando a ellos llegamos, no era menester Sermon, ni yr a la Iglesia, que a la posada la venian a tomar, como si fueran peras que se dieran de balde. De manera que en diez o doze lugares de aquellos al rededor donde fuymos, echo el Señor mi amo

Sergent commença peu à peu à se reuenir. Et si-tost qu'il fut retourné en son
bon sens, il se jetta aux pieds du sieur
Commissaire, & luy demandant pardon, confessa auoir dit ce que dessus par
l'organe & commandement du diable;
premierement pour luy faire tort, & se
vanger de luy; & secondement, & principalement pour autant que le diable
receuroit beaucoup de peine du bien
qui se feroit-là en prenant la Bulle.

Le sieur mon maistre luy pardonna,
& en contracterent amitié ensemble.
Et y eut tant de presse à prendre la Bulle, qu'il n'y eut presque ame viuante
en tout le Bourg, qui ne la prist, mary & femme, fils & filles, seruiteurs &
seruantes.

La nouuelle de ce qui estoit aduenu se
diuulgua par les Villages circonuoisins;
de sorte que quand nous y arriuions, il
n'estoit besoin d'y faire Sermon, ny d'aller à l'Eglise, d'autant que l'on la venoit
prendre en la maison cõme si ce fussent
des poires que l'on eust dõné de *gratis*. De
sorte qu'en dix ou douze villages circõ-
uoisins où nous fusmes, le Seigneur mõ

K

mi amo otras tantas mil Bulas, sin predicar Sermon.

Quando hizo el ensayo, confieso mi pecado que tambien fuy dello espantado, y creí que assi era como otros muchos. Mas con ver despues la risa y burla que mi amo y el Alguazil llenan, y hazian del negocio, conoci como auia sido industriado por el industrioso y inuentiuo de mi amo; aunque mochacho, cayo me mucho en gracia, y dixe entre mi: Quantas desteas deuen de hazer estos burladores, entre la innocente gente.

Finalmente, estuue con este mi quinto amo cerca de quatro meses, en los quales passe tambien hartas fatigas.

COMO EL LAZARO SE ASSENTO con vn Capellan y lo que con el passo.

DESPVES desto, assente con vn Maestro de pintar panderos, para molelle las colores: y tambien

maiſtre diſtribua autant d'autres mille Bulles ſans faire aucune Predication,

Qʋand le traict ſe fit, ie confeſſe mõ peché que i'en fus autant épouuanté & creus auſſi bien que pluſieurs autres que ainſi eſtoit: mais du depuis à la riſée & mocquerie que i'en veis faire & racompter tant à mon maiſtre qu'au Sergent, ie reconneus que cela auoit eſté inuenté par mon inuentif & induſtrieux maiſtre. Et bien que ie fuſſe ieune, cela m'agrea fort & en dis à part moy : Combien ces mocqueurs en doiuent ils bailler de telles aux gens innocents?

Finalement ie ſeruis ce mien cinquieſme maiſtre enuiron prés de quatre mois pendant leſquels ie ſupportay auſſi beaucoup de fatigues.

COMME LE LAZARE SE MIT
au ſeruice d'vn Chappellain, & de ce qu'il y fit.

Pres cettuy-cy, ie me mis chez vn maître peintre de tãbours pour luy mouldre les couleurs, & ſouffris auſſi

ſufri mil males.

Siendo ya en eſte tiempo buen moçuelo entrando vn dia en la Igleſia mayor,
vn Capellan della me recibio por ſuyo y
puſo me en poder vn buen Aſno y quatro cantaros, y vn açote; y comence a echar
agua por la Ciudad.

Eſte fue el primer eſcalon que yo ſubi
para venir a alcançar buena vida, porque mi boca era medida.

Daua cada dia a mi amo treynta marauedis ganados, y los Sabados ganaua
para mi, todo lo de mas entre ſemana
de treynta marauedis.

Fue me tambien en el oficio, que al cabo de quatro años que lo vſe, con poner
en la ganancia buen recaudo, abhorre
para me veſtir muy honrradamente de la
ropa vieja; de la qual compre vn jubon
de fuſtan viejo, y vn ſayo raydo de manga trançada y puerta y vna capa que
auia ſido friſada y vna eſpada de las
viejas primeras de Cuellar.

Deſque me vi en habito de hombe

auec luy mille maux.

Estant pour lors jà assez grand, vn iour entrant en la grand' Eglise, l'vn des Chapellains d'icelle me retint à son seruice, & me bailla en charge vn bon Asne, quatre vaisseaux, & vn foüet, pour aller porter de l'eau par la Ville.

Cettui-cy fut le premier eschelon que ie montay pour paruenir à la bonne vie: car ma bouche estoit policée.

Ie rendois chacun iour à mon maistre trente marauedis de gain, fors les Samedis, que ce que ie gagnois estoit pour moy, auec ce que ie pouuois gagner par semaine de plus que les trente marauedis.

Ie fus si heureux en cét office, qu'en quatre ans que ie l'exerçay (auec ce que ie prenois garde à épargner) i'amassay pour me vestir fort honorablement en la fripperie; où i'achetay vn vieil pourpoint de fustaine, vne juppe rase à manches passementées, & pochette, vn manteau qui auoit esté porté, auec vne espée des vieilles, premiere de cueillar.

Dés que ie me vids en habit d'homme

de bien, dixe a mi amo se tomaſſe ſu Aſno que no quiera mas ſeguir aquel officio.

COMO EL LAZARO SE ASSENto con vn Alguazil, y de lo que acaecio con el.

Eſpedido del Capellan, aſſente por hombre de iuſticia con vn Alguazil, mas muy poco biui con el por parecer me officio peligroſo, mayormente que vna noche nos corrieron a mi y a mi amo, pedradas y a palos vnas retraydos; y a mi amo que eſpero trataron mal, mas a mi no me alcançaron.

Con eſto recegue del rato: Y penſando en que modo de beuir haria mi aſſiento por tener deſcanſo y gañar algo para la vejez; quiſo Dios alumbrar me y poner me en camino y manera prouechoſa: Y con fauor que tuue de amigos y ſeñores, todos mis trabajos y fatigas haſta entonces paſſados fueron pagados; con alançar lo que procure:

d'honneur, ie dis à mon maistre qu'il re-
painst son Asne, & que ie ne voulois
plus faire cét office.

COMME LE LAZARE SERVIT
vn Sergent & de ce qui luy arriua auec luy.

Orty d'auec le Chappellain, ie seruis de records à vn Sergent, mais
ie ne fus long temps à son seruice,
l'Office m'en semblant hazardeux nous
arriuant vne nuiĉt d'estre courus mon
maistre & moy à coups de pierres & bastons, par quelques retirez en franchi-
se; qui traitterent mal mon maistre que
i'attendis encore, mais ils ne me peurent atteindre.

Cela me fit quitter le mestier. Et pensant quelle vacation i'élirois, pour y
trouuer repos & gaigner quelque chose
pour la vieillesse, Dieu me voulut illu-
miner & acheminer à vne vacatiõ profitable. Car auec la faueur que i'eus de
quelques amis & seigneurs, ie fus recõ-
pésé de tous mes trauaux & fatigues du
passé, en obtenãt ce que ie pourchassay;

K iiij

que fue vn oficio real, vienda que no ay
nadie que medre, fino los que le tienen.
En el qual el dia de oy yo vino y refido,
a feruicio de Dios y de vueftra merced.
Y es que tengo cargo de pregonar los vinos, que en efta Ciudad fe venden, y en
almonedas y cofas perdidas; acomp.ñar
los que padecen perfecuciones por infticia,
y declarar a bozes fus delitos. Pregonero,
hablando en buen romance.

Hame fuccedido tan bien y yo le he vfa-
do tan facilmente, que cofi todas las cofas al oficio tocantes paffan por mi mano;
tanto que en toda la Ciudad, el que ha de
echar vino a vender o algo, fi Lazaro
de Tormes no entiende en ello, hazen
cuenta de no facar prouecho.

En efte tiempo, viendo mi habilidad y
buen biuir, teniendo noticia de mi perfona el Señor Arciprefte de fant Saluador
mi Señor, y feruidor y amigo de vueftra
merced, porque le pregonaua fus vinos
procuro cafar me con vna criada fuya.

Y vifto por mi, que de tal perfona no

& ce fut vn office royal (voyant qu'il n'y auoit que ceux qui en auoient, qui profitoient) duquel ie vis encore à prefent, & lequel i'exerce, pour feruir Dieu & vous, Monfieur. Et c'eſt que i'ay charge de crier les vins qui fe vendent en cette Ville, de crier aux ventes & les chofes perduës, & d'accompagner ceux qui font punis par Iuſtice, pour declarer à haute voix leurs delicts. Et pour parler en bon François, ie fuis Crieur iuré de ventes & vins.

Il m'eſt ſi bien fuccedé, & ay exercé cét office auec tant de facilité, que prefque toutes les fonctions qui en dépendent, me paffent par les mains; de forte qu'en toute la ville celuy qui a du vin, où autre chofe à vendre, ne fait compte d'en tirer profit, ſi Lazare de Tormes ne s'é mefle.

En ce temps le fieur Archipreſtre de S. Saueur, mon Seigneur, & voſtre feruiteur & amy Monfieur, voyant ma capacité & bon mefnage, & me connoiffant, parce que ie luy cryois tous fes vins, traicta de me marier auec vne fienne feruante.

Et reconoiffant qu'il ne me pouuoit ve-

podia venir sino bien y fauor, acorde de
lo hazer y assi me case con ella, y hasta agora no estoy arrepentido : porque
allendo de ser buena hija y diligente
seruicial, tengo en mi señor Arcipreste
todo fauor y ayuda : y siempre en el año
le da en vezes al pie de vna carga de trigo, por las pascuas su carne, y quando
el par de los bodigos, las calças viejas que
dexa, y hizo nos alquilar vna casilla par
de la suya.

Los Domingos y fiestas casi todas, las
comiamos en su casa : mas malas lenguas
que nunca faltaron, no nos dexen biuir,
dizendo no se que y si se : _Que veen a
mi muger yr le hazer la cama y guisal-
le de comer._

Y mejor les ayude Dios que ello dizen
la verdad, porque alendo de no ser ella
muger que se pague destas burlas, mi
Señor me ha prometido lo que pienso
complira, que el me hablo en dia muy
largo delante della, y me dixo: _Lazaro
de Tormes, quien ha de mirar a dichos_

nir que bien & faueur de telle perſonne, ie m'y conſentis. Et ainſi ie l'épou-
ſay, dont iuſqu'à maintenant ie ne me
ſuis repenty parce qu'outre qu'elle eſt
bonne fille & grande ménagere, ie retire encore de Monſeigneur l'Archipreſtre toute faueur & ayde : iceluy luy dő-
nant à vau l'an enuiron vne charge de
froment, à Paſque, ſa chair, vne couple
de pains quand bő luy ſemble; les vieilles chauſſes qu'il laiſſe, nous a fait loüer
vne maiſon ioignant la ſienne.

Nous diſnions preſque tous les Di-
manches & feſtes en ſa maiſon, mais
les mauuaiſes langues qui n'ont iamais
manqué, ne nous laiſſent viure en repos, diſant ie ne ſçay quoy, & que ie
ſçay : Qu'ils voyent ma femme luy aller
faire ſon lit & luy appreſter ſon diſner.

Mais Dieu leur ayde mieux qu'ils ne di-
ſēt la verité: car outre qu'elle n'eſt femme qui ſe paye de ces trőperies, encore
mon Seigneur m'a il promis ce que ie
penſe qu'il tiendra. Car il me fit vn iour
vn long diſcours deuant elle me diſant:
Lazare de Tormes, qui voudroit adiou-

de malas lenguas, nunca medrara. Digo
esto; porque no me marauillaria, alguno
viendo entrar en mi casa tu muger y sallir
della. Ella entra muy a tu honrra y suya,
y esto te lo prometo. Por tanto no mires a
lo que pueden dezir, sino a lo que toca,
digo a tu prouecho.

Señor (le dixe) yo determine de arri-
mar me a los buenos. Verdad es, que algunos de mis amigos me han dicho algo desso,
y aun por mas de tres vezes me han certi-
ficado, que antes que comigo casasse auia
parido tres vezes, hablando con reueren-
cia de vuestra merced, porque esta ella de
delante.

Entonces mi muger echo juramentos
sobre si, que yo pense la casa se hundie-
ra con nosotros ; y despues tomo se a llorar y a echar mil maldiciones, sobre quien
comigo la auia casado. En tal manera,
que quisiera ser muerto, antes que se me
vuiera soltado aquella palabra de la boca.

Mas yo de vn cabo y mi Señor de otro,
tanto le diximos y otorgamos, que cesso

fter foy aux méchantes langues, iamais
ne profiteroit. Et ie te dis cecy, parce que ie ne m'efmerueillerois qu'aucun murmuraft de voir entrer ta femme en ma maifon, & en fortir. Elle y
entre fort à ton honneur & au fien, &
ie te le promets. Et partant ne prends
garde à ce qu'ils peuuent dire, mais à
ce qui t'importe, c'eft à fçauoir à ton
profit.

Monfieur (luy dis-je) i'ay refolu d'e-
ftre des bons, étant bien vray qu'aucuns
de mes amis m'en ont dit quelque chofe, & mefme m'ont certifié plus de trois
fois, qu'auant que ie l'époufaffe elle
auoit eu trois enfans, parlant auec refpect, pource qu'elle eft deuant vous.

Alors ma femme commença à faire de
fi grands ferments, que i'auois peur que
la maifon fondift fur nous, puis commença à plorer, & à maudire mille fois
celuy lequel l'auoit m iée auec moy;
en forte que i'euffe voulu auoir efté
mort auant que cette parole fuft fortie
de ma bouche.

Mais en fin moy d'vn cofté, & Monfei-
gneur de l'autre, luy difmes tant & ga-

fullante: con iuramento que le hize, de
nunca mas en mi vida mentille nada de
aquello, y que yo holgaua y aura por
bien de que ella entraffe y falieffe de noche
y de dia, pues eftaua bien feguro de fu
bondad. Y affi quedamos todos tres bien
conformes.

Hafta el dia de oy nunca nadie nos oyo
fobre el cafo, antes quando alguno fien-
to que quiere dezir algo della, le ataio
y le digo: Mira fi foys mi amigo no me
digays cofa con que me pefe, que no tengo por mi amigo al que me haze pefar,
mayormente fi me quieren meter mal con
mi muger, que es la cofa del mundo que
yo mas quiero: y la amo mas que a mi,
y me haze Dios con ella mil mercedes,
y mas bien que yo merezco: que yo ju-
rare fobre la hoftia confagrada, que es
tan buena muger como biue dentro de las
puertas de Toledo: y quien otra cofa me
dixere, yo me matare con el.

Defta manera no me dizen nada, y yo
tengo paz en mi cafa.

gnalmes ſur elle,qu'elle ceſſa de plorer,
moyennant ſerment que ie luy fis de ne
luy parler iamais en ma vie de cela,ains
d'eſtre bien aiſe qu'elle y entraſt,& en
ſortiſt de nuit & de iour, eſtant pour aſſeuré de ſa bonté. Et ainſi nous demeu-
raſmes tous trois d'accord.

Iamais iuſqu'auiourd'huy l'on ne nous
a depuis ouy parler du fait:car tant s'en
faut, quand ie ſents que quelqu'vn m'é
veut dire quelque choſe,ie luy couppe
court, diſant: Regardez ſi vous m'eſtes
amy,à ne me dire choſe qui me faſche:
car ie ne tiens pour amy celuy lequel
me fait fâcher, & ſpecialement ſi c'eſt
touchant ma femme,qui eſt la choſe du
monde que j'ayme le plus, l'aymāt plus
que moy-méme, parce que Dieu me
fait mil graces auec elle,& plus meſme-
ment que ie n'en merite; & ie iureray
ſur l'hoſtie conſacrée qu'elle eſt autant
femme de bien, qu'autre qui ſoit dans
l'enclos de Tolede, Et qui m'en dira
autre choſe, aura ma vie , ou moy la
ſienne.

Par ainſi on ne m'en dit rien , & j'ay
paix en ma maiſon.

Esto fue el mesmo año, que nuestro victorioso Emperador en esta insigne Ciudad de Toledo entro y tuuo en ella Cortes, y se hizieron grandes regozijos y fiestas, como vuestra merced aura oydo.

DA CVENTA EL LAZARO
la mistad que tuuo en Toledo con vnos Tudescos, y lo que con ellos passaua.

EN este tiempo, estaua en mi prosperidad y en la cumbre de toda buena fortuna : y como yo siempre anduuiesse accompañado de vna buena galleta, de vnos buenos frutos que en esta tierra se crian para muestra de lo que pregonaua, cobre tantos amigos y señores, assi naturales como estrangeros, que do quiera que llegaua, yo auia para mi puerta cerrada. Y en tanta manera me vi fauorecido, que me parece si entonces matara vn hombre o me acaeciera algun caso rezio, hallara todo el mundo de mi banda, y tuuiera en aquellos mis señores todo fauor y socorro : Mas ya nunca los de-

Cecy fut la mesme année, que nostre victorieux Empereur entra en cette insigne ville de Tolede & y tint sa Cour: où se firent de grandes réjouyssances & festes, comme vous pouuez auoir appris.

LE LAZARE RACOMPTE
l'amitié qu'il eut à Tolede auec certains Allemans, & la vie qu'il menoit auec eux?

N ce temps-là i'estois en ma prosperité & au comble de toute ma bonne fortune, car comme i'allois toûjours accompagné d'vn baril de bons fruicts venants au pays, pour monstre de ce que ie criois, i'acquis tant d'amis & Seigneurs, tant du pays que d'Estrangers, qu'en quelconque lieu où ie peusse aller, nulle porte ne m'estoit fermée. Et me veis tant fauorisé, que i'estime s'il me fust aduenu lors de tuer vn homme ou quelqu'autre grand accident tout le monde eust esté de mon party, & eusse trouué en ces miens Seigneurs toute faueur & secours. Aussi ne leur laissois-je iamais auoir la bouche

xaua bosquisecos, queriendo los lleuar comigo a lo mejor que yo auia echado en
la Ciudad, a do haziamos la buena y es-
plandida vida y xira.

Alli nos acontecio muchas vezes entrar
en nuestros pies y sallir en agenos: y lo
mejor desto es, que todo este tiempo maldita la blanca Lazaro de Tormes gasto
ni se la consentian gastar.

Antes si alguna vez yo de industria e-
chaua mano a la bolsa fingiendo querer lo
pagar, tomauan lo por afrenta y mirauan
me con alguna ira, y dezian: Nite, nite.
asticoc, lanz. Reprehendiendo me, diziendo: Que do ellos estauan, nadie auia
de pagar blancar.

Yo can aquello, moria me de amores
de tal gente, porque no solo esto mas
de pernilles de tocino, pedaços de piernas de carnero, cozidas en aquellos cor-
diales vinos, con mucha de la fina espe-
cia y de sobras de cecinas y de pan me
henchian la falda y los sedos, cada vez
que nos junteauamos, que tenia en mi

feche, ains les menois quant & moy où
fe vendoit le meilleur vin de la ville
que j'auois crié, où nous faifions la bonne & fplendide vie & chere.

Là il nous arriua beaucoup de fois d'y
entrer fur nos pieds , mais d'en fortir
fur ceux d'autruy, & le meilleur de tout
eft, qu'en tout ce temps-là maudit le
denier que Lazare de Tormes dépen-
ça, & que l'on fouffrit payer.

Tant s'en faut fi quelquefois par bien-
feance ie mettois la main à la bource,
faignant de vouloir payer, ils prenoient
cela pour affront , & me regardant de
trauers, difoient: *Nite, nite, afticot, lanɀ*
Me reprenant difant, qu'où ils eftoient
nul ne deuoit payer vn feul denier.

Pource ie me mourois d'amour que ie
portois à telles gens, qui non feulement,
me traittoiēt ainfi, mais qui encor à chacune fois que ie les trouuois, m'emplif-
fōient les pochettes & le fein de tant de
morceaux de iābon de porc, & de pieds
de mouton, cuits en ces vins cordiaux,
auec force fine efpice, de reftes de pain
& chaires falées , que j'en auois affez

caſa de comer yo y mi muger haſta hartar vna ſemana entera.

Acordaua me en eſtas harturas de
las mis hambres paſſadas , y alabaua
el Señor y daua le gracias , que aſſi andan las coſas y tiempos.

Mas çomo dize el refran : Quien
bien te hara , o ſe teyra , o ſe morira :
Aſſi me acaecio , que ſe mudo la gran Corte como hazer ſuelle : y al partir , fuy muy
requirido de aquellos mis grandes amigos
me fueſſe con ellos , y que me harian y
aconteceriã. Mas acordando me del Pro-
uerbio que ſe dize : Mas val el mal conocido , que el bien por conocer : Agre-
deciendo les ſu buena voluntad , con muchos abraços y triſteza me deſpedi dellos.

Y cierto ſi caſado yo fuera , no dexara
ſu compañia , por ſer gente hecha muy
à mi guſto y condicion : y es vida gracio-
ſa la que viuen , no fataſticos ny preſun-
tuoſos , ſin eſcrupulo ny aſco de entrar ſe en qualquier bodegon , la gorra
quitada ſi el vino lo merece : Gente llana y henrrada y tal y tambien proueyda

en ma maison pour nous nourrir moy &
ma femme, toute vne semaine.

Pendant ces bonnes cheres ie me re-
souuenois de mes faims passées, loüant
Dieu, & luy rendant graces, de ce
qu'ainsi vont les choses & le temps.

Mais comme dit le Prouerbe : *Qui*
bien te fera, ou bien mourra, ou s'en ira:
Ainsi m'en arriua-il, car la Cour s'en
alla ailleurs selon l'ordinaire. Et au departir, ie fus fort requis par ces miens
grands amis, de m'en aller auec eux pro-
mettans de me défrayer & pouruoir.
Mais me representant le Prouerbe qui
dit, *Plus vaut le mal cogneu, que le bien*
à cognoistre: Les remerciant de leur bonne volonté, ie pris congé d'eux auec forces acollades & tristesse.

Et de verité si ie n'eusse esté marié, ie
n'eusse quitté leur côpagnie, pour estre
gens fort conuenables à mon humeur &
goust, & viuant d'vne agreable vie: n'é-
tants ny fantastiques, ny presomptueux;
sans scrupules ny dédain d'êtrer en toutes sortes de cabarets, le chappeau osté,
si le vin le merite. Gens ronds & hono-
rables & de bourse si bien garnie, que

que no me mala de Dios peor quando buena sed tuuiere.

Mas el amo de la muger y de la patria que va por mia tengo, pues como dizen: De do eres hombre? Siraron por mi. Y assi me quede en esta Ciudad, aunque muy conocido de los moradores della, con mucha soledad de los amigos y vida cortesana.

Estuue muy a mi plazer, con acrecentamiento de alegria y linaje, por el nacimiento de vna muy hermosa niña, que en estos medios mi muger pario, que aunque yo tenia alguna sospecha, ella me juro que era mia. Hasta que a la fortuna le parecio auer me mucho oluidado, y ser justo tornar me a mostrar su ayrado y seuero gesto cruel: y aguar me estes pocos años de sabrosa y descansada vida, con otros tantos de trabajos y amarga muerte.

O gran Dios! Y quien podra escreuir vn infortunio tan desastrado y acaecimiento tan gu dicha, que no dexe holgar el tintero, poniendo la pluma a sus ojos.

Dieu ne m'en vueille enuoyer de pires, quand j'auray grand foif.

Mais l'amour de ma femme & de la patrie que ie repute já pour mienne, puis qu'ordinairemeut l'on demande: *D'oú és-tu, homme?* me retindrent. Et par ainfi ie demeuray en cette ville en grande folitude d'amis, priué de la vie courtifane, bien que fort conneu des habitans.

Ie vefcus ainfi fort à mõ plaifir, auec accroiffemét d'allegreffe & lignée, par la naiffáce d'vne fort belle fille, dõt ma femme accoucha fur ces entrefaites: car bien que i'en euffe quelque foupçon elle me iura qu'elle eftoit mienne; Iufqu'à ce qu'il fembla à la fortune qu'elle m'auoit fort oublié, & qu'il eftoit iufte qu'elle retournaft me monftrer fon irrité & cruel vifage, cõpaffant ce peu peu d'années de plaifáte & paifible vie auec autát de trauaux & d'amere mort.

O grand Dieu! Et qui pourra décrire vne fi malheureufe infortune, & vn euenement fi peu heureux, qui laiffant chomer le cornet, ne vienne à mettré la plume à fes yeux?

FIN.

SECONDE PARTIE
DE LA VIE
DE LAZARILLE
DE TORMES,

*Tirée des vieilles Chroniques
de Tolede.*

SECVNDA PARTE
DE LA VIDA
DE LAZARILLO
DE TORMES,

*Sacada de las Coronicas anti-
quas de Toledo.*

SECVNDA PARTE
DE LA VIDA
DE LAZARILLO
DE TORMES,

Sacada de las Coronicas anti-
quas de Toledo.

CAPITVLO I.

Donde Lazaro cuenta la parti-
da de Toledo, para yr
a la guerra de
Argel.

V I E N *bien tiene, y mal*
escoge: por mal que le ven-
ga no se enoge. Digolo a
proposito, que no pude, ni
supe conseruarme en la
buena vida, que la fortuna me hauia

SECONDE PARTIE
DE LA VIE
DE LAZARILLE
DE TORMES,

Tirée des vieilles Chroniques
de Tolede.

CHAPITRE I.

Auquel Lazare raconte son de-
part de Tolede, pour aller à
la guerre d'Arger.

QVi laisse le bien, & prend
le mal, qu'il ne s'estonne pas
si mal luy en prend. Ie dis cecy à propos de moy mesme,
qui ne me sçeus pas conseruer en la bonne condition que le Ciel m'auoit offer-
te, & que ma bonne fortune m'auoit

L ij

ofrecido ſiendo en mi la mudança , como
accidente inſeparable , que me accompa-
ñaua , tanto en la buena , y abundante , com en la mala , y deſaſtrada
vida.

Eſtando pues goçando el mejor tiempo,
que Patriarca goço: comiendo como frayle,
convidado , y veniendo mas que Saludador: mejor veſtido que Teatino , y con dos
docenas de reales en la bolſa , mas ciertos
que revedendera de Madrid : Mi caſa
llena como colmena : con vna hija ingerta
a cañutillo , y con vn oficio , que me lo podia embidiar el echa perros de la igleſia
de Toledo.

Llego la fama de la armada de Argel: nueua que me inquieto , e hizo que
como buen hijo determinaſſe ſeguir las
piſadas , y huellas de mi buen Padre
Tome Gonzalez (que buen ſiglo aya)
con deſeo de dexar en los venideros ſiglos,
exemplo , y dechado : no de guiar a
vn aſtuto ciego : ratonar el pan del

long temps enfeigné ; le changement
eftant en moy comme vn accident in-
feparable, qui m'accompagnoit autant
en ma bonne, qu'en ma mauuaife fortune.

Iouyffant donc du meilleur temps
dont Patriarche ayt iamais iouy, mangeant comme vn Moyne inuité, beuuant plus qu'vn Templier, & mieux
veftu qu'vn Theatin, ayant deux dou-
zaines de reales à la bourfe mieux que
reuendeufe qui fuft à Madrid, ma
maifon pleine comme vne ruche d'a-
beilles, auec vne fille, & ma femme
qui auoit bien autant que moy pour le
moins ; & vn office, que celuy qui
chaffe les chiens de l Eglife de Tolede
me pouuoit envier.

La renommée de l'armée d'Arger
vint à mes oreilles, nouuelle qui trou-
bla mon repos, & fis comme bon fils,
ie me refolus à fuyure les traces de mon
bon pere Tomas Gonçalez, à qui Dieu
faffe paix ; auec vn genereu : defir de
laiffer aux fiecles futurs vn memorable
exemple, non de guider vn mefchant
aueugle, ny de ronger le pain d'vn

abariento clerigo : feruir al pelon efcudero , y finalemente de gritar las fal-
tas agenas : mas el exemplo, y dechado fue : de dar vifta a los moros ciegos en fus errores : de abrir , y romper
los atreuidos , y cofarios vageles : de
feruir a vn valerofo Capitan de la Orden de fan Iuan , con quien afente por
repoftero : capitulando que todo lo que
ganaffe feria para mi : (como lo
fue.) Finalmente quiffe dexar exemplo de
gritar, y animar : llamando a fan Y ia-
go , y cierra Efpaña.

Defpedime de mi amada conforte, y
de mi cara hija : efta me rogo no me
olbidaffe de traerle vn morico, y la otra
me acordaffe de embiarle con el pri mer
menfagero, vna efclaua , que la fir-
uieffe , y algunos zequies verrerifcos,
con que fe confolaffe de mi aufencia.
Pedi licentia al Arciprefte mi feñor :
aquien encargue el cuydado, y regalo
de mi muger, y hija : prometiome
haria con ellas, como fi fueran pro-
prias fuyas. Parti de Toledo alegre, hufano, y contento : como fuelen

Prestre auare, moins de seruir vn pauure Escuyer, ou de publier les fautes
d'autruy ; mais d'esclairer les Mores
aueugles en leurs erreurs , d'ouurir &
rompre les hardis vaisseaux des Corsai-
res , & de seruir vn valureux Capitaine de l'Ordre de sainct Iean, auec lequel ie pris party ; capitulant auec luy
que tout ce que ie gagnerois seroit pour
moy, comme il fut. Finalement ie voulus laisser vn exemple de crier, & d'animer, reclamant l'Espagne & S. Iacques.

Ie me départy de ma bien aymée
côpagne, & de ma chere fille. Celle-cy
me pria que ie n'oubliasse pas à lui amener vn Morisque , & l'autre que ie me
souuinsse de luy enuoyer à la premiere
occasion vne esclaue qui la seruist, &
quelques sequins de Barbarie pour se
consoler en mon absence.

Ie prins congé de monsieur l'Archiprestre, auquel ie recommenday le soin,
& le bon traitement de ma femme, &
de ma fille. Il me promit de faire pour
elles, comme si elles estoient siennes
propres. Ie partis de Tolede braue,
ioyeux, & content comme ont accou-

los que van a la guerra : como colma-
do de buenas esperaças : acompañado
de grande cantidad de amigos, y vecinos, que iban al mesmo viage : lleuados
del deseo de mejorar su fortuna. llegamos a Murcia, con intencion do irnos
a embarcar a Cartagena : donde me sucedio lo que no quisiera, por conocer
que la fortuna que me hauia puesto en
lo mas alto de su rueda voltaria y su-
bido a la cumbre de la bien abenturan-
ça terrestre ; con su curso veloz : començaua a despeñarme a lo mas in-
fimo.

Fue pues el caso, que llegando a la
posada : via vn semi hombre, que mas
parecia cabron segun las vedijas, e hila-
chas de sus vestidos : tenia su sombrero
encasquetado : de manera que no le
podia veer la cara : la mano puesta en
la mexilla, y la pierna sobre la espada,
que en vna media vayna de cimo-
ges traya : el sombrero a lo picares-
co, sin coronilla, para euaporar el
humo de su caueça : la ropilla era a la
Francesa, tan acuchillada de tota,

ftumé d'eftre ceux qui vont à la guerre,
comblé de bonnes efperances, accompagné de grande quantité d'amis &
voifins, qui alloient au mefme voyage,
& auec defir de meliorer leur fortune.
Nous arriuafmes à Murcia auec intention de nous aller embarquer à Cartagene; où il m'aduint ce que ie n'euffe
pas voulu, pour me faire cognoiftre que
la fortune laquelle m'auoit mis au plus
haut de fa roüe inconftante, & monté
au fommet de la felicité terreftre, commençoit à me precipiter au plus bas par
la viftefse de fa courfe.

Il aduint donc qu'arriuant au logis ie
vy vn demy homme, qui felon les fi-
lets de fes veftemens, refembloit pluftoft à vn bouc, qu'à vn homme. Il
auoit fon chapeau enfoncé de telle forte qu'on ne pouuoit luy voir le vifage,
la main appuyée fous la joüe, & la iambe fur l'efpée, qu'il portoit à la moitié
d'vn fourreau, fait de la lifiere d'vn
mefchant drap; le chapeau en beliftre,
ouuert par le fommet afin d'éuaporer les
fumées de fa tefte. Sa ropille eftoit à
la Françoife, fi decoupée à force d'eftre

L v

que no hauia en que poder atar vna
blanca de cominos: su camisa era de
carne, la qual se veya por la celosi:
de sus vestidos: las calças al equipolente:
las medias vna colorada, y la c ra verde,
que no lepasauan de los touillos: los çapa-
ros eran a lo descalço, tan, traydos, como
llenados: en vna pluma que cosida en
sombrero llenaua, sospeche ser soldado;
con esta imaginacion le pregunte dedonde
era, y adonde bueno caminaba: alço
los ojos para veer quien era el que selo preguntaua: conocieme, y yo a
el: er ael escudero, que en Toledo
serui.

Que de admirado de veerle en tal tra s
ge: conocida mi admiracion, dixo:
no me espantaria Lazaro amigo te, ma-
rauillasse el veerme como me vees, pero presto no lo estaras, si te cuento lo
que pormiha pasado desde el dia que
te dexe en Toledo hasta oy. Tornando
a casa con el trueco del doblon, para pagar a mis acreadores: encontre-

rompuë, qu'elle n'euſt ſçeu tenir vn
liard d'herbes; ſa chemiſe eſtoit de
chair, qui ſe voyoit par la deſcoupure
de ſes habits, les chauſſes à l'equipolent,
les bas eſtoient l'vn rouge, & l'autre
verd, qui ne luy paſſoient pas les che-
uilles; les ſouliers en pantoufle, autant
trainez que portez. Vne plume qu'il
portoit attachée au chapeau me fit ſoup-
çonner qu'il eſtoit ſoldat. En cette imagination ie luy demanday d'où il eſtoit,
& où il alloit. Il hauſſe les yeux pour
voir qui eſtoit celuy qui le luy demandoit, & en meſme temps nous nous re-
cogneuſmes l'vn l'autre; c'eſtoit l'Eſcuyer que i'auois ſeruy à Tolede.

Ie demeuray tout eſtonné de le voir
en cét equipage, & luy cognoiſſant
mon eſtonnement, me dit ainſi: Ie ne
m'eſtonne pas, Lazare mon amy, que
tu ſois émeruеillé de me voir comme tu me vois; neantmoins tu ne le ſeras pas long temps, ſi ie te conte ce qui
m'eſt arriué depuis le iour que ie te laiſ-
ſay dans Tolede iuſqu'auiourd'huy.
Retournant à ma maiſon auec de l'argent pour payer mes creanciers, ie reṇu

con vna arreboçada, que tirandome
del herreruelo, con lagrimas, y suspiros,
mezclados consolloços: me pidio, con
encarecimiento la fauorecieffe en vna necefidad, que se le ofrecia : roguele
me dieffe cuenta de su pena, que mas
tardaria a declararme la, que yo a
dalle remedio : ella sin dexar el llanto,
con vna verguença virginal dixo, que
la marced que la hauia de hazer, y
ella me suplicaba le hizieffe era : la
acompañaffe hafta Madrid, donde le
hauian dicho eftaua vn cauallero, que
no se hauia contenta do con deshonrrarla,
pero le hauia robado todas sus joyas,
sin tener respecto a la palabra de espo-
so que le hauia dado. y que si yo queria hazer por ella efto, ella haria por
mi lo que vna muger obligada deuia.

Confolela lo mejor que pude : dando le
espperanças, que si su enemigo eftaua en
el mundo : se tuuieffe por de fa grauiada:
en conclusion, sin tornar el pie a tras, par-
timos a la corte; hafta donde le hize la
cofta.

tray vne femme mafquée, qui me tirant
par le manteau, me pria inftamment
auec larmes & foufpirs meflez de fan-
glots, de l'affifter en vne certaine neceffité qui la preffoit. Ie la fuppliay de
me dire la caufe de fa peine, l'affeurant
qu'elle demeureroit dauantage à la declarer, que ie ne tarderois à la fecourir.
Elle fans interrompre fes plaintes, m'e
dit auec vne honte virginale que la grace qu'elle defiroit de moy, & qu'elle me
fupplioit de luy faire, eftoit de l'accompagner iufques à Madrid, où eftoit
vn Cheualier, à ce qu'on luy auoit dit,
qui ne s'eftoit pas contenté de la desho-
norer, mais encore luy auoit pillé tous
fes ioyaux, fans auoir aucun refpect à
la parole de Mariage qu'il luy auoit
dönnée; Et que fi ie voulois tant faire
pour elle, elle feroit pour moy ce
qu'vne femme obligée deuoit faire.

Ie la confolay le mieux que ie pûr, luy
difant que fi fon ennemy eftoit au monde, elle fe tinft pour vengée. En conclu-
fion fans tourner le pied en arrière, nous
partifmes de là mefme pour aller à la
Cour, iufques où ie fis la defpenfe par
tout le chemin.

La señora que sabia bien adonde iba: melleuo a vna bandera de soldaaos, donde la recibieron con alegria, y lleuaron de lante el Capitan, para que la pusiesse en la lista de las cicatriceras. Y tornandosse a mi, con vna cara de poca verguença dixo : a Dios sor peligordo, pues esta no es para mas.

Viendome burlado, comence a echar espumajos por la boca, diziendole, que si como era muger, fuera hombre: le sacara el Alma de quaxo. Vn soldadillo de los que alli estaban se llego a mi, y me hizo vna mamona: no osando darme vn bofeton, que si me lo huuiera dado : alli le podian abrir la sepultura.

Como vi aquel negocio mal encaminado, sin dezir chus, ni mus : me fuy mas que de paso, por veer si me siguiria algun soldado de talle, para matarme con el : por que si me pusiera con aquel soldadexo, y le matara (como sin

La bonne Dame qui ſçauoit bien où
elle alloit, me mena droit à vne bande
de ſoldats, qui la receurent auec grande
ioye, & la menerent au Capitaine afin
qu'il la miſt en la liſte de celles qui ban-
dent les playes. Et elle ſe tournant de-
uers moy auec vn viſage ſans honte, me
dit Adieu monſieur le badaut, puis que
ie n'ay plus beſoin de vous.

Me voyant trompé, & moqué tout
enſemble, ie commence à eſcumer par la
bouche, luy diſant que ſi elle eſtoit vn
homme auſſi bien qu'elle eſtoit femme,
ie luy tirerois l'ame du corps. Vn ſoldat
de ceux qui eſtoient là preſens, me preſ-
ſa le nez entre les deux ioües, & me fit
faire vne grimaſſe comme vn vieux ſin-
ge, ne m'oſant donner vn ſoufflet, car
s'il me l'euſt donné, on luy pouuoit bien
ouurir en meſme temps, & en meſme
endroit ſon tombeau.

Comme ie vis cette affaire ſi mal ache-
minée, ie m'en allay ſans mot dire plus
viſte que le pas, pour voir ſi quelque
ſoldat de reputation me ſuiuroit, afin
de me couper la gorge auec luy, parce
que ſi ie me fuſſe battu auec ce petit ca-
det, & que ie l'euſſe tué (comme i'euſ-

duda hiziera) que honrra, o que
fama ganara? Mas ſi huuiera ſalido
el Capitan o algun Valenton : les huuiera dado mas cuchilladas, que a-
renas ay en la mar : como vi que nenguno o ſaua ſeguirme : fuyme muy contento. Buſque vna comodidad, y por no
hauer la allado tal qual merecia : eſtoy
como me ve es : verdad es, que he podi-
po ſer repoſtero, o eſcudero de cinco, o
ſeys remendonas : oficios, que a vn que
murieſſe de hambre, no los tomaria.

Concluyo el bueno de mi amo con de-
Zir, que por no hauer allado vnos mer-
caderes de ſu tierra, que le preſtaſſen
dineros, eſtaua ſin ellos, y no ſauia a
donde yr aquella noche.

Yo que le entendi la leña, le conuide
con la metad de mi cama, y cena : aduirtio el embite : quando nos quiſimos
acoſtar le dixe : quitaſſe ſus veſtidos
de encima el lecho, que era pequeño
para tanta gente. A la mañana quiſ-
ſe leuantarme ſin hazer ruydo : eche

se fait sans doute) quel honneur, ou
quelle renommée euslay-ie gagné; Mais
si le Capitaine, ou quelque autre vaillant homme m'eust suiuy, ie luy eusse
donné plus de coups d'espée qu'il n'y a
de grains de sable en la mer. Comme ie
vy qu'aucun n'osoit venir apres moy, ie
m'en allay fort content. Ie cherchay
quelque commodité, & pour ne l'a-
uoir trouuée telle que ie la merite, ie suis
comme tu me vois. Il est vray que i'ay
pû estre maistre de la garderobe, ou Escuyer de cinq ou six rauodeuses, mais
ce sont des offices que quand ie deurois
mourir de faim, ie ne les prendrois pas.

En fin mon bon maistre conclud, que
pour n'auoir trouué certains marchands
de sa terre, qui luy prestassent de l'argent, il en estoit si mal pourueu qu'il ne
sçauoit où se retirer cette nuit.

Moy qui entendis la ruse, luy offris
la moitié de mon souper, & de mon
lit. Il me prend au mot, & quand nous
nous voulusmes coucher, ie luy dis
qu'il ostast ses habits de dessus le lit qui
estoit petit pour tant de gens. Au matin
ie me voulus leuer sans faire bruit, ie

mano a mis veſtidos, y fue en vago,
porque el traydor me los hauia burta-
do, y ydo con ellos: penſe que darme muerto en la cama, de pura pena,
y me huuiera ſido mejor, por euitar
tantas muertes, como deſpues recebi:
di vozes apillidando al ladron, al
ladron.

Subieron los de caſa, y a allarenme
como nadador buſcando con que cu-
brirme, por los rincones del apoſento:
reyan todos, como locos y yo renegaua,
como carratero: daba al diablo al ladron, fanfaron, que me hauia tenido
la metad de la noche contando grande-
ças de ſu perſona, y linage.

El remedio que por entonçes tome,
(porque nenguno me lo daba) fue veer
ſi los veſtidos de aquel mata ſiete, me
podrian ſeruir, haſta que Dios me de-
paraſſ otros, pero era vn laberinto: ni
tenian principio ni fin: entre las calças, y ſayo no hauia diferencia: puſe
las piernas en las mangas, y las calças
por ropilla ſin oluidar las medias, que pa-

iette la main fur mes veftemens, mais
en vain, parce que le traiftre me les auoit
defrobez, & s'en eftoit allé auec eux.
Ie penfay refter mort au lict d'extreme
douleur, & m'euft bien mieux valu
mourir alors, pour éuiter tant de maux
que i'ay depuis foufferts. Ie m'efcriay,
au voleur, au voleur.

Ceux de la maifon monterent, & me
trouuerent comme vn nageur, cherchât
dequoy me couurir par tous les coins de
la chambre. Ils rioient tous comme des
fols, & ie renioîs comme vn charretier.
Ie donnois au diable le larron, & le
fanfarron, qui m'auoit entretenu toute la nuit des contes qu'il me faifoit de
la grandeur de fa perfóne, & de fa race.

Le remede que ie pris alors (car aucun ne me le donnoit) fut de voir fi les
habits de ce mauuais garçon me pour-
roient feruir iufques à ce que Dieu
m'en donnaft d'autres. Mais c'eftoit
vn labirinthe, fans commencement, ny
fin : Il n'y auoit point de difference en-
tres les chauffes & le pourpoint. Ie mis
les iambes aux manches, & les chauffes
en ropille, fans oublier les bas qui ref-

recian mangas de escriuano: las sandalias, me podian seruir de cormas, porque no teniam sue las: encasque teme
el sombrero, poniendo lo de arriua abaxo, por estar menos mugriento; de la
gente de apie, y de a cauallo que iban
sobre mi, no hablo.

Con esta figurilla, fuy a veer a mi
amo, que me hauia embiado a llamar:
el qual espantado de veer aquella ma-
dagaña: le dio-talrisa, que las cinchas
traseras se afloxaro, e hizo fiux; por
su honrra es muy justo se pase en silencio.

Despues de hauer echo mil paradil-
las: me pregunto la causa de mi dis
fraz: conte se lo, y lo que dello re-
sulto fue, que en lugar de tener lastima
de mi: me reprehendio, y echo de su
casa diziendo, que como aquella vez
hauia acogido aquel hombre en mi cama: otro dia haria lo mesmo con alguno que lerrobasse.

sembloient aux mâches d'vn escriuain.
Les souliers m'eussent peu seruir de
sandales, s'ils eussent eu des semelles.
I'enfonçay le chapeau sur ma teste, &
le mis à l'enuers pour me sembler estre
moins gras ; des gens de cheual & de
pied qui alloient apres moy, ie n'en
parle point.

En cette figure ie fus voir mon maistre, qui m'auoit enuoyé appeller ; lequel estonné de me voir en cét attour,
se mit tellement à rire que les sangles
de derriere se lascherent, & il fit flux.
Il est iuste qu'il se passe en silence pour
son honneur.

Apres s'estre arresté quelque temps
à me contempler, il me demanda la
cause de ce déguisement ; ie la luy contay, & ce qui en resulta, fut qu'au lieu
d'auoir compassion de moy, il me fit
vne reprimande, & me chassa de sa
maison, disant que comme cette fois
i'auois reçeu cét homme dedans mon
lit, vn autre iour i'en ferois de mesme
auec quelque autre qui le voleroit.

CAP. SEGVNDO.

Como Lazaro se embarco en Cartagena.

DE cosecha tenia el no durar mucho con mis amos : asi lo hize con este, a vn que sin culpa mia : vi me desamparado, solo, y affligido : en trage, que todos me daban de cobdo, y se burlaban.

Vnos me dezian : no esta malo el sombrerillo, con puerta falsa ; parece tocado de flamenca : otros la ropilla es al vso, parece pocilga de puercos, pues de mas que v. m. esta dentro : le corren tan gordos, que los podria matar, y enbiar salados a la señora su muger: dixo me vn Mochiller, sor Lazaro, par Dios que las medias le hazen buena pantorrilla : las sandalias son a lo Apo-

CHAP. II.

Comment Lazare s'embarqua à Cartagene.

IE tenois de ma naiſſance de ne pouuoir durer auec mes maiſtres. Ainſi
ie m'en allay d'auec ceſtuy-cy, encor
que ce ne fut pas par ma faute Ie me v y
elaiſſé, ſeul & affligé ; vn chacun me
dônoit du coude, & tous ſe moquoient
de moy.

Les vns me diſoient, voilà vn chapeau qui n'eſt pas mauuais auec ceſte
belle plume, il ſemble vne coiffe à la
Flamande. Les autres, la roupille eſt à la
mode, elle ſemble vn toit à pourceaux,
& ne peut faillir à l'eſtre, puis que vous
(Monſieur) eſtes dedans; outre les poux
vous courent ſi gros & gras, que vous
les pouuez tuer, & les enuoyer tous ſa-
lez à Madame voſtre femme. Vn goûjat
me dit, Lazare tu ne ſçaurois croire que
tes bas te rendent les jambes côme vne
gruë ; tes ſandales ſont faites à l'Apoz

stolico. Replico vn Varrachel ; es que el señor va a apredicar a los moros. Tanto me dezian, y corrian, que estuue determinado de torname a mi casa.

No lo hize por pensa, que la guerra seria muy pobre, si en ella no se ganaua mas de lo perdido : lo que mas sentia era, que huyan de mi, como de empestado.

Enbarcamonos en Cartagena : la naue era grande, y bien bastecida : hizaron las velas, y dieron las al viento, que la lleuaua, e impelia, con grande velocidad. La tierra senos escondio, y el mar se enbrabecio, con vn viento contrario, que leuantaua las olas hasta las nuues : la borrasca crecia, y la esperança faltaua : los marineros y pilotos nos desauciaron : los gemidos, y llantos eran tan grandes, que me parecio estauamos en sermon de pasion : con la grande tabaola, no se entendia nada de loque se mandaua : vnos corrian a vna

stolique

stolique. C'est repliqua vn Preuost, qu'il
s'en va prescher aux Mores. Ils m'en di-
soyent de toutes les façons, & me faisoient tant de honte, que ie fus contraint de m'en retourner en ma maison.

Ce n'estoit pas pour la crainte que
i'eusse que la guerre ne fust bonne, &
que ie n'y gagnasse plus que ie n'y auois
perdu : mais à cause qu'ils me fuyoient
comme la peste.

Peu apres nous nous embarquasmes à
Cartagene, le nauire estoit grand &
biē fourny de toutes choses necessaires,
les Matelots tendirent les voiles, & les
donnerent au vent, qui les poussoit. &
les emportoit auec vne grande legere-
té ; la terre se cacha à nos yeux, & la
mer commença de s'enfler par vn vent
contraire qui leuoit les vagues iusques
aux nuës ; la tourmente croissoit, & l'esperance diminuoit ; les Pilotes & Mariniers nous desesperoient : les gemisse-
mens & les pleurs estoient si grands,
qu'il me sembloit que nous estions au
sermon de la Passion. Auec ce grand
bruit il ne s'entendoit rien de ce qu'on
commandoit ; les vns couroient d'vne

parte: otros a otra: pareciamos caldere-
ros: todos se confesauan con quien podian, y tal huuo que se confeso, con vna
piltrafa, y ella le dio la absolucion tanbien, como si huuiera cien años, que
exercitaua el oficio.

A rio rebuelto ganancia de pescadores: como vi que todos estaban ocupados: dixe
entre mi: muera Marta, y muera ar-
ta. Vage a lo hondo de la naue, donde alle abundancia de pan, vino, empa-
nadas, conseruas, que nadie les dezia
que hazeys ay: comence a comer de todo,
y a hinchir mi estomago, por hazer pro-
uision hasta el dia del juycio.

Llegosse ami vn soldado pidiendome le
confesase, y espantado de veerme con
tan buen aliento, y apetito: preguntome
como podia comer viendo la muerte al
ojo: dixele lo hazia por miedo, que el
agua de la mar que hauia de veuer quando me ahogasse, no me hiziesse mal: mi sim-
plicidad le hizo sacar la risa de los carca-
ñales. A muchos confese, que no dezian pa-

part les autres de l'autre ; nous reſſem-
blions des chauderonniers; tous ſe con-
feſſoient auec ceux qu'ils pouuoient, &
tel y eut qui ſe confeſſa à vne carrogne,
& elle luy donna l'abſolution auſſi bien
que ſi elle euſt exercé l'office depuis
cent ans.

R iuiere trouble, profit de peſcheurs;
comme ie vy que tous eſtoient occupez, ie dis en moy meſme, meure qui
voudra, pourueu que ie viue, & deſcendant au fond du nauire ie trouuay grande abondance de pain, vin, paſtez, &
conſerues, à qui perſonne ne diſoit, que
faites vous là. Ie cōmençay à manger de
tout, & remplir mon eſtorna c pour faire
prouiſion iuſques au iour du iugement.

Vn ſoldat s'approcha de moy me
priant de le confeſſer, & eſtonné de
me voir en ſi bon appetit, me demanda
comment-ie pouuois manger, voyant la
mort preſente deuant mes yeux. Ie luy
dis que ie le faiſois de peur que l'eau de
la mer que ie deuois boire ne me fiſt
mal quand elle me noyeroit. Ma ſim-
plicité le fit rire aux abois de la mort.
Ie confeſſay pluſieurs qui ne diſoient

labra, con la agonia, ni yo la escucha-
ua, con la priesa del tragar Los capi-
tanes, y gente de consideracion, con
clerigos que hauia, se saluaron en el es-
quise: yo estaua mal vestido, y asi no
cupe dentro.

Quando estuue arto de comer: fuyme a
vna pipa de buen vino, y trasmude en
mi estomago, todo lo que cupo, oluideme
de la tormenta, y avn de mi mismo. La
naue dio al traues, y el agua entraua por
ella como por su casa, vn cabo de es-
quadra me asio de las manos, y con la
agonia de la muerte me dixo, le escuchase
vn pecado que me queria confesar, y era
que no hauia cumplido vna penitencia,
que le hauian dado: de yr en Romeria
a nuestra señora del Oreto, hauiendo
tenido mucha comodidad para ello, y que
entonces, que queria no podia: yo le dixe,
que con la autoridad que tenia: se
la con mutaua, y que en lugar de ira
a nuestra señora del Oreto, fuesse a san
Yiago.

rien auec l'agonie , ausquels ie respon-
dois tout de mesme auec la haste que
i'auois de manger. Les Capitaines &
gens de consideration , auec deux Prestres qu'il y auoit, se sauuerent dans
l'esquif. I'estois mal vestu , & ainsi ie ne
fus point du nombre de ceux qui entrerent dedans.

Quand ie fus las de manger, ie m'en
allay à vn muid de vin , & en mis dans
mon estomac autant qu'il en put tenir.
I'oubliay la tourmente , & m'oubliay
encore moy-mesme. Le nauire donna
au trauers , & l'eau entroit dedans cóme
en sa maison. Vn Caporal me print les
mains , & estant aux abbois de la mort
me dit que i'escoutasse vn peché qu'il
me vouloit confesser , c'estoit qu'il n'a-
uoit pas accomply vne penitence qu'on
luy auoit donnèe d'aller en pelerinage
à Nostre Dame de Lorette , ayant eu
beaucoup de commoditez pour le faire;
& que maintenant qu'il le vouloit, il ne
pouuoit pas. Ie luy dis qu'en l'auctorité
que i'auois ie luy commuois la peine, &
qu'au lieu d'aller à Nostre-Dame de
Lorette, il s'en allast à saint Iacques.

M iij

Ay señor dixo el, que yo quisiera
cumplir esa penitentia, mas el agua
comiença a entra se me por la boca, y no
puedo. Si así es le repeti, doyos por peni-
tensia, que vengays toda la de la mar:
mas no la cumplio, que muchos huuo alli
que venieron tanta como el.

Llegando a mi boca le dixe, a otra
puerta, que esta no se abre, y a un que
la abriera, no pudiera entrar, porque
mi cuerpo estaua tan lleno de vino, que
parecia cuero aris bado.

Al estallido de la naue acudio gran
cantidad de pescado: parecia les hauian
dado socorro con los del nauio: comian
de las carnes de los miserables a ho-
gados (y no en poca agua) como si
pacieran en prado concegil. Quisieron hazer execucion en mi persona: puse mano a
mi tiçona, y sin detenerme en platicas con
tan ruyn gente, daba en ellos como asno en
centeno verde.   Siluando me dezian, no

'Helas ! dit-il, ie voudrois bien accomplir ceste penitence, mais l'eau commence d'entrer defia dans ma bouche, par tout. Puis qu'il eft ainfi, luy repliquay-je, ie vous donne pour penitence que vous beuuiez toute l'eau de la mer: Mais il ne l'accomplit pas, car il y en auoit là mefme plufieurs autres, qui en beurent autant que luy.

Quand elle vint à ma bouche, ie luy dis, à l'autre porte, car cefte-cy ne s'ouure point ; & quand elle fe fuft ouuerte l'eau n'y euft fçeu entrer, parce que mon corps eftoit fi plein de vin, qu'il fembloit vn Outre enflé.

Au bruit de l'eclat que fit le vaiffeau en fe froiffant, accourut fi grande quantité de poiffons, qu'il fembloit qu'on euft donné ceux du nauire pour les repaiftre. Ils mangoient la chair des miferables noyez, qui n'eftoient pas en petite eau, comme s'ils euffent mangé dans vn pré commun Ils voulurent faire execution en ma perfonne, mais ie mis la main à l'efpée, & fans m'amufer en difcours, donnay fur eux comme vn afne en feigle verd. Ils me difoient en

queremos haʒerte mal, folo fauer fi tienes buen gufto. Tanto biʒe, que en menos de medio quarto d'ora, mate mas de
quinientos Atunes, que eran los que querian haʒer gaudeamus, con eftas carnes
pecadoras. Los pefcados viuos fe ceua-
ron en los muertos, y dexaron la compañia de Lazaro, que no les era prouecho-
fa. Vime feñor de la mar, fin contra-
dicion nenguna. Difcurri de vnas a otras
partes: donde vi cofas increibles: infinidad
de ofamenta, y cuerpos de hombres: alle cantidad de cofres, llenos de joyas, y
dineros: muchedumbre de armas, fedas,
lienço, y efpeceria.

Todo me haʒia embidia, y todo laftima, por no tenerlo en mi cafa: conque:
como deʒia el vizcayno comiera el pan
empringado con fardinas. Hiʒe todo lo
que pude, y nada pude. Abri vna grande arca, e hinchila de doblones, y joyas
preciofiffimas: tome algunas fogas de muchas
que alli hauia, con que la ate, y añudando

sifflant : Nous ne te voulons pas faire
mal, mais sçauoir seulement si tu es de
bon goust. Ie fis tant qu'en moins de
demy quart d'heure ie tuay plus de cinq
cens tons, qui estoient ceux qui vouloient faire vn bon repas de mon corps.
Les poissons viuãs mãgerent les morts,
& laisserent la compagnie de Lazare
qui ne leur estoit guere profitable. Ie
me vis Seigneur de la mer sans aucune
contradiction. Ie la courus d'vne part
& d'autre, où ie vy des choses in-
croyables ; vne infinité d'ossemens,
& de corps d'hommes ; ie trouuay
quantité de coffres pleins de ioyaux
& d'argent, multitude d'armes, soye,
linge, & espiceries.

Tout me faisoit enuie, & me causoit
de la douleur, pour ne le tenir en ma
maisõ, auec quoi, cõme disoit le Biscain,
i'eusse peu manger mõ pain rosti auec la
graisse des sardines. Ie fis ce que ie peûs
& ne pû rien. Iouuris vn grand coffre,
& le réplis de doublons & de precieux
ioyaux. Ie pris quelques cordes de diuers cordages qui étoiét au nauire, auec
lesquelles ie l'attachay, & noüant les

vnas a otras : hize vna tan larga , que
me parecio baſtante para llegar a la ſu-
perficie , del agua.

Si puedo ſacar eſtas riqueças de aqui
(dezia entre mi) no haura bodegone-
ro en el mundo mas regalado que yo : hare caſas : fundare rentas , y comprare vn
jardin en los Zigarrales : mi muger ſe
pondro don , y yo ſeñoria : caſare a mi
hija , con el mas rico paſtelero de mi
tierra : Todos vendran a darme el para-
bien. y yo les dire, que lo he bien trabaja-
do, ſacandolo , no de las entrañas de la
tierra pero del coraçon de la mar, no
mojado de ſudor, mas remojado , como
curadillo ſeco. En mi vida he eſtado
tan contento como entonces , ſin conſiderar,
que ſi abria la boca : que daria alli con
mi teſoro, ſepultado haſta ciento , y vn
año.

vnes auec les autres, en fis vne si longue, qu'elle me sembla assez grande
pour atteindre iusqu'à la superficie de
l'eau.

Si ie puis tirer ces richesses d'icy (di-
sois-je en moy-mesme) il n'y aura tauernier au monde qui se traitte mieux
que moy. Ie feray des maisons, fonde-
ray des rentes, & acheteray vn iardin
aux cāpagnes de Tolede. On appellera
ma femme Madame, & moy Monsei-
gneur. Ie marieray ma fille auec le plus
riche Pasticier de tout mon païs. Tous
me viendront feliciter, & se conjoüyr
auec moy de ma bonne fortune, & ie
leur diray que i'ay bien trauaillé deuāt
que l'auoir ; la tirant, non pas des entrailles de la terre, mais du fond de la
mer; non moüillé en sueur, mais trempé
& amoly dans l'eau comme moruë sei-
che En ma vie ie n'ay esté si coment
que i'estois alors, sans considerer que si
i'ouurois la bouche, ie demeurerois en-
seuely là dedans auec mon tresor.

M vj,

CAP. TERCERO.

Como Lazaro salio de la mar.

VIENDOME *tan cerca de morir: temia, y tan cercano de ser rico: me alegraua: la muerte me espantaua, y el tesoro me deleytaua: para huyr de aquella, y goçar deste. Desnudeme los andrajos, que mi amo el escudero me hauia dexado, por el seruicio que le hauia echo: ateme la soga alpie, y comence a nadar, que a vn que sauia poco: la necesidad me ponia alas en los pies, y remos en las manos.*

Los pescados que al retedor estauan acudieron a picarme, haziendo me caminar con sus rempujones, que me seruian como de vn estriuo: ellos picando, y yo coceando: llegamos hasta cerca de la superficie del agua: donde

CHAP. III.

Comment Lazarille sortit de la mer.

I'Auois peur me voyant pres de la mort, & me réfioüyssois d'autre part me voyant si prés d'estre riche. La mort m'espouuentoit, & le tresor me deleƈtoit. Pour fuir celle-là, & ioüyr de cestuy-cy, ie despoüillay les haillons que l'escuyer mon maistre m'auoit laissez pour les seruices que ie luy auois faits : ie m'attache la corde au pied, & commence à nager, car bien que ie n'y sceusse pas beaucoup, la necessité me mettoit des aisles aux pieds, des auirons aux mains.

Les poissons qui estoient alentour de moy accoururét pour me piquer, me faisant chemin auec leurs chocs, & secousses, qui me seruoient comme d'vn estrier. Eux me poussant & piquant, & moy regimbant, nous arriuasmes iusquesauprés de la superficie de l'eau, oùil

me sucedio vna cosa, que fue causa de toda mi desdicha. Los pescados, y yo encontramos con vnas redes : que vnos pescadores hauian tendido, que sintiendo la pesca enredada tiraron con tanta furia, y el agua me començo a entrar, no con menor, que sin poder resistir me comence a hogar, y lo hauiera echo, si los marineros con su priesa acostumbrada, no sacaran la presa a los barcos.

Doy al diablo el mal sabor : en todos los dias de mi vida he venido cosa peor : supome a los meados del señor Aciprestre, que vn dia mi muger me hizo beuer, deziendo ser vino de Ocaña.

Puestos en el barco los pezes y yo arebuelta dellos : començaron a tirar de la cuerda, por la qual (como dizen) sacaron el bouillo. Allaronme atado a ella, y admirados : dezian, que pescado es este, que tiene las faiciones de hombre : si es diablo, o fantasma : tiremos esta soga, veamos que trae asida

m'aduint vne chofe qui fut caufe de toute mon infortune. Les poiſſons, & moy nous rencôtraſmes dans vn filé que des peſcheurs auoient tendu, leſquels ſentans la peſche priſe, la tirerent de telle roideur, que l'eau entrât en meſme temps dans mon corps auſſi non moindre furie, ie fus emporté de leur violence & me fuſſe noyé, ſi les peſcheurs auec la haſte accouſtumée, n'euſſent tiré la priſe dedans leurs barques.

Ie donne au diable la mauuaiſe faueur de cette eau, en tous les iours de ma vie ie n'ay gouſté de pire boiſſon, elle ſentoit le piſſat de l'Archipreſtre, que ma femme me fit boire vn iour pour du vin d'Ocana.

Lespoiſſons eſtans mis dans la barque, & moy parmy eux ; ils commencerent à tirer la corde par laquelle, cô-me l'on dit, ils tirerent le peloton. Ils me trouuerent attaché à elle, & tous pleins d'admiration, ils diſoient : Quel poiſſon eſt cecy qui a tous les traits, & lineamens d'vn homme ? eſt-ce vn dia-ble, ou vn fantoſme ? tirons la corde, & voyons ce qu'il trayne attaché au

al pie : tiraron con tanta fuerça, que su barco se iba a lo hondo : conociendo el peligro, la cortaron, y con ella las esperanças a Lazaro, de hazerse de los Godos.

Pusieronme boca a vaxo para que echase el agua : y aun el vino que havia venido : Vieron que no estava muerto, (que no huviera sido para mi lo peor :) dieronme un poco de vino, con que como lampada con azeyte, torne en mi. Hizieronme mil preguntas : a nenguna respondi, hasta que me dieron de comer, y cobrando aliento : lo primero que les pregunte, fue, porla corma, que traya asada al pie.

Dixeronme como la havian cortado, por librarse del peligro en que se havian visto. Alli se perdio Troya, y Lazaro sus bien colocados deseos : alli començaron sus dolores, angustias, y tormentos.

No ay mayor dolor en el mundo, que haverse visto rico, y en los cuernos de la luna, y veerse

pied. Ils tirerent auec tant de force que
leur barque s'en alloit à fond. Cognoif-
fant le peril auquel ils fe mettoient, ils
la couperent, & auec elle les efperances de Lazarille.

Ils me mirent la bouche en bas afin
que ie rendiffe l'eau, voire le vin que
i'auois beu, virent que ie n'eftois pas
mort, qui n'euft pas efté le pire pour
moy, & me donnerent vn peu de vin,
auec lequel ie reuins à moy comme vne
lampe auec de l'huyle. Ils me firent
mille demandes, à pas vne defquelles
ie ne refpondis, iufques à ce qu'ils me
donnerent à manger ; & recouurant
l'haleine, la premiere chofe que ie leur
demanday fut la corde que ie portois
attachée au pied.

Ils me conterent comment ils l'a-
uoient coupée, pour fe deliurer du peril auquel ils s'eftoient veus. Là fe per-
dit Troye, & Lazarille fes bien col-
loquez defirs ; là commencerent fes
douleurs, fes angoiffes & fes tourmens.

Il n'y a plus grande douleur au monde, que celle de s'eftre veu riche & é-
leué, & dans vn inftant fe voir reduit

pobre, y sugeto a necios. Ellos estauan resoluidos de momento en momento a hechar me en el aqua, despues auer los representado la perdida que hazian de auer cortado la cuerda que tirauan con ellos, a donde estauan tantas riquezas. Cegoles tanto la cobdicia, que me querian ya echar, si mi dicha, o desdicha, no ordenara llegasse donde estauamos vn barco, que venia a ayudalles a lleuar la pesca : callaron, porque los otros no supiessen el tesoro que hauian descubierto : fueles farçoso por entonces dexar su mala intencion.

Llegaron los barcos a la salida del agua : echaronme entre los pescados para disimular : con intencion de tornar lo a buscar, quando pudiessen. Tomaronme entre dos, y lleuaron a vna cauañuela, que cerca tenian.

Vno que no sabia el misterio : les pregunto que era aquello : respondieronle, ser vn monstruo, que hauian cogido con los Atanes : puesto en aquella pobre Zaherda : les rogue: me diessen algunos andrajos conque cubrir mi desnudez, y con-

à la misere ; ils estoient à tous momens
resolus de me rejetter dans l'eau, apres
leur auoir representé la perte qu'ils faisoient d'auoir coupé la corde qui tiroit
apres soy tant de richesses. Enfin i'étois
perdu, si ma fortune ou mon infortune
n'eust ordonné qu'vne autre barque sur-
uint là où nous estions, qui leur venoit
aider à porter leur pesche. Ils se teurent
afin que les autres ne sçeussent le tresor
qu'ils auoient descouuert ; & furent
contraints de laisser leur mauuaise intention.

Les barques arriuerent au bord de
l'eau, & ils me ietterent entre les poissons qu'ils auoient pris, pour dissimuler, en intention de retourner au mesme lieu à la recherche de ce tresor. Ils
me prindrent entre deux, & me porté-
rent à vne petite cabane qu'ils auoient
là aupres.

Vn d'eux qui ne sçauoit pas le myste-
re, leur demanda que c'estoit. Ils res-
pondirent, que c'estoit vn nonstre
qu'ils auoient pris auec les Tons. Estant
en cette pauure cabane, ie les priay
qu'ils me donnassent quelques dra-

que poder *salir delante de hombres:*
eso sera dixeron ellos despues de hauer
echo cuenta con la huerpeda : no enten-
di entonces esta gerigonça.

Estendiosse la fama del monstruo por
la comarca : venia mucha gente a la
choça , para veerme : los pescadores no
me querian mostrar: dixiendo aguar-
daban licentia del señor Obispo , y Inquisidores para mostrarme , y que hasta
entonces era escusado. Yo estaua atonito sin sauer que dezir ni hazer : no adi-
uinando su intencion. Sucediome lo que
al cornudo , que es el que sabe serlo,
el postrero: inuentaron pues estos diablos
vna invencion , que el mesmo satanas
no huuiera hurdido otra semejante , que
pide vn nueuo capitulo , y vna nueua
atencion.

peaux pour couurir ma nudité , & auec
lefquels ie peuffe fortir au deuant des
hommes. Ce fera , dirent-ils . apres
auoir fait conte auecque l'hoftelle. Ie
n'entendis pas alors ce iargon.

La renommée du monftre courut par
tout le païs, plufieurs venoient à la ca-
huette pour me voir ; les pefcheurs ne
me vouloient point monftrer , difant
qu'ils attendoient la permiffion de
l'Euefque , & des Inquifiteurs , & que
iufques alors , ils ne le pouuoient. I'e-
ftois eftonné fans fçauoir que dire , ny
que faire , ne pouuant deuiner leur intention: il me fucceda comme au cornu,
qui eft le dernier aduerty de fon propre
nom. Ces diables trouuerent donc vne
inuention , que le mefme Sathan n'en
euft fceu ourdir vne pareille , laquelle
demande vn nouueau chapitre, & vne
nouuelle attention.

CAP. QVARTO.

Como lleuaron a Lazaro por España.

LA occasion haze al ladron Los pescadores echando de veerse les ofrecia tan buena : asieronla de la melena , y a vn de todo el cuerpo. Viendoque acudia tanta gente al nueuo pescado : determinaron esquitarse de la perdida que hauian echo , cortandome la soga del pie ; y assi embiaron a pedir licencia a los señores Inquisidores , para mostrar portoda España , vn pez , que tenia cara de hombre.

Acançaronla con facilidad , por medio de vn presente , que del mejor pescado , que hauian cogido presentaron a sus señorias.

Quando el buen Lazaro estaua dando gracias a Dios por hauer le sacado del vientre de la Ballena,que fue vn milagro tanto mayor;quanto mi industria,y sa-

CHAPITRE IV.

Comme ils porterent Lazarille par les Espagnes.

L'OCCASION fait le larron. Les pescheurs voyans qu'elle s'offroit à eux si bonne, la saisirent par la cheuelure, voire par tout le corps. Voyant que tant de gens accouroient pour voir ce nouueau poisson, ils resolurent de recouurer la perte qu'ils auoient faite en me coupant la corde du pied. Ainsi ils enuoyerent demander licence au Seigneur de l'Inquisition de monstrer par toute l'Espagne, vn poisson qui auoit le visage d'homme.

Ils l'obtindrent facilement par le moyen d'vn present qu'ils firent à leurs Seigneuries de la meilleure pesche qu'ils eussent prise.

Quand le bon Lazarille rendoit graces à Dieu de l'auoir tiré du ventre de la Baleine, qui fut vn miracle d'autant plus grand, que mon industrie & sça-

ber era menor nadando como vna varra
de plomo. Tomaronme entre quatro de
aquellos, que parecian mas verdugos de
los que crucificaron a Chrifto, que hombres: ataronme las manos, y pufieron
vna barba, y cafquete de moho, fin oluidar los moftachos, que parecia Salua-
ge de jardin En boluieronme los pies
en efpadañas. Vime como trucha Mon-
tañenfa.

Lloraua mi defdicha: gemia, que-
xandome de mihado, o fortuna dezia,
que es efto que tanto me perfigues, en
mi vida te vi, nite conozco, pero, fi
por los effectos, fe raftrea la caufa; por
lo que de ti be exprimentado: creo no
ay firena bafilifco, viuora, ni leona parida, mas cruel que tu: fubes a los
hombres con alagos, y caricias a la
cumbre de tus deleytes, y requeças:
dexandolos de alli defpeñar en el abifmo
de todas fas miferias, y calamidades:
tanto mayores, quanto tus fauores lo
ban fido.

uoir eſtoit moindre, nageant comme
vne piece de plomb. Ils me prindrent à
quatre qu'ils étoient, qui reſſembloient
mieux aux bourreaux qui crucifierent
Noſtre Seigneur, qu'à des hommes. Ils
m'attacherent les mains, me mirent
vne barbe ſans oublier les mouſtaches,
& vn caſque de mouſſe, tellement que
ie reſſemblois vn ſauuage de jardin. Ils
m'enueloperent les pieds auec des herbes ; Ie me vy comme vne truitte mon-
taigneuſe.

Ie pleurois mon mal-heur, gemiſſant,
& me pleignant de mon deſtin: O fortune ! diſois-je, que veut dire que tu
me pourſuis tant:En ma vie ie ne te vy,
ny ne te connus. Toutefois ſi par les
effects on connoit la cauſe, par l'experience que i'ay faite de toy, ie croy
qu'il n'y a Sireine, baſilic, vipere, ny
tigreſſe irritée plus cruelle que toy. Tu
montes les hommes auec careſſes &
flateries au ſommet de tes delices, &
richeſſes ; & de là meſme tu les preci-
pites en l'abyſme de toutes les calami-
tez, & miſeres, qui ſont d'autant plus ex-
trémes, que tes faueurs ont eſté grandes.

Oyo mi soliloquio vno de aquellos
Borreros, y con voz carretil me dixo:
 si el señor Atun habla mas palabra:
le pondran en sal con sus compañeros,
o le que maremos como a monstruo.

Los señores Inquisidores han mandado, prosiguio: lo lleuemos por las vil-
las, y lugares de España, a enseñar-
lo a todos, como portento, y monstruo
de natura.

Yo les juraba, que no era atun,
monstruo, ni otra cosi cosa, mas hombre, tanto como qualquier hijo de vecino, y si hauia salido de la mar, era
por hauer caydo en ella con los que se
ahogaron en la armada de Argel.
Eran sordos, y tanto peores, quanto
menos querian entender Viendo que
mis ruegos eran tan perdidos, como
la legia con que laban la cabeça al asno: tuue paciencia, aguardando, a
que el tiempo, que es todo locura: cu-
rasse mi mal, que procedia de la de
aquellos malditos metamarfosios.

Pusieronme en vna media cuba, echa
al modo de vn vergantin, que llena

L'vn de ces bourreaux entendit mes plaintes, & me dit auec vne voix de charretier; Si monſieur le Ton parle dauantage, nous le ſalerons comme ſes compagnons, ou le bruſlerons comme vn monſtre.

Les Seigneurs de l'Inquiſition, pour-ſuit-il, ont mandé que nous le portaſ-ſions par les villes, & bourgs de l'Eſpa-gne, pour le faire voir à tous comme vn monſtre de nature.

Ie leur iurois que ie n'étois ny poiſ-ſon, ny monſtre, mais que i'eſtois hom-me autant que fils de voiſin que i'euſſe, & que ſi i'eſtois ſorty de la mer, c'e-ſtoit pour eſtre tombé dedans auec ceux qui ſe noyerent en l'armée d'Arger Ils eſtoient tant ſourds, & d'autant plus meſchans que moins ils vouloient en-tendre Voyant que mes prieres eſtoiét perduës, comme la leſſiue qu'on em-ploye à lauer la teſte d'vn aſne, ie pris patience attendant que le temps guarit mon mal, qui procedoit de ces maudi-tes transformations.

Ils me mirent en vne demi cuue, faite en forme de bregantin, laquelle eſtant

N ij

de agua, y yo ſentado en ella, me llegaua haſta los lauios: no me podia leuantar en pie: por tenerlos atados con vna ſoga; de la qual ſalia vn cabo, por entre los cellos de aquel pelambre, de ſuerte, que ſi por malos de mis pecados pipeaba: me haᷱian dar vn camarujo, como rana, y beuer mas agua, que hidropico: cerraua la boca, haſta que ſentia, que el que tiraua afloxaba: entonces ſacaua la cabeça fuera como tortuga, y eſcarmentaua en la mia propria.

Pueſto deſta ſuerte me moſtrauan a todos, y eran tantos los que acudian a veerme, (pagando cada vno vn quartillo,) que en vn dia: ganaron docientos reales.

Crecia, la codicia a la medida de la ganancia: la qual les biᷱo dudar de mi ſalud: para con ſeruarla: entraron en bureo; ſi ſeria bueno ſacarme las noches del agua: por temer que la mucha humedad, y frial-

pleine d'eau, & moy affis dedans, me
venoit iufques aux levres. Ie ne me pouuois leuer fur mes pieds, pour les auoir
attachez auec vne corde, vn bout de
laquelle fortoit par deffous la cuue ; de
forte que fi pour mes pechez ie voulois
vn peu pioler, tirant foudainement la
corde, ils me faifoient plonger dans
l'eau comme vne grenoüille, & boire
plus d'eau qu'vn hidropique. Ie fermois
la bouche iufques à ce que ie fentois
que celuy qui tiroit relafchoit, alors ie
fortois la tefte comme vne tortuë, &
prenois exemple en mon propre mal.

Eftant mis en cette forte, ils me mon-
ftroient à tous : ceux qui accouroient
pour me voir eftoient en fi grand nombre, chacun d'eux payans trois blancs,
qu'ils gaignerent deux cens reales en
vn feul iour.

A mefure que le gain croiffoit, la
connoitife croiffoit auffi ; laquelle leur
fit douter de ma fanté, & fe mettre en
foin de la conferuer. Ils entrerent en
confultepour voir s'il feroit bon de me
tirer de l'eau, au moins durant la nuit,
croignant que la grandeur du froid, &

N iij

dad no me acortaſſen la vida, que ellos
querian mas que a la propria, (por
el prouecho que della ſe les ſeguia :)
determinaron eſtuieſſe ſiempre en ella:
creyendo que la coſtumbre ſe ternaria
en naturaleça : de manera que el pobre Lazaro, eſtaua como arroz, o
como cañamo en valſa.

A la piadoſa conſideracion del benigno letor dexo, lo que en tal caſo podia ſentir : viendome preſo con tan
eſtraño genero de priſion : captiuo en
tierra de liuertad, y aherrojado, por
la malicia de aquellos cobdicioſos ti-
tereros, y lo peor, y que mas ſentia era:
ſerme neceſario contrahazer el mudo
ſinſerlo, ni ſolo poder abrir la boca,
porque al punto que la abria : eſtaua tan
alerta mi centinela, que ſin que nadie
lo pudieſſe veer, me la hinchia de a-
gua : temiendo no hablaſſe. Mi comida era pan remojado, que los que
venian alli echaban, para veerme
comer : de manera que en ſeys meſes,
que en aquel vaño eſtuue : maldita la otra

de l'humidité n'acourciſt ma vie, qu'ils
aymoient mieux que la leur propre,
pour le proffit qu'ils en tiroient. Mais
en fin ils reſolurent que ie demeuraſſe
touſiours dedans, croyant que la cou-
ſtume ſe tourneroit en nature; de ſorte
que le pauure Lazarille eſtoit comme
du riz, ou comme du chanvre dans vn
maraiz.

Ie laiſſe à la pitoyable conſideration
du benin Lecteur, ce que ie pouuois
ſentir en tel cas, me voyant pris en vne
ſi eſtrange ſorte de priſon, captif en terre libre, & enchaiſné par la malice de
ces auares triacleurs: & le pis de ce que
ie reſſentois, eſtoit de me voir contraint de faire le muet ſans l'eſtre, ny
pouuoir ſeulement ouurir la bouche;
parce qu'auſſi toſt que ie l'ouurois, ma
ſentinelle eſtoit tellement à l'erte, que
ſans qu'aucun le peuſt voir, elle me la
rempliſſoit incontinent d'eau, de peur
que ie ne parlaſſe. Ma viande eſtoit du
pain trempé, que ceux qui venoient là,
iettoient dans la cuue pour me voir
manger. De ſorte qu'en ſix mois que ie
demeuray dans ce bain, le diable autre

cosa comi : perecia de hambre, mi venida era agua de la cuba, que por no ser muy limpia , era mas suſtanciosa, particularmente , que con ſa frialdad, me dieron vnas camarillas, que me duraron, lo que me duro, aquel purgatorio aguado.

CAP. QVINTO.

Como lleuaron a Lazaro a la corte.

LEvAvNANME aquellos ſayones, de ciudad en villa , y de villa, en aldea, y de aldea, en cortijo : mas aeigres con la ganancia, que paſca de flores : burlabanſe del pobre Lazaro, y cantauan diziendo vina, vina el peſcado, que nos da de comer ſin trabaxo. Lataud iba encima de vn carro, acompanauam me tres : el carretero : el que tiraua de la cuerda quando yo queria hablar , y el relator de mi vida.

Eſte hazia las arengas, contendo e

chofe que ie mangay. Ma boiſſon eſtoie
de l'eau de la cuue, qui pour n'eſtrepas
fort nette eſtoit plus ſubſtantieuſe, &
particulierement parce que ſa froideur
me donna vn petit flux de ventre, qui
me dura tout autant que ie demeuray
dans cét humide purgatoire.

C H A P.   V.

Comment ils menerent Lazarille à la Cour.

CEs bourreaux me menoient de ville
en bourg, de bourg en village, &
de village en ferme, non moins ioyeux
du profit qu'ils faiſoient auec moy,
que i'eſtois marry du mal que ie ſouf-
frois auec eux. Ils ſe mocquoient du
pauure Lazare, & chantoient, diſant;
viue, viue le poiſſon qui nous donne à
manger ſans aucun trauail. En marchant
la cuue eſtoit au deſſus d'vn char. Ils
eſtoient trois qui m'accompagnoient,
le charretier, celuy qui tiroit la corde
quand ie voulois parler, & le rappor-
teur de ma vie.

Geſtuy-cy faiſoit les harangues, con-

lestrano modo, que hauian tenido en pescarme, y mintiendo mas que sastre en vispera de Pasca.

Quando caminauamos por despoblados: me permitian hablar, que fue la mayor cortesia que dellos receui; preguntanales, quien diablos les hauia puesto en la cabeça me llenasen de aquella manera puesto en picina. Respondianme, que si no lo hazian, asi moriria al punto, pues siento como era pescado, no podia viuir fuera del agua.

Viendolos tan porfiados, determine de serlo, y asi me lo persuadia: pues que todos me tenian por tal: creyendo que el agua de la mar me abria mudado, siendo la voz del pueblo, como dizen, la Dios, y asi de alli a delante, no hablaua mas que en misa. entraronme.

En la corte donde la ganancia era grande, por ser la gente della amiga de nouedades, aquien siempre acom-

tant l'eſtrange moyen qu'ils auoient tenu en me peſchant, & mentoit plus
qu'vn couſturier aux veſpres de Paſ-
ques.

Quand nous cheminions par des lieux
non peuplez ils me permettoient de
parler, qui fut la plus grande courtoiſie
que ie reçeus d'eux. Ie leur demandois,
qui diable leur auoit mis en teſte de me
mener ainſi par tout, & touſiours dans
cette piſcine. Ils me reſpondirent, que
s'ils ne le faiſoient ainſi, ie mourrois
tout incontinent, puis qu'eſtant poiſſon comme i'eſtois, ie ne pouuois viure
hors de l'eau.

Les voyās ſi obſtinez à me faire croire
que i'eſtois poiſſon, ie me réſolus à l'e-
ſtre, & à me le perſuader ainſi, puis que
tous me tenoient pour tel, croyant que
l'eau de la mer m'auroit changé, la voix
du peuple, comme l'on dit, eſtant la
voix de Dieu. Ainſi deſlors en auant
ie ne parlois plus ſinon en moy meſme.

Ils me menerent à la Cour, où le gain
fut encore plus grand, parce que les
Courtiſans à cauſe de l'oyſiueté, qui les
accompagne, ſont plus curieux des nou-

paña la ociofidad. Entre muchos que vinieron a veerme, fueron dos eftudiantes, que confiderando por menudo la fifonomia de mi roftro dixeron a medio tonc: jurarian en vna ara confagrada, que yo no era pefcado, fino hombre, y que fi ellos fueran miniftros de jufticia: facaran la verdad en limpio, limpiandonos a todos las efpaldas, con vna penca.

Rogaua a Dios en mi alma, que lo hiziessen, contal, que me facassen de alli, qui fe ayudarles, diziende los feñores vachilleres tienen raçon, mas apenas hauia auierto la boca, quando mi centinela mela hauia metido en el agua.

Los gritos que dieron todos quando me çabulli (o me çabulleron) impidio que los buenos licenciados no pafiron adelante con fu difcurfo.

Echabanme pan y yo lo defpachaba antes que fe remojasse mucho no me daban la metad de lo que comiera. Acordauame de la abundancia de Te-

ueautez que le simple peuple. Entre plusieurs qui me furent voir, il y eut deux escolliers, qui considerant par le menu la physionomie de mon visage, dirent assez hautement, qu'ils iureroient assurement que ie n'estois point poisson, mais vn homme ; & que s'ils estoient ministres de la Iustice, ils feroient voir cette verité nettement, en nous nettoyant à tous les espaules à coups de foüet.

Ie priois Dieu en moy mesme qu'ils le fissent, pourueu qu'ils me tirassent de là ; & leur voulois ayder, disant qu'ils auoient raison. Mais à peine auois je ouuert la bouche, que ma sentinelle me l'auoit plongée dans l'eau.

Les cris qu'ils iettoient tous quand ie me plongeay, ou pour mieux dire quand on me plongea, empescherent que les bons escoliers ne passassent plus auant en leurs discours.

Ils me iettoient du pain, & ie le depeschois vistement auant qu'il eust loisir de se tremper, mais on ne m'en donnoit pas là moitié de ce que i'en eusse mangé. Ie me souuenois de l'abondance

ledo , y de mis amigos los *Alemanes*:
de aquel buen vino que folia pregonar.
Rogaua a Dios repitieſſe el milagro de
Cana de Galilea, y que no permitieſſe
murieſſe a manos del agua mi mayor
enemigo.

Conſideraua lo que aquellos eſtudian-
tes hauian dicho, que por la tahone-
ria, nadie lo entendio : confirme me en
que era hombre, y por tal me tuue de
alli adelante, aunque mi muger me
hauia dicho muchas veces era vna be-
ſtia, y los machachos de *Toledo* me
ſolian dezir, ſeñor *Lazaro*, encaſque-
teſe vn poco ſu ſombrero : que ſe le veen
los cuernos : todo eſto , y el lleuarme en
remojo me hauia echo dudar ſi era
hombre perfecto, o no mas deſde que
oy hablar aquellos benditos çahoris del
mundo no dudemas en ello, y aſi procuraua librarme de las manos de aquellos caldeos.

Vna noche en el mayor ſilencio della viendo que mis guardas dormian

de Tolede, de mes amys les Alemans,
& de ce bon vin que ie foulois crier
par la ville. Ie priois Dieu qu'il refift
le miracle de Cana en Galilée, & ne
permift point que ie mouruffe par les
mains de l'eau ma capitale ennemie.

Ie confiderois ce que ces efcoliers
auoient dit, & que le bruit que l'on
auoit faict, auoir empefché d'oüyr. Cela me confirma de rechef que i'eftois
homme, & deflors ie me tins pour tel,
quoy que ma femme m'euft dit fouuét,
que ie n'eftois qu'vne befte. Ie me fou-
uenois auffi que les enfans de Tolede
auoiét accouftumé de me dire? Seignor
Lazare enfoncez vn peu voftre chapeau pour cacher les cornes qui paroif-
fent fur voftre front. Tout celà, & me
voir porter en cette cuue, m'auoit fait
douter fi i'eftois vn homme parfait, ou
non; mais dés que i'oüys parler ces
Clercs ingenieux & benis du monde,
ie ne doutay plus que ie ne le fuffe. Et
ainfi ie defirois plus que iamais de me
deliurer des mains de ces Arabes.

Vn foir au plus grand filence de la
nuit, voyát que mes gardes dormoient

a fueño fuelto, procure foltarme, mas por eftar las cuerdas mojadas, me fue impofible: quiffe dar vozes, pero confidere, que no me feruiria de nada, pues el primero que las entendieffe, me taparia la boca, con vna açumbre de agua: viendo cerrada la puerta a mi remedio, con gran impaciencia comence a rebolcarme en aquel cenagal, y tanto hize, y forcege, que la cuba fe traftorno, y yo con ella: derramofe toda el agua: viendome libre grite, pidiendo fauor.

Los pefcadores defpaboridos conociendo lo que yo hauia echo: acudieron al remedio, que fue taparme la boca; hinchendomela de yerua. y para confundir mis vaozee, las dauan ellos mayores: apellidando jufticia, jufticia, y diziendo, y haziendo: tornaron a hinchir la cuba de vn poço que alli eftaua, con vna prefteça increible: el huefped falio con vna alabarda, y todos los de la pofada quales con afadores, y quales con palos: acudieron los vecinos, y vn Alguacil, con feys corchetes, que por alli acerto a pafar.

d'vn profond sommeil, ie taschay de
me deslier : mais les cordes estant
moüillées, il me fut imposible. Ie me
voulus escrier; Toutefois ie consideray
qu'il ne me seruiroit de rien, puis que
le premier qui m'entendroit, me fer-
meroit la bouche auec vn seau d'eau.
Voyant la porte fermée à ma liberté, ie
cómece à me veautrer dãs ce bourbier,
& me tourner & retourner auec tant
d'impatiéceque la cuue se renuersa sans
dessus dessous, & moy auec elle. Toute
l'eau se respandit, & moy me voyant
libre, me mit à crier demãdant secours.

Les pescheurs voyant ce que i'auois
fait, accoururent tous espouuentez au
remede, qui fut de me fermer la bouche
auec de l'herbe; & pour confondre mes
cris, ils en faisoient encore de plus
grands, criant, iustice, iustice; Et disant,
& faisant ils remplirent derechef la cuue
d'vn puits qui estoit là auec vne vitesse
incroiable. L'hoste sortit auec vne ha-
lebarde, & tous ceux de la maison auec
luy, qui auec des broches, qui auec des
bastons. Les voisins y accoururent auec
vn Commissaire & six Sergés qui passoient par là.

El mesonero preguntó a los marineros, que era aquello: respondieron, ser ladrones: que les querian hurtar su pez: el como vn perdido gritaua: a los ladrones, a los ladrones: vnos mirauan si saldrian por la puerta, o si saltariam de vn texado a otro: y a mis custodios me hauian tornado a la tina.

Sucedio que el agua que della se hauia derramado, cayo toda por vn agugero, a vn aposento mas vaxo, sobr' vna cama, donde dormia la hija de casa: la qual mouida de caridad, hauia acogido en ella a vn clerigo, que por su contemplacion hauia venido a aposentarse alli aquella noche: espantaron se tanto del diluuio de agua que sobre su cama caya, y de las vozes que todos daban, que sin saber que hazer: se echaron por vna ventana desnudos, como Adan, y Heua, sin ojas de iguera en sus verguenças. hazia vna luna tan clara, que su claridad podia competir con la del que se la daua: alpunto que los vieron, apellidaron a los

L'hoſte demande aux mariniers que c'eſtoit; ils reſpondirent que c'eſtoient des larrons qui leur vouloient dérober leur poiſſon. Mais il ſe mit à crier comme vn perdu, au larron, au larron Les vns regardoient s'ils ſortiroient par la porte, & les autres s'ils ſauteroiét d'vn toit à l'autre, tandis que mes gardes m'auoient deſia remis dans la cuue.

Il aduint que l'eau qui s'en eſtoit reſpanduë, tomba tout par vn trou en vne chambre plus baſſe, ſur vn lit, où dormoit la fille de la maiſon. Laquelle eſmuë de charité y auoit reçeu cette nuit-là vn Preſtre, qui à ſa conſideration y eſtoit venu coucher. Ils s'eſpouuanterent tellement du deluge qui ſe deſborda ſur leur lit, & des cris que tous enſembles faiſoient, que ſans ſçauoir ce qu'ils faiſoient, ils ſe ietterent tous deux par vne feneſtre, auſſi nuds comme Adam & Eue, & ſans feuilles de figuier qui les peuſſent couurir. Il faiſoit vne lune ſi claire que ſa lumiere pouuoit entrer en comparaiſon auec la clarté de celuy qui la luy donne Auſſi-toſt qu'on les apperceut, on recommença de crier,

ladrones : tengan los ladrones.

Los corchetes, y alguacil, corrieron tras ellos, y a pocos pasos sos alcançaron, porque como iban descalços, las piedras no les dexauan huyr, y sin ser oydos ni vistos los lleuaron a la carcel : Los pescadores se salieron muy demañana de Madrid a Toledo sin sauer lo que Dios hauia echo de la simple doncellica. y del deboto clerigo.

CAP. SEXTO.

Como lleuaron a Lazaro a Toledo.

LA industria de los hombres es vana, su saber ignorancia, y su poder flaqueça, quando Dios no fortalece, enseña, y guia. Mi trabaxo sirnio solo de acrecentar el cuy dado, y solicitad de mis guardas las quales enojadas del asalto de la noche pesada, me dieron santos palos por el camino, que me

au voleur, au voleur.

Les Sergens & le Commissaire coururent apres, & les attraperent en
peu de pas, parce que comme ils
estoient pieds nuds, les pierres les em-
peschoient de courrir; ainsi sans estre
ny oüis, ny veus ils furent mis en prison. Les pescheurs sortirent de grand
matin de Madrid, & s'en allerent à
Tolede, sans sçauoir ce que deuint la
simple fillette, ny le deuot Prestre.

CHAP. VI.

Comme ils menerent Lazarille à Tolede.

L'Industrie des hómes est vaine, leur
sçauoir ignorance, & leur pouuoir
foiblesse, quãd Dieu ne les enseigne, ne
les fortifie, & ne les conduit. Mon trauail seruit seulemét d'augmenter le soin
& la vigilance de mes gardes, lesquels
ennuyez de l'alarme que ie leur auois
donné la nuit passée, me donnerent
tant de coups de baston par le chemin,

dexaron caſi por muerto, diziendo, maldito peſcado queriays iros, no conoceys el bien que os haZen en no mataros? Soys como la encina, que ne days el fruto ſino a palos.

Molido, reprehendido, y muerto de hambre me entraron en Toledo: apoſentaron ſe junto a Zocodober, en caſa de vna viuda, cuyos vinos ſolia yo pregonar. Puſieronme en vna ſala vaxa, a donde acudia mucha gente: entre otros vino mi Eluira, con mi hija de la mano : quando las vi, no pude detener dos Nilos de lagrimas, que rebentaron de mis ojos : lloraua, y ſuſpiraua pero entre cuero, y carne, porque no me priuaſſen de lo que tanto amaua, y de la viſta de loque quiſiera tener mil ojos para reer, a vn que fuera mejor que los que me priuaban de la palabra, lo hizieran de la potencia viſi va porque mirando atentamente a mi muger, la

qu'ils me laisserent quasi pour mort,
disant; Et vous vous en voulez donc aller maudit poisson? Vous ne connoissez
pas le bien qu'on vous fait, en ne vous
tuant pas? Vous estes comme le ches-
ne, qui ne donne son fruit qu'à coups de
baston.

Ainsi gourmandé, battu, & presque
mort de faim, ils me menerent à Tolede. Ils logerent contre la place de
Zocodener, en la maison d'vne vefue,
dont ie soulois crier le vin; me mirent
dans vne sale basse, où accouroient vne
infinité de monde. Entre autres i'y vy
mon Vrigede, & ma fille Eluyre.
Quand ie les vy, ie ne pûs empescher
que deux fleuues de larmes ne coulas-
sent de mes yeux Ie pleurois, & suspi-
rois; mais entre cuir & chair, comme
on dit, afin qu'on ne me priuast d'vn
objet qui m'estoit si cher, & pour la
veuë duquel i'eusse souhaité cent yeux
pour le mieux contempler. Combien
qu'il eust esté meilleur pour moy, que
ceux qui me priuoient de la parole,
m'eussent priué de la veuë; parce que
regardant attentiuement ma femme, ie

vi, no se si lo diga: vila, la tripa a la beca.

Quede espantado, y atonito, a vn que si tuuiera juycio no tenia de que, pues el Arcediano mi señor, me hauia dicho quando sali de aquella Ciudad, para la guerra, haria con ella como si fuera asuya propria.

De lo que mas me pesaua era de no poder persuadirme, estar preñada de mi, pues hauia mas de vn año que estaua ausente: quando moraba con ella, y viuiamos en vno, y me dezia Lazaro no creas te ago traycion, porque si lo crees, lo hazes muy mal, que daba tan satisfecho, que huya de pensar mal della, como el diablo del agua bendita.

Pasaua la vida alegre, contento, y sin celos (que es emfermedad de locos. Muchas vezes he considerado entre mi, que esto de hijos consiste en la aprehensiua; porque, quantos ay que aman a los que piensan serle suyos, sin

la vy ; ie ne fçay fi ie le diray, ie la vy.
dis-je, le ventre iufqu'à la bouche.

Ie demeuray eftonné, & efpouuanté,
plus que fi i'euffe eu du iugement, il n'y
auoit pas dequoy, puis que monfieur
l'Archidiacre m'auoit dit quand ie fortis de la mefme ville pour aller à la
guerre, qu'il feroit auec elle comme fi
elle eftoit fienne.

Ce qui me fafchoit dauantage eftoit
de ne me pouuoir perfuader qu'elle fuft
enceinte de moy, puis qu'il y auoit plus
d'vn an que i'eftois ablent. Quand i'e-
ftois auec elle & que nous viuions enfemble, elle me difoit ; Lazare, ne croy
point que ie te faffe tort, car tu ferois
mal de le croire. Ie demeurois fi fatis-
fait, que ie fuyois des mauuaifes pen-
fées qu'on m'euft peu faire conceuoir
d'elle comme le diable de l'eaubenifte.

Ie paffois ma vie ioyeufement, content & fans ialoufie, qui eft vne maladie de fols. I'ay confideré fouuent en
moy mefme, que ce que l'on dit des enfans confifte en l'apprehenfion. Car
combien y a t'il de peres qui ayment
ceux qu'ils penfent eftre à eux, quoy

Q

tener mas dellos, que el nombre? y
otros que por alguna quimera que ſe
leſpone en el capricho, los aborrecen,
por imaginar, que ſus mugeres les
han pueſto la madera tinderil en la
cabeça.

Commence a contar los meſes, y dias,
alle cerrado el camino de mi conſola-
cion: imagine ſi mi buena conſorte eſtaua hidropiça: dureme poco eſta pia
meditation, por que alpunto que de alli ſalio; començaron dos viejas a dezir ſe la vna a la otra, que os pareç
de la Acipreſta, no le haze falta ſu marido: de quien eſta preñada pregunto la
otra: de quien? proſiguio la primera:
del ſeñor Acipreſte, y es tan bueno, que
por no dar eſcandalo ſi pare en ſu caſa, ſin tener marido, la caſa el Domingo, con Pierres el Gabacho, que ſara
tan paciente, como mi compadre
Lazaro.

Eſte fue el toque, y non plus vl-
tra de mi paciencia, començoſſe-

qu'ils n'en tiennent rien que le nom? Et combien y en a-t'il d'autres qui les haïſſent, pour s'imaginer par quelque chimere qui ſe met en leur caprice, que leurs femmes leur font porter les cornes au front.

Ie commence à conter les mois, & les iours de mon abſence & trouue fermé par tout le chemin de ma conſolation. Ie m'imaginay que peut-eſtre ma bonne compagne eſtoit hydropique; mais cette imagination me dura peu, parce qu'au meſme temps qu'elle s'en alloit, deux vieilles qui demeurerent commencerent à ſe dire l'vne à l'autre. Que vous ſemble de l'Archipreſtreſſe, ſon mari ne luy manque point. De qui eſt-elle groſſe, demanda l'autre: De qui? pourſuit la premiere, de monſieur l'Archipreſtre, qui eſt ſi bon, que pour éuiter le ſcandale de la voir enfanter dans ſa maiſon ſans auoir mary, la marie Dimanche auec Pierre le Gabach, qui ſera auſſi patient comme mon compere Lazare.

Ce fut la mortelle atteinte qui toucha plus viuement la plus ſenſible partie

me a cubrir el coraçon sudando dentro del agua, y sin poder irme a la mano, me cay desmayado en la pocilga.

El agua se entraua a mas andar por todas las puertas, sin resistencia alguna, dando muestras de estar muerto (arte contra mi voluntad: la qual fue de viuir todo lo que Dios quisiesse, y yo pudiesse a pesar de Gallegos, y de la aduersa fortuna.)

Los pescadores afligidos hizieron salir fuera a todos, y con grande diligencia me sacaron la cabeça fuera del agua: allaronme sin pulso, y sin aliento, y sin el se lamentaban: llorando la perdida (que para ellos no era pequeñam) sacaronme la tina: procuraron hazer me vomitar lo que hauia venido, mas fue en vano, porque la muerte hauia cerrado la puerta tras si.

Viendose en blanco, y a un en Albis, como Domingo de Casimoto, no sabian imaginar el re-

de mon ame. Le cœur commence à
me defaillir, & moy à fuer dans l'eau,
& m'affoiblir tellement, que ie ne me
pûs empefcher de tomber efuanoüy
dans la cuue.

L'eau entroit dans mon corps par
toutes fes portes fans aucune refiftance,
& ie lonnois tous les fignes apparens
d'vn homme mort ; Affez contre ma
volonté, qui fut toufiours de viure tant
que Dieu voudroit, & que ie pourrois
en defpit des Gaillegues, & de la mauuaife fortune.

Les pefcheurs affligez, firent fortir
vn chacun, & me tirerent la tefte de
l'eau en diligence. Ils me trouuerent
fans pouls, & fans haleine ; & fans haleine & fans pouls. Ils fe lamentoient,
pleurant la perte qu'ils faifoient en
moy, qui n'eftoit pas petite pour eux.
Ils me tirerent dela cuue, & me voulurent faire regorger l'eau que i'auois
beuë, mais ce fut en vain, parce que la
mort auoit fermé la porte apres elle.

Se voyant en blanc, voire *in albis*
comme le Dimanche de Quafimodo, ils
ne fçauoient quel remede imaginer.

medio , ni a vn dar vn medio a su pena , y fatiga. Salio decretado por el concilio de tres , que la noche venida mellevassen al rio , y me echassen dentro, con vna piedra al cuello , para que me sruiesse de sepultura , la que lo hauia echo de verdago.

CAP. SEPTIMO.

De lo que le sucedio a Lazaro , en el camino de Tajo.

NENGVNO desespere por mas afligido que se vea , pues quando me nos se catara abrira Dios las puertas, y ventanas de su misericordia , y mostrara serle nada impossible , que sa vt, puede , y quiere , mudar los desinios de los malos en saludables , y medicinales remedios para los que en el confian.

Pareciendoles a aquellos sayones de ramplon , que la muerte no se burlaba (siendo costumbre suya no hazerlo) me metieron en vn costal , y

mon mal, ny quel moyen trouuer à
leur peine. En fin il fut resolu par le
conseil de trois, que la nuit suiuante
ils me porteroient à la riuiere, & me
ietteroient dedans auec vne pierre au
col, afin que celle qui m'auoit seruy
de bourreau, me seruist de sepulture.

CHAP. VII.

De ce qui aduint à Lazarille au chemin du Tage.

QV'AVCVN ne se desespere pour
quelque affliction ny pour quelque malheur qui luy puisse suruenir, puis
que lors qu'il y pense le moins, Dieu
ouure les portes & fenestres de sa mise-
ricorde, & monstre que rien ne luy est
impossible : & qu'il sçait, peut, &
veut changer les desseins des meschás,
en salutaires remedes pour ceux qui se
confient en sa bonté.

Ces bourreaux pensans que la mort
ne se iouoit point, comme ce n'est pas
aussi sa coustume, me mirent dans vn

atrabeſandome en vn macho, como çaque de vino, o por major dezir de agua (eſtandolleno della haſta la boca) ſe encaminaron por la cueſta del Carmen, con mas triſteça, que ſi lleuaran a enterrar al padre que los hauia echo, y a la madre que los pariſ : quiſo mi buena ſuerte, que quando me puſieron ſobre el mulo, fue de pechos, y tripas, como iba boca abaxo, comence a echar agua por ella, como ſi huuieran lebantado las compuertas de vna repreſa, o como ſi fuera frago.

Torme en mi acuerdo, y cobrando aliento conoci eſtar fuera del agua, y de aquel deſdichado pelambre : no ſabia donde eſtaba, ni adome llebaban : ſolo oy dezir, importa para nueſtra ſeguridad buſcar vn poço muy hondo, para que no lo encuentren tan preſto : por el hilo ſaque el huuillo : imaginandome lo que era, y viendo que no podia ſer mas negro el cuebro que ſus alas, oyendo ruydo de gente cerca: di vozes diziendo; aqui de Dios, juſticia, juſticia.

ſac tout de trauers ſur vn mulet comme
vn ſac de vin, ou pour mieux dire d'eau,
en eſtant plein iuſques à la bouche, &
s'acheminerent par la coſte du Carme,
auec plus de triſteſſe que s'ils euſſent
porté au tombeau le pere qui les engen-
dra ou la mere qui les enfanta. Ma bonne fortune voulut que quand ils me mirent ſur le mulet ce fut ſur le ventre; &
comme i'allois la bouche en bas, ie
commence à ietter l'eau comme ſi l'on
euſt leué les portes d'vn eſcluſe.

Ie retournay en moy-meſme, & réprē-
nant haleine, ie connus que i'eſtois
hors de l'eau; mais ie ne ſçauois où i'e-
ſtois, ny où l'on me portoit. Seulement, ie leur oüy dire ; Il importe pour
noſtre ſeureté de chercher vn endroit
qui ſoit fort profond, afin qu'on ne le
trouue ſi toſt. Par ce diſcours ie recon-
nus leur intention, m'imaginant ce
que ce pouuoit eſtre; & voyant que le
corbeau ne pouuoit pas eſtre plus noir
que ſes aiſles, oyant le bruit de quelques gens aſſez pres de moy, ie m'é-
criay de toute ma force, diſant ; Mon
Dieu, Iuſtice, Iuſtice.

Los del ruydo eram la ronda que acudieron a mis gritos, con las espadas desnudas: reconocieron el costal, y allaron al pobre Lazaro echo vn abadejo remojado. En cuerpo, y alma sin ser oydos, ni vistos, nos lleuaron a todos a la carcel.

Los pescadores lloraban por veerse presoy, y yo reya por estar libre. Pusieron los a ellos en vn calaboço, y ami en vna cama.

A la mañana nos tomaron nuestros dichos: ellos comfesaron la trayda, y lleuada por España, mas que lo hauian echo creyendo era pascado: hauiando para ello pedido licencia a los señores enquisidores.

Yo dixe la verdad de todo, y como aquellos vellacos me tenian atrahillado, y puesto de manera, que no podia pipear: hizieron venir al Aciprestre, y a mi buena Vrigeda, para probar si era verdad, que yo fuesse el Lazaro de Tormes, que dezia.

Entro mi muger la primera, y mirandome atentamente: dixo, ser verdad, que parecia en algo a su buen marido, mas que creya

Ceux qui faiſoient ce bruit eſtoit la
ronde, qui accoururent les eſpées nuës
auec grand cris; reconnurent le ſac, &
y trouuerent le pauure Lazare comme
vn merlus ſec détrempé dans l'eau. Ils
nous menerent tous en corps & en ame
dans la priſon, ſans eſtre ny oüys, ny
veus. Les peſcheurs pleuroient pour le
voir pris, & ie riois pour me voir libre.
Ils les mirent dans vn cachot, & moy
dans vn lit.

Au matin nous fuſmes interrogez;
ils confeſſerent qu'ils m'auoient porté
par toute l'Eſpagne, mais qu'ils l'auoiét
fait croyant que i'eſtois poiſſon : &
ayant pour cela obtenu licence des Seigneurs de l'Inquiſition.

Ie dis la verité de tout, & comme
ces vilains me menoient en leſſe, tellement attaché que ie ne pouuois pas
meſme parler. Ils firent venir l'Archipreſtre, & ma bonne femme Vrigede
pour verifier ſi i'eſtois ce Lazare de
Tormes que ie diſois eſtre.

Ma femme entra la premiere, & me
regardant attentuement, dit eſtre vray
que ie reſſemblois aucunement à ſon
bon mary, mais qu'elle croyoit que ie

no eral el : porque a vn que hauia sido vna gran vestia, antes hauia sido
mosquito, que pez, y buey, que pescado : diziendo esto, y haziendo vna
grande reberencia se salio.

El procurador de mis verdugos requi-
rio, que me quemassen porque sin duda era mostruo, y que el se obligaba a
probarlo : eso seria el diablo dezia yo
entremi, si ay algun encantador que
me persigue : transformandome en lo
que le da gusto.

Los juezes le mandaron callar. Entro el señor Aciprestе, que viendome tan
descolorido, y rugado, como tripa de
vieja, dixo no me conocia en la cara,
ni talle : truxele a la memoria algunas cosas pasadas, y muchas secretas,
que entre nostros hauian pasado : particularmente le dixe se acordasse de la
noche, que vino desnudo a mi cama :
diziendo tenia miedo de vn duende :
que hauia en su aposento, y se hauia aco-
stado entre mi muger, y mi : el porque no

n'eſtois pas luy ; parce qu'encore qu'il
fuſt vne grande beſte , il euſt eſté pluſtoſt vne mouche , qu'vn poiſſon. Et
ayant dit cela, & fait vne grande reuerence , ſe retira.

Le Procureur de mes bourreaux re-
quit qu'on me brulaſt , parce que ſans
doute i'eſtois vn monſtre , & qu'il s'o-
bligeoit à le prouuer. Ce ſeroit bien le
diable, diſois-je en moy meſme , s'il y
auoit quelque enchanteur qui me pour-
ſuiuiſt, & me transformaſt en ce qu'il
voudroit.

Les Iuges luy commanderent de ſe
taire. Apres entra Monſieur l'Archipreſtre , qui me voyant ſi deſcoloré, &
ridé comme vne tripe de vieille , dit
qu'il ne me connoiſſoit point ny au viſage, ny à la taille. Ie luy remis en memoire quelques choſes, & pluſieurs ſe-
crettes qui s'eſtoient paſſées entre
nous deux ; particulierement ie luy dis,
qu'il ſe reſſouuint de la nuit qu'il vint
tout nud dans mon lit, diſant qu'il
auoit peur d'vn lapin qui eſtoit en ſa
chambre, & s'eſtoit couché entre ma
femme & moy. Alors afin que ie ne

pasase adelante, con las señas, comfeso ser verdad, que yo era Lazaro su buen amigo, y criado.

Concluyosse el proceso con el testimonio del señor Capitan, que me saco de Toledo, y fue de los que se escaparon de la tormenta, en el esquife, confesando ser yo en persona Lazaro su criado. Comformosse con esto la relacion del tiempo, y lugar en que los pescadores dixeron hauerme pescado. Sentenciaron los en cada docientos açotes, y su hazienda comfiscada, vna parte para el Rey, otra para los presos, y la tercera para Lazaro.

Hallaronles dos mil reales. dos mulas, y vn carro: de que pagadas las costas, y gastos: me cupo veynte ducados. Quedaron los marineros pelados, y a vn desollados, y yo rico, y contento, porque en mi vida me hauia visto señor de tanto dinero junto.

Fuyme a casa de vn amigo, donde despues de hauer embasado algunas cantaras

paſſaſſe plus aduant auec ſi bonnes en-
ſeignes, il confeſſa qu'il eſtoit vray que
i'eſtois ſon bon amy & ſeruiteur Lazarille.

Le procés fut conclut auec les teſmoignage du Capitaine qui me tira de
Tolede, & fut de ceux qui eſchape-
rent la tormente dedans l'eſquif, con-
feſſant que i'eſtois en perſonne ſon ſer-
niteur Lazarille. Ce qui fut confirmé
par le rapport du temps, & du lieu auſ-
quels les peſcheurs dirent qu'ils m'a-
uoient peſché. Ils les condamnerent en
deux cens coups de fouët, & confiſque-
rent leurs biens, vne partie au Roy,
l'autre aux priſonniers, & la troiſief-
me à Lazare.

On leur trouua deux mille reales,
deux mules, & vne charrette; dequoy
tous frais faits, il me reſta pour ma
part vingt ducats. Les mariniers demeurerent pelez, eſcorchez, & moy
riche & content, parce qu'en ma vie
ie ne m'eſtois veu tant d'argent enſemble.

Ie m'en allay chez vn mien amy, où
apres auoir aualé quelques meſures de

II Pan
de vino para quitar el mal gusto del
agua, y puesto a lo de Dios es Chri-
sto, comence a pasearme como vn
Conde : comiendo como cuerpo de Rey:
honrrado de mis amigos : temido de
mis enemigos, acariciado de todos.

Los males pasados me parecian sueño : el bien presente, puerto de descanso, y las esperanças futuras, parayso de deleytes. Los trabaxos humil-
lan, y la prosperidad ensoberbece. El
tiempo que los veynte escudos duraron,
si el me Rey huuiera llamado primo, lo
tuuiera por afrenta : quando los espa-
ñoles alcançamos vn real, somos principes, y a vn que nos falte, no lo haze la presuncion.

Si preguntays a vn mal trapillo qui-
en es : responderos ha porlomenos, que
deciende de los Godos, y que su corta
suerte lo tiene arinconado, siendo proprio del mundo loco, lebantar a los baxos, y abaxar a los altos : pero que a
vn que a asi sea, no dara a torcer
su braço, ni se estima en menos que
el mas preciado.

vin pour oster le mauuais goust de l'eau,
& m'estre fait braue, ie commençay à me promener comme vn Comte,
mangeant comme vn Roy, honoré de
mes amis, craint de mes ennemis, &
caressé de tous.

Les maux passez me sembloient vn
port de salut, & les esperances de l'ad-
uenir vn Paradis de delices. Les trauaux humilient, & la prosperité en
orgueillit. Pendant que les vingt escus durerent, si le Roy m'eust appellé
son cousin, ie l'eusse tenu pour affront.
Q'and nous autres Espagnols attra-
pons vn real, nous sommes des Prin-
ces; & bien qu'il nous faille, la presomption ne nous manque pas.

Si vous demandez à quelque coquin,
qui est il? Il vous respondra pour le
moins qu'il descend des Gots, & que
sa mauuaise fortune le tient raualé,
estant le propre du monde fol, d'éleuer
les personnes basses, & d'abaisser les
éleuées: mais qu'encore qu'il soit ainsi,
il ne cedera pas à vn autre moindre
que luy, ny ne s'estimera pas moins
que les plus prisez.

Y morira antes de hambre, que poner se a vn oficio, y si se ponen, o aprenden alguno ; con tal desgayre, que o no trabajan, o si lo hazen : es tan mal que apenas se allara vn buen oficial en toda España.

Acuerdo me que en Salamanca hauia vn remendon, que quando lelleuauan algo para remendar : hazia vn soliloquio, quexandose de su fortuna, que le ponia en terminos de trabajar en vn tan baxo oficio : siendo decendiente de tal casa, y de tales padres, que por su valor eran conocidos en España.

Pregunte vn dia a vn vecino suyo, quienes hauian sido los padres de aquel fanfaron : dixeronme que su padre era pisador de vbas, y en hiuierno mata puercos, y su madre, laba bientres : (quiero dezir criada de mondonguera.

Hauia comprado vn vestido de terciopelo raydo, y vna capa rayda de raja de Segouia : llebaba vna espada, con cuya contera des-empedraba las calles ; no

.Tous les Espagnols sont de mesme,
& mourront pluftost de faim que ſe
mettre en quelque meſtier, ou s'ils s'y
mettent, & en apprennent quelqu'vn,
c'eſt auec tant de mépris qu'ils ne trauaillent poiſit, ou trauaillent ſi mal,
qu'à peine, ſe peut-il trouuer vn **bon**
artiſan en toute l'Eſpagne.

Ie me ſouuiens qu'il y auoit vn ra-
uaudeur en Salamanque, qui lors qu'on
le menoit trauailler en quelque part,
faiſoit touſiours des diſcours, & des
plaintes de ſa fortune, qui le reduiſoit
en ces termes de s'occuper en ſi vil office, eſtant deſcendu de telle maiſon &
de tels parens, qui pour leur valeur
eſtoient conneus en Eſpagne.

Ie demanday vn iour à vn ſien voy-
ſin, quels auoient eſté les parens de ce
fanfaron : il me dit que ſon pere fou-
loit les raiſins en Autonne, & tuoit les
pourceaux en hyuer, & que ſa mere en
lauoit les ventres.

I'auois acheté vn habillement de veloux raz, & vne cape rayée de raze de
Segouie. Ie portois vne eſpée auec le
bout de laquelle ie dépauois les ruës. Ie

quife yr a veer a mi muger quando fa-
li dela carcel, por hazerle defear mi
vifta. y para vengarme del defprecio,
que hauia echo de mi en ella: crey fin duda que en viendome tanbien veftido fea-
repentiria: y recibiria con los braços ab-
iertos.

Mas tixeras eran, y tixeras fueron: alle la parida, y recien cafada: quando
me vio, dixo gritando, quitenme de delante a efe pefcado mal remojado; cara de
hanfaron pelado, que fi no, por el figlo de
mi padre, me lebante, y le faque los
ojos.

Yo con mucha flema le refpondi: poco a poco feñora atiça candiles, que fi no
me conoce por marido, ni yo por muger;
denme a mi hija, y tan amigos como
antes.

Hazien a heganado (profegui) para
cafarla muy honrrada mente. Parecia-
me que aquellos veynte ducados hauian

ne voulus point aller voir ma femme
quand ie fortis de prifon, pour luy faire
defirer ma veuë, & me venger du mefpris qu'elle auoit fait de moy. Ie creus
fans doute que me voyant fi bien veftu
elle fe repentiroit & me receuroit à
bras ouuerts.

Mais l'Ethiopien ne change point de
peau pour quelque changement qui arriue; ie la trouuay accouchée, & nou-
uellement mariée. Quand elle me vid,
elle fe mit à crier, difant; Qu'on m'ofte
de deuant moy ce poiffon détrempé,
ce vifage d'oyfon pelé : que fi l'on ne
le fait point, par la mercy Dieu ie me
leueray, & luy arracheray les yeux de
la tefte.

Ie luy refpondis froidement auec vne
extreme patience. Tout beau ma mie,
ne vous haftez pas tant, car fi vous ne
me reconnoiffez point pour voftre mary, ie ne vous reconnois point pour ma
femme; rendez moy ma fille, & amis
comme auparauant.

I'ay gaigné du bien, pourfuiuy-ie,
pour la marier honorablement. Il me
fembloit que ces vingt ducats deuoient

de fer, como las cinco blancas de juani-
co de Dios, que en gaſtandolas allaba
otras cinco en ſu bolſa, mas a mi, como
era Lazarillo del diablo, no me ſucedio
aſi, como ſe veera en el ſiguiente Capitulo.

El ſeñor Acipreſte ſe opuſo a mi demanda diziendo, que no era mia, y para prueba dello, me moſtro el libro del
baptiſmo, que comferido con los capitulos matrimoniales, ſe veya la niñâ hauia nacido quatro meſes deſpues que yo
hauia conocido a mi muger.

Cay de mi aſno, en que haſta entonces
hauia eſtado a cauallo, creyendo ſer mi
hija la que no lo era. Sacudime el poluo
de los çapatos, y labeme las manos en
teſtimonio de mi inocencia, y de mi deſ-
pedida para ſiempre.

Volui las eſpaldas tan conſolado: como ſi jamas las huuiera conocido. Fuy a
buſcar a mis amigos, conteles el caſo,
conſolaronme, que fue meneſter poco para
ello.

eſtre comme les cinq ſols du petit Iean Dieu, qui en les deſpenſant en trouuoit autres cinq dans ſa bourſe. Mais comme i'eſtois Lazarille du diable, il ne me ſucceda pas ainſi, comme il ſe verra au Chapitre ſuyuant.

Mõſieur l'Archipreſtre s'oppoſa à ma demande, diſant qu'elle n'eſtoit point à moy, & pour preuue de cela me monſtra le liure de ſon bateſme; qui conferé auec les Chapitres matrimoniaux, il ſe trouua que la fille eſtoit née quatre mois apres la premiere connoiſſance que i'auois eu de ma femme.

Ie tombay de mon aſne (car iuſques alors i'auois eſté a cheual) croyant que celle qui ne m'eſtoit rien fuſt ma fille. Ie ſecoüay la poudre de mes ſouliers, & me laua les mains en teſmoignage de mon innocence, & de mon depart eternel. Ie tourne les eſpaules auſſi conſolé comme ſi ie ne les euſſe iamais connuës.

Ie fus chercher mes amis & leur raconter mon affaire. Ils me conſolerent ſans qu'il fuſt beſoin de beaucoup de raiſons pour cela.

No quise tornar al oficio de pregoñero,
porque aquel terciopelo me hauia sacado
de mis casillas. Y endome a pasear hazia
la puerta de visagra; en la de san Iuan
de los reyes: encontre a vna antigua conocida, que despues de hauerme saludado
me dixo, como mi muger estaua mas
blanda despues que hauia sauido tenia
dineros, particularmente, que el Gabacho la hauia parado como nueua.

Roguele me contasse el caso. Ella lo hizo
diziendo, que el señor Acipreste, y mi
Muger se hauian puesto vn dia a
consultar, si seria bueno tornarme a
recevir a mi, y echar el Gauacho,
poniendo raçones en pro, y en contra.

La consulta no fue tan secreta, que
el nueuo velado no la entendiesse; El
qual disimulando: a la mañana se fue a
trabajar al olibar, a donde su muger y
la mia, fue a medio dia a llebarle la
comida: el la alto al pie de vn arbol hauien-
dola primero desnudado, donde le dio

Ie ne

Ie ne voulus point reprendre mon premier estat de crieur, parce qu'il ne s'accordoit pas auec le veloux que i'auois chargé. Et m'allant promener depuis la porte de Visagra iusques en celle de Sainct Iean des Roys, ie rencontray vne vieille de ma connoissance, qui apres m'auoir salué me dit, que ma femme s'estoit adouçie ayant sçeu que i'auois de l'argent: & particulierement que le Gabach l'auoit accoustrée comme de neuf.

Ie la priay de me raconter comment. Elle le fit, me disant que l'Archiprestre, & ma femme s'estoient mis vn iour à consulter, s'il seroit bon de me reprendre encore vne fois, & de chasser le Gabach, alleguant des raisons pour & contre.

La consulte ne pût estre si secrette que le nouueau marié n'en sentit le vent. Lequel dissimulant s'en alla au matin trauailler au jardin des oliuiers, où sa femme & la mienne estant allée luy porter à disner sur le midy, il l'attacha au pied d'vn arbre, l'ayant premierement despoüillée, où il luy don-

mas de cien açotes, y no contento con esto:
hizo vn lio de todos sus vestidos, y qui-
tandole las sortijas, se fue con todo : de-
xandola atada, desnuda, y lastimada,
donde sin duda muriera, si el Acipreste
no huuiera embiado a buscarla.

Prosiguio diziendo, creya sin falta,
que si yo echaba rogadores merecerirían
como antes, porque ella hauia eydo dezir a mi Eluira: desdichada de mi, porque no admiti a mi buen. Lazaro, que
era bueno como el buen pan, nada me-
lindroso, ni escrupuloso, el qual me dexaba hazer lo que queria.

Este fue vn toque, que me trastorno
de arriua a vajo, y estube por tomar el
consejo de la buena vieja, pero quise co-
municarlo primero con mis amigos.

na plus de cent coups de foüet, & non
content de cela, ayant fait vn paquet
de tous ſes habits, & luy ayant oſté
toutes ſes bagues, s'en eſtoit enfuy, auec
tout: la laiſſant attachée, nuë & doléte:
où ſans doute elle fuſt morte ſi l'Archipreſtre ne l'euſt enuoyée querir.

Et pourſuiuant ſon diſcours, elle me
dit, qu'elle croyoit aſſeurément, que ſi
i'employois des interceſſeurs, ma femme me receuroit comme auparauant,
parce qu'elle luy auoit oüy dire ces mémes paroles. Ha! mal-heureuſe, pourquoy ne receuois je mon pauure Lazare, qui eſtoit bon comme le bon pain,
point deſdaigneux, point ſcrupu-
leux, & qui me laiſſoit faire tout ce
que ie voulois.

Ce fut vue attainte qui me toucha iuſques au cœur, & me renuerſa ſans deſſus deſſous; peu s'en fallut que ne priſſe
le conſeil de la bonne vieille. Toutesfois ie le voulus communiquer premierement à mes amis.

CAP. OCTAVO.

Como Lazaro pleyto contra su muger.

SOMOS *los hombres de casta de gal-*
linas ponederas, que si queremos ha-
zer, algun bien, lo gritamos, y cacarea-
mos, pero si mal : no queremos, nadie
lo sepa, para que no nos disuadan lo
que seria bueno estorbassen.

Fuy a veer a vno de mis amigos, y
a lletres juntos, porque despues que tenia
dineros, se hauian multiplicado, como
moscas, con la fruta: dixeles mi deseo,
que era tornarme con mi muger, y qui-
tarme de malas lenguas, siendo mejor el
mal conocido : que el bien por cono-
cer.

Afearonme el caso dixiendo era vn hom-

CHAP. VIII.

Comment Lazarille plaida contre
sa femme.

IL semble que les hommes soient de
la race, ou de la nature des gelines;
car si nous voulons faire quelque bien,
c'est en criant, & caquettant comme
elles, afin que chacun l'entende : & si
ce'st du mal, nous ne voulons pas que
personne le sçache, de peur qu'on ne
nous dissuade, ce qu'il seroit encore
meilleur de nous empescher.

Ie fus voir vn de mes amis, chez lequel i'en trouuay trois assemblez; car
depuis que i'auois de l'argent, ils s'e-
stoient maltipliés, comme les mouches auec le fruit. Ie leur dis mon
dessein, qui estoit de retourner auec ma
femme, & m'oster des mauuaises lan-
gües, le mal reconnu estant meilleur
que le bien qui est encore à connoistre.

Ils me rendirent l'affaire si honteuse,
me disant que i'estois vn homme qui

P iij

bre, que no tenia sangre en el ojo, ni sesos en la cabeça, pues queria juntarme, con vna ramera, piltrafa, escalentada, mata candiles, y finalmente mula del diablo (que aſi llaman en Toledo a las mancebas de los clerigos) Tales ccſas me dixeron, y tanto me perſuadieron, que determine de no rogar, ni conbidar.

Echando de veer mis buenos amigos (del diablo lo fueran ellos) que ſu conſejo, y perſuaſiones eran eficaces, paſaron adelante diziendo, me a conſejauan, como quien tan intimo lo era ſuyo: ſacaſſe las manchas, y quitaſſe el borron de mi honrra, tornando por ella, pues iba tan de capa coyda, dando vna querella contra el Acipreſte, y contra mi muger, pues todo no me coſtaria blanca, ni cornado, ſiendo ellos como eran miniſtros de juſticia.

El vno que era vn procurador de cauſas perdidas, me ofrecia cien ducados por mi probecho.

El otro como mas entendido, por

n'auoit point de fang aux ongles, ny de fens en la tefte ; puis que ie me voulois reioindre auec vne coureufe, chienne chaude, finalement mule du diable: car ainfi appeloit-on à Tolede les garces des Preftres. Ils m'en dirent tant, & me perfuaderent tant, que ie me refo-lus à ne prier, ny conuier aucun à me remettre bien auec elle.

Mes bons amis (ils l'eftoient bien pluftoft du diable) s'apperceuans que leurs confeils, & perfuafions eftoient efficaces en mon endroit, pafferent plus auant, difans ; qu'ils me confeilloient comme à leur amy intime, d'ofter tout à fait les taches qui fleftriffoient mon honneur, & d'en entreprendre la de-fenfe en vne fi manifefte ruine, inten-tant procez auec l'Archipreftre, & auec ma femme. Veu mefme que la pourfuitte ne m'en coufteroit pas vn carolus, eux eftans miniftres de Iuftice comme ils eftoient.

L'vn qui eftoit vn Procureur des cau-fes perduës, m'offroit cent ducats du profit qui m'en deuoit reuenir.

L'autre comme mieux entendu pour

fer vn le trado de cantoneras, me dezia, que fi el eftuuiera en mi pelleio.
no daria mi ganancia por docientos.

El tercero me afeguraba (que como corchete que era lofabia bien) hauer vifto otros pleytos menos claros, mas
dudofos, que hauian valido alos que
los hauian emprendido, vna ganancia
fin cuento, quanto mas que creya a los
primeros encuentros, el domine vaca-
larius me hinchiria a mi las manos,
y fe las vntaria a ellos, porque
defiftieffe mos de la querella, rogando tornaffe con mi muger : refultando-
me dello mas honrra, y proucho, que
no fi yo lo hazia.

Encarecieron la cura, aregoftandome
con buenas efperanças. Cogieronme del
pie a la mano, fin faber que refpon-
der a fus argumentos fofifticos : avn
que bien fe me alcançaua fer mejor
perdonar, y humillarme, que nollebar
las cofas por la punta de la lança, cumpliendo el mandamiento de Dios. mas dificul-
tofo, que es el amor de los enemigos : quato, y

eftre Aduocat des garces, me difoit que
s'il eftoit en ma place, il ne donneroit
pas mon gain pour deux cens.

Et le troifiefme m'affeuroit (qui comme Sergent qu'il eftoit le fçauoit bien)
d'auoir veu d'autres procez moins
clairs & plus douteux que celuy-là,
qui auoient valu à ceux qui les auoient
entrepris vn profit ineftimable. Et
d'autant plus en efperoit il de cettuy-
cy, qu'il croyoit qu'à la premiere in-
ftance monfieur l'Archipreftre me rem-
pliroit les mains, & les leur oindroit à
eux, pour me faire defifter de la pourfuitte; me priant de retourner auec ma
femme, d'où me refulteroit beaucoup
plus d'honneur & de profit.

Ils exagererent le fait, & m'entrete-
nant de bonnes efperances, me prindrent comme on dit au pied leué, fans
me donner loyfir d'y penfer, ny de prendre les meilleures confiderations. Encore qu'il me femblaft bien qu'il eftoit
meilleur de pardonner, & de m'humi-
lier, accompliffant le plus difficile
commandement de Dieu, qui eft d'aymer fes ennemis, que non pas d'empor-

mas que mi muger, no me hauia echo obras
dello: al contrario, por ella hauia començado a alçar cabeça, y a ser conocido de muchos, que con el dedo me señalaban diziendo, veys aqui al pacifico Lazaro,
por ella comence a tener oficio, y bene-
ficio.

Si la hija que el Arcediano dizia no ser
mia lo era, o no: Dios escudriñador de los
coraçones lo sabe, y podria ser que a si como
yo me engañe el pudiesse engañarsse tanbien, como puede suceder que alguno de los
que leyendo mis simplicidades riendo, se
hinche la boca de agua y las barbas de
babas, sustenta a los hijos de algun re-
uerendo: trabaxa, suda, y afana, para
dexar ricos, a los que enpobrecen su hor-
ra creyendo por cierto, que si ay muger
honrrada en el mundo es la suya, y a
un podria ser, que el apellido, que tienes amigo lector de cabeça de vaca, lo hu-
uiesses tomado de la de vn toro.

Mas dexando a cada vno con su
buena opinion, todas estas buenas
consideraciones no bastaron, y a si

ter les choses à pointe de lance. Combien plus que ma femme ne m'auoit iamais fait aucun tour d'ennemie ; au contraire, par son moyen i'auois commencé
de leuer la teste, & d'estre connu de plusieurs qui me monstroient au doigt, disant ; Voila le pacifique Lazare. Par
son moyen ie commençay d'auoir office, & benefice.

Si la fille que l'Archidiacre disoit
n'estre point à moy, l'estoit, ou non,
Dieu scrutateur des cœurs le sçait. Et
pourroit estre que comme ie m'estois
trompé, il se pouuoit tromper aussi,
comme il peut arriuer, que quelqu'vn de ceux qui lisent icy mes sim-
plicitez, & se remplissent la bouche
d'eau à force de rire, nourrit les fils de
quelque autre reuerent, & trauaille,
suë, & se tuë, pour enrichir celuy qui
apauurit son honneur, croyant neam-
moins assurément, que s'il y a femme d'honneur au monde, c'est la
sienne.

Mais laissant iouïr vn chacun de sa
bonne opinion, toutes ces bonnes con-
siderations ne m'ayant de rien serüy, ie

di vna querella contra el Acipres, y contra mi muger. Como hauia dinero fresco, en veinte, y quatro oras, los pusieron en la carcel, a el en la del Arzobispo, y a ella en la publica.

Los letrados me dezian, no reparasse en los dineros, que me podia costar aquel negocio, pues todo hauia de salir de las costillas del domine, y assi por hazerle mas mal, y que suessen mayores las costas, daba quanto me pedian.

Andaban, listos, solicitos, y bulliciosos, sentian el dinero, como las moscas la miel, no daban paso envano: en menos de ocho dias el pleyto estuuo muy adelante, y mi bolsa muy a tras.

Las probanças se hizieron con facilidad, porque los alguaciles, que los hauian prendido, los allaron en fragante de lito, y los lleuaron a la carcel en camisa, como estauan.

Los testigos eran muchos, y sus dichos ver-

fis vn procèz contre l'Archiprestre,
& contre ma femme. Et comme i'auois
de l'argent frais, en vingt-quatre heures
ie les fis mettre tous deux en prison,
luy en celle de l'Archeuesque, & elle
en la publique.

Les gardes me disoiét, que ie ne m'ar-
restasse pas pour l'argent que cette affaire me pourroit couster, puis que tous
les despens deuoient tomber sur les co-
stes du Prestre; & ainsi pour luy faire
plus de déplaisir, & afin que les frais
fussent plus grands, ie donnois tout
ce qu'on me demandoit.

Ils alloient lestes, soigneux, & boüil-
lans, & sentant l'argent comme les
mouches sentent le miel, ils ne faisoient
pas vn pas en vain. En moins de huit
iours le procez fut fort en auant, & ma
bourse fort en arriere.

Les preuues se firent facilement, parce que les Sergens qui les auoient pris,
les auoient trouuez en delit flagrant, &
les auoient menez en prison tous en
chemise, comme ils estoient.

Les tesmoins estoient en grand nombre, & leurs depositions veritables.

daderos : los buenos de procurador, le
trados , y escriuano que conocieron la
flaqueça de mi bolsa : començaron a
desmayar , de suerte que para hazer-
les dar vn paso , era menester meterles
mas espuela , que a mula de al-
quiler.

La remission fue tan grande , que conocida por el Acipreste , y por los suyos:
començaron a gallear, vntando las manos,
y los pies de los suyos : parecian pesas
derelox, que subian a la me dida que
los mios vexaban : dieronse tal maña,
que en quince Dias salieron de la carcel
sobre fiado , y en menos de ocho con testigos falsos, condenaron al pobre Lazaro,
a pedir perdon en costas , y destierro
perpetuo de Toledo.

Pedi perdon , como era justo lo hiziesso,
quien con veynte escudos , se hauia puesto
a pleytear con quien los contaba a espuertas:
di hasta mi camisa para ayuda de pagar las costas, saliendo en porreta a cumplir mi destierro.

Mais mes bons amis d'Aduocats, Procureurs, & Greffiers qui connurent la foiblesse de ma bourse, commencerent à s'esuanoüir de sorte que pour les faire auancer d'vn pas, il leur falloit donner plus de coups d'esperon qu'à vne mule de loüage.

Les delais furent si grands, qu'estans connus par l'Archiprestre & les siens, ils commencerent à causer, oignans les mains, & les pieds des siens. Ils ressembloient aux poids d'vne horloge qui montoient à mesure que les miens s'abaissoient. ils firent si bien, qu'en quinze iours il sortit de prison en baillant caution; & en moins de huict apres, sur de faux tesmoignages, on condamna le pauure Lazare à faire amende honorable en chemise, & en bannissement perpetuel.

Ie demanday pardon, comme il estoit iuste que le fist celuy, qui auec vingt escus s'estoit mis à plaider contre vn hôme qui les contoit, & les mesuroit à pleins paniers: Ie dônay iusqu'à ma chemise pour ayder à payer les frais & m'en allay en exil tout fin nud.

Vime en vn inſtante rico pleyteando
conra vna dignidad de la ſanta igleſia
de Toledo, empreſa ſolo para vn princi-
pe; reſpetado de mis amigos , temido de
mis enemigos, y pueſto en predicamen-
te de hombre honrrado , que no ſufria
moſcas en la matadura : en el rieſmo me
alle echado , no del parayſo terrenal, cu-
biertas mis verguenças con ojas de iguera , mas del lugar que mas amaba , y de
donde tantos regalos , y placeres hauia re-
tenido.

Cubierta mi deſnudez con andrajos que
en vnos muladares hauia allado : acogime
al conſuelo comun de todos los afligidos :
creyendo, que pues eſtaua en lo mas vajo de
la rueda de fortuna , neceſariamente hauia de tornar a ſubir, acuerdaſſe me aora
de lo que oy dezir vna vez a mi amo el
ciego (que quando ſe ponia a predicar
era vn aguila) que todos los hombres
del mundo ſabian, y baxaban por la rueda
de fortuna : vnos ſiguiendo ſu mouimiento

En vn mefme temps ie me vy riche,
plaidant contre vne dignité d'Eglife de
Tolede , entreprife feulement d'vn
Prince , refpecté de mes amis , craint
de mes ennemis , & en predicament
d'homme d'honneur, qui ne fouffroit
point de mouches en fa playe ; & en
moins d'vn inftant, ie me vy chaffé,
non du Paradis terreftre couuert de
feüilles de figuier , comme nos premiers parens , mais du lieu que i'auois
le plus aymé,& où i'auois receu tant de
plaifirs, & ioüy de fi chers delices.

M'eftant couuert de quelques vieux
drapeaux que ie trouuay deffus vn fu-
mier, ie me recueillis en la confolation
commune des affligez,croyant que puis
que i'eftois au plus bas de la roüe de
fortune, il falloit neceffairement que ie
remontaffe , puis qu'elle tourne toufiours inceffament. Ie me fouuins de ce
que i'auois vne fois oüy dire à mon
maiftre l'Aueugle (lequel eftoit vn Aigle quand il fe mettoit à prefcher) que
tous les hommes du monde montoient
& defcendoient par la roüe de fortune;
les vns fuiuant fon mouuement, les au-

otros al contrario; hauiendo entre ellos
esta diferencia , que los que iban segun el
mouimiento con la facilidad con que subian, con la mesma vajauan , y los que
al contrario, si vna vez subian a la
cumbre , a vn que con trabajo, se con-
serbaban en ella mas tiempo , que
los otros.

Segun esto yo caminaba apelo , y con
tanta velocidad, que a penas estaua en
lo alto , quando me allaua en el abismo
de todas las miserias. Vime echo picaro de mas de marca , hauiendo
sido hasta entonces recoleto.

Pude muy bien dezir: desnudo naci
desnudo me allo, ni pierdo, ni gano: en-
camiceme hazia Madrid, pidiendo limosna , que lo sabia muy bien hazer:
molinero solia ser voluime a mi menester , contaua a todos mis cuytas: vnos
se dolian, y otros se reyan de mi, y algunos me daban limosna : con ella como
no tenia hijos, ni muger que sustentar:
me sobraba la comida, y a vn la venida.

tres au contraire ; y ayant entr'eux cette difference, que ceux qui alloient selon son monuement, descendoient auec la mesme facilité qu'ils montoient ; & ceux qui alloient au contraire, s'ils montoient vne fois au sommet, quoy qu'auec trauail, s'y conseruoient plus longuement que les autres.

Ie connus alors que i'estois de ceux qui la suiuent plus droittement, & auec tant de vitesse, que ie n'estois pas si tost au dessus, que ie me trouuois incontinent au dessous. Ie me vy des plus grands coquins du monde, ayant esté iusques alors des moindres.

Ie pouuois bien dire ; Ie suis nay tout nud, tout nud ie me trouue, sans auoir perdu, ny gaigné. Ie m'acheminay vers Madrid demandant l'aumosne, ce que ie sçauois bien faire. Ie soulois estre meûnier, ie retourné à mon premier mestier. Ie contois à tous mes malheurs ; les vns en auoient pitié, les autres s'en rioient & quelques vns me donnoient l'aumosne. Auec cela, n'ayant ny femme, ny enfans à nourrir, i'auois à manger de reste, & encore à boire.

Aquel año hauian cogido tanto vino,
que alas mas puertas que llegaua, me
dezian, si queria beuer, porque no tenian
pan para darme, jamas lo reusè, y asi
me sucedio algunas vezes, en ayunas
hauer embasado quatro açumbres de vino, conque estaua mas alegre, que
moça en vispera de fiesta.

Si he de dezir lo que siento, la vida picaresca es vida, que las otras no
merecen este nombre: si los ricos la gu-
stassen, dexarian por ella sus aciendas,
como hazian los antiguos filosofos, que
por alcançarla, dexaron lo que poseyan:
digo por alcançarla, porque la vida fi-
losofa, y picaral es vna: solo se dife-
recian: en que los filosofos, dexaban lo que
poseyan por su amor, y los picaros, sin
dexar nada la allan.

Aquellos despreciaban sus aciendas para contemplar con menos im-
pedimento en las cosas naturales,

On auoit recueilly tant de vin cette année là, qu'à la plus part desportes où ie demandois, on me difoit, fi ie voulois boire, parce qu'ils n'auoient point de pain à me donner. Ie n'en refufay iamais, & ainfi m'arriuoit-il quelque fois d'aualler tout à ieun quatre ou cinq mefures de vin, auec lefquelles i'eftois plus content que feruante en veille de fefte.

Si i'ofe dire ce que i'en penfe, la vie de gueux eft telle, que les autres ne meritent point qu'on les nomme ne apres celle là. Si les riches en auoient goufté, ils quitteroient pour elle toutes leurs richeffes; comme les anciens Philofophes qui laiffoient tout ce qu'ils poffedoient pour l'obtenir. Car leur vie, & celle des gueux eft vne mefme. Elles ont feulement cette difference, que les Philofophes laiffoient ce qu'ils poffedoient pour l'amour d'elle, & les gueux la trouuent fans rien laiffer.

Ceux là mefprifoient leurs biens pour contempler auec moins d'empefchemens les chofes naturelles, les

diuinas , y mouimientos celeftes : eftos para correr a rienda fuelta por el campo
de fus apetitos.

Ellos las echaban en lamar , y eftos
en fus eftomagos : los vnos las menofpre-
ciaban , como cofas caducas , y perece-
deras : los otros no las eftiman, por traer configo cuydado, y trabaxo, cofa que
defdize de fu profefion : de manera que
la vida picarefca es mas defcanfada,
que la de los Reyes, Emperadores , y
Papas, por ella quife caminar , como
por camino mas libre , menos peligrofo;
y nada trifte.

diuines, & les mouuemens celeftes:
& ceux cy pour courir à toute bride
apres leurs appetits.

Ceux là les iettoient dans la mer,
& ceux cy les noyent en leur efto-
mac. Les vns les mefprifoient
comme chofes caduques, & periffa-
bles ; les autres ne les eftiment point
pour les trauaux, & les foucis qu'elles trainent, chofes contraires à leur
profeffion. De maniere que la vie
des pauures eft plus repofée que celle
des Roys, des Empereurs, & des Pa-
pes ; & c'eft pour celà que ie la choi-
fis fur toutes autres, comme vn chemin plus libre, moins perilleux, &
moins trifte.

CAP. NONO.

Como Lazaro se hizo gana pan.

No oy oficio, ciencia, ni arte, que si se hade saber con perfecion, no sea necesario emplear la capacidad del mas agudo entendimiento del mundo: un çapatero haura excrcitado treynta años su oficio: deZilde que os haga unos çapatos, anchos de punta, altos de peyne, y cerrados de laço: haralos ? primero que os haga un par como lepedis, os perdera los pies,

Preguntad a un filosofo, porque las moscas cagan en lo blanco negro, y en lo negro blanco: pararse ha tan colorado como moça, que selo vieron a feytar, a la candela, y no sabra que responder, y si a esto responde, no lo hara a otras mil niñerias.

CHAP.

CHAP. IX.

Comment Lazarille se fit crocheteur.

IL n'y a meſtier, art, ny ſcience que pour le ſçauoir en perfection, il ne ſoit neceſſaire d'y employer la capacité du plus ſubtil entendement du monde. Vn cordonnier aura exercé trente ans ſon office, dites luy qu'il vous faſſe des ſouliers larges de la pointe, haut de col de pied, & iuſte de cordon; auant que vous en faire vne paire comme vous les demandez, il vous aura perdu les pieds.

Demandez à vn Philoſophe pourquoy les mouches chient noir en lieu blanc, & blanc en lieu noir; vous le ferez rougir comme vne fille qu'on auroit ſurpriſe ſe fardant à la chandelle. Il ne ſçaura que reſpondre, & s'il reſpond à cette demande, il ne reſpondra pas à mille autres que vous luy pourriez faire.

Q

Encontre junto a illescas vn archipi-
earo, que conocido por la punta me llegue a el. como a .vn oraculo, para
preguntarle el como me hauia de gobernan
en la nueua vida, fin perjuicio de vár-
ras: respondiome, que fi queria. falir
limpio de poluo, y de paja: me a con-
fejaua juntaffe a la ociofidad de Maria,
el trabaxo de Marta: a faver, que
con fer picaro, añadieffe ferlo de coci-
na, del mandil, del raftro, o de la
foguilla: que era como poner vna fal-
ua guarda a la picardia.

Dixome mas, que por no hauerle
el echo afi: alcabo de veynteaxos, que
exertiua fu oficio: el dia de antes,
le hauian dado docientos, por holgaçan:
agradecile el a vifo, y tome fu confejo.

En llegando a Madrid, compre vna
foguilla, con que me pufe, en medio la plaça, mas contento, que gato
con tripas. Dios, y en ora buena
el primero que me enguero fue vna
doncella (el me perdone que miento) de

Ie rencontray tout au prés d'Illescas vn Archi-gueux, qu'ayant conneu du premier abord, ie le consultay comme vn oracle, pour luy demander comment ie me deuois gouuerner en cette nouuelle vie. Il me respondit, que si i'en voulois sortir net de poussiere & de paille, il me conseilloit de ioindre le trauail de Marthe à l'oysiueté de Marie. Sçauoir qu'à l'office de gueux, i'adioutasse celuy de marmiton, de crocheteur, ou de maquereau, qui estoit comme mettre vne sauue-garde à la gueuserie

Il me dit dauantage, que pour n'auoir fait ainsi, apres auoir exercé vingt ans son office, on luy auoit donné le iour auparauant deux cens coups de foüet, comme à vn fayneant. Ie le remerciay de son aduis, & prins son conseil.

En arriuant à Madrid i'achetay vne petite corde, auec laquelle ie me mis au milieu de la place, plus content qu'vn chat qui mange des tripes. La premiere qui m'employa fut vne fille (Dieu me le pardonne si ie ments, d'en-

Q ij

hasta diez, y ocho años, mas relamida, que monja no vicia: dixome la siguiesse, lleuome por tantas calles, que pense lo hauia tomado a estajo, o que se burlaba de mi.

Acabo de rato, llegamos a vna casa, que en el postiguillo, patio, y mugercillas, que alli baylaban: conocise del partido: entramos en sucelda, donde me dixo si queria me pagasse de mi trabajo antes que de alli saliesse.

Respondile bastaba quando llegassemos a donde lleuaua el lio: cargue contodo, encaminandome a la puerta de Guadalajara, alli me dixo se hauia de poner en vn carro, para yr a la feria de Nagera: la carga era ligera, por ser lo mas della salserillas, redomas de afeytes, y aguas: en el camino supe, hauia ocho años vsaua aquel oficio.

El primero que me dio canilla dixo ella, fue el Padre Rector de Seuilla,

uiron dix huict ans, plus hipocrite
qu'vne Religieuse nouice. Elle me dit
que ie la suiuisse, & me mena par tant
de ruës que ie creus qu'elle l'auoit
pris à tasche, ou qu'elle se moquoit
de moy.

Au bout d'vn temps nous arriuasmes
à vne maison, qu'à la porte, à la cour,
& aux femmes qui dansoient dedans,
ie conneus estre du mestier. Nous en-
trasmes en sa chambre, où elle me dit
si ie voulois qu'elle me payast mon trauail auant qu'en sortir.

Ie luy respondis, qu'il suffisoit qu'elle
me payast quand i'arriuerois au lieu où
elle desiroit que ie portasse son paquet.
Ie le charge, & la suyuis droit à la porte
de Guadaluara. Là elle me dit qu'elle
se deuoit mettre dans vn coche, pour
aller à la foire de Negera. La charge
estoit legere pour estre la pluspart de
petites escuelles, & phioles pleines
d'eau de senteur, & de fard. Ie sçeus
en chemin qu'il y auoit huict ans
qu'elle exerçoit cét office.

Le premier qui me desbaucha (dit
elle) fut le pere Recteur de Seuille,

de donde soy natural: el qual lo hizo
con tanta deuocion. que desde aquel dia
les soy muy de bota : en comendome a
vna beata, con quien estuue bien pro-
beyda de lo necesario, mas de seys meses.

De alli me saco vn Capitan, de ceca
en meca, y de çoca en colodra, estoy
donde me veys, y pluyera a Dios jamas
huuiera salido de la proteccion de aquel
buen padre, que me trataba como a hija, y me amaba como si fuera su hermana alfin me ha sido necesario trabajar,
para ganar mi vida.

En estas llegamos al carro, que estaua para partir, pusse en ello que llebaba pidiendole me pagasse mi trabajo :
la descosida dixo, que de muy buena gana, y lebantando el braço medio tan
gran bofetada, que me echo en el suelo
diziendo; tan boçales, que pide dineros a las de mi oficio, no le dixe antes que partiesse mos de la casa llana;
se pagasse en mi si queria.

où ie fuis née, lequel le fit auec tant
de deuotion que dans ce iour-là, ie
luy fus grandement deuote. Il me re-
commanda à vne beate, auec laquelle
ie fus bien pourueuë de tout ce qui
m'eftoit neceffaire plus de fix mois
durant.

De la me tira vn Capitaine, de marché en foire, & de foire en marché, ie
fuis maintenant là où tu me vois; Q̃ ie
pleuft à Dieu que ie ne fuffe iamais
fortie de la protection de ce bon Pere,
qui me traittoit comme fa fille, &
m'aymoit comme fi i'euffe efté fa fœur.
A la fin m'a efté neceffaire de trauailler
pour gaigner ma vie.

En ce difcours nous arriuafmes au
coche, qui eftoit preft à partir; i'y mis
ce que ie portois, luy demandant qu'elle me payaft mon falaire. L'effrontée
me dit que tref-volontiers, & leuant le
bras me dóna vn fi grand foufflet qu'elle
me ietta par terre, difant; Es tu fi nouueau de demander de l'argent à celles
de ma forte; Ne t'ay-ie pas dit auant
que partir de la maifon que tu te
payaffe en moy, fi tu voulois.

Salto en el carro, como vn caualle-
jo, pico dexandome picado : que de mas
corrido que mona, sin saber lo que me
hauia sucedido, considerando, que si la
fin de aquel oficio era tal como el principio; medraria bien alcabo del año.

No me hauia apartado de alli quando llego otro carro, que venia de Alcala de Henares : saltaron en tierra los
que venian dentro, que todos eran putas,
estudientes, y frayles : vno de la orden
de san Francisco me dixo si le queria hazer caridad de llebarle su ato hasta su
conuento, dixele con alegria que si: porque bien eche de veer, que no me en-
gañaria como hauia echo la varrihonda.
Cargueme le, y era tan pesado, que a
penas lo podia llebar, mas con la esperança de la buena paga meesforce.

Llegue al monasterio muy cansado, por
que estaua lexos : tomo el frayle su lio,
y diziendo, sea por amor de Dios, cerro
tras si la puerta : aguarde alli hasta

Elle faute au coche comme vn petit
cheureau, & me laiffe plus honteux
qu'vn finge, fans fçauoir que deuenir,
confiderant que fi la fin de cét office
eftoit telle que le commencement, i'aurois bien du profit au bout de l'an.

Ie ne m'eftois pas encore efloigné de
là, quand vn autre coche arriua, qui
venoit de Alcala de Henarez. Ceux
qui eftoient dedans fauterent à terre,
tous lefquels eftoient efcoliers, ou pu-
tains, ou Moynes. L'vn de ceux-cy
de l'Ordre fainct François, me dit fi
ie voulois porter fes hardes iufques à
fon Conuent. Ie luy dis alaigrement
oüy, parce que ie creus bien qu'il ne
me tromperoit pas, comme auoit fait
cette carrogne. Il me les charge fur mes
efpaules; le fardeau eftoit fi pefant qu'à
peine le pouuois ie leuer; mais ie m'ef-
forçay auec l'efperance que i'auois d'ê-
ftre bien payé.

I'arriue au Monaftere bien las, parce
qu'il eftoit bien loin. Le Frere prend
fon fardeau, & difant, Pour l'hôneur de
Dieu foit, ferme la porte apres luy. Ie
demeuray là long temps attendant

que saliesse a pagarme, mas viendo que tardaba, llame a la porteria, salio el portero. preguntandome lo que queria: dixele me pagasse el portazgo de lato que hauia traydo: respondio me fuesse con Dios, que ellos no pagaban nada: cerro la puerta: diziendo no llamasse mas, porque era ora de silencio, y que si lo hazia medaria cien condonaços.

Quedeme helado, un pobre de los que estaban en la porteria me dixo, hermano bien se pue de yr, que estos padres no tocan dineros, porque viuen de mogollon: ellos pueden vinir de lo que quisieren, que mi trabajo me pagaran, o yo no seren quien o sey.

Torne allamar con gran colera: salio el lego motilon con mayor, y sin dezir que hazes ay; me dio vn rempujon, que me echo en el suelo, como si fuera pera madura, y poniendosse de rodillas sobre mi, me dio media docena de rodillaços, y otros tantos cordonaços, con

qu'il fortift pour me payer. Mais
voyant qu'il tardoit trop, ie frappe à la
porte : le portier me demanda ce que
ie voulois. ie luy dis qu'il me payaft le
port des hardes que i'auois portées, Il
refpond, que ie m'en allaffe de pardieu,
que quant à eux ils ne payoient rien. Il
ferme la porte. difant que ie ne heur-
taffe plus, parce qu'il eftoit heure de
filence, & que fi ie ne le faifois, il me
donneroit cent coups de cordon.

Ie demeuray là tout gelé; vn pauure
de ceux qui eftoient à la porte, me dit,
Mon amy tu t'en peux bien aller, car
ces Peres ne touchent point d'argent,
& ne viuent que d'efcorniflerie Qu'ils
viuent de ce qu'ils voudront, mais il
me payeront mon trauail, où ie ne feray
point celuy que ie fuis.

Ie recommence à heurter en grand
colere iufques à ce qu'vn gros Frere lay
fortant fans dire que fais tu là, me
donna fi grande fecouffe qu'il me ietta par terre comme poire meure; & fe
metrant les genoux fur moy, me donna vne douzaine de coups de genoux,
& tant de coups de cordon, qu'il me

que me dexo magulado, como ſi huuiera caydo ſobre mi la torre del relox de çaragoça.

Quedeme alli tendido, mas de media ora, ſin poderme leuantar: conſideraba mi mala dicha, y las fuerças de aquel iregular tan mal empleadas: meior eſtuuiera ſiruiendo al Rey nueſtro ſeñor, que no comiendo las limoſnas de los probres, à vn que ni para eſto ſon buenos, porque ſon carnes olgaçanas.

El Emperador Carlos Quinte moſtro bien eſto, aquien el general de los *Franciſcos* ofrecio veinte dos mil frayles para la guerra, que no paſaſen de quaranta años, y que llegaſſen a los veynte, y dos el in uiſto Emperador reſpondio, que no los queria, porque hauria meneſter veynte y dos mil ollas todos los dias para ſuſtentarlos, dando a entender ſer mas abiles para comer que para trabajar.

Dios me lo perdone que deſde

laiſſa auſſi moulu comme ſi la tour de l'horloge de Sarragoſſe fuſt cheute ſur moy.

Ie demeuray là tout eſtendu, plus de demie heure ſans me pouuoir leuer, conſiderant ma mauuaiſe fortune, & la force de cét Irregulier ſi mal employée. Il euſt eſté mieux au ſeruice du Roy noſtre maiſtre, qu'à manger les aumoſnes des pauures. Quoy qu'ils ne ſoient pas encore bons à cela, parce que ce ne ſont que des fayneans.

Ce que l'Empereur Charles le Quint fit bien voir quand le General des Cordeliers luy offrit vingt & deux-mille Religieux pour faire la guerre, dont les plus vieux ne paſſeroient pas quarante ans, & les plus ieunes en auroient vingt & deux ; auquel l'Empereur reſpondit, qu'il n'en vouloit point, parce qu'il luy faudroit tous les iours vingt & deux mille marmites pour les nourrir. Monſtrant par là qu'ils ſont plus habiles pour manger que pour trauailler.

Dieu me le veuïlle pardonner, de

aquel die aborreci tanto a estos religio-
sos legos, que me parecia quando los
veja veer vn çangano de colmena, e
vna esponja de la grasa de la olla:
quisse dexar aquel oficio, mas aguarde
pasasen las ventiquatro oras, como muerto de repente.

CAP. DECIMO.

Dé lo que le sucedio a La-
zaro, con vna vieja al-
cabueta.

DESMAYADO, y muerto de
hambre, me fuy poco a poco la calle adelante, y pasando por la plaça de
la cebada encontre vna vieja remadera,
con mas colmillo que vn jauali: llego-
se a mi diziendo si queria llebarle vn
cofre a casa de vna amiga suya, que estaba cerca de alli, me daria quatro quartos:

puis ce iour là i'abhorray tellement
ces Religieux lays, qu'il me sembloit
voir vn freslon parmy les abeilles,
quãd ie les voyois parmy les autres, ou
vne esponge de la gresse du pot. Ie voulus quitter cét office; mais i'attendïs
que vingt & quatre heures fussent passées, comme on a accoustumé d'attendre ceux qui sont morts soudainement,
auant que de les faire enseuelir.

CHAP. X.

De ce qui aduint à Lazarille auec vne vieille maquerelle.

ESVANOVY & presque mort de
faim, ie men allay peu apres à
la prochaine ruë, & passant par la
place de l'auoyne, ie rencontray vne
vieille bigotte, qui auoit les dents
plus grandes que les deffences d'vn san-
glier. Elle m'accoste disant, que si
ie luy voulois porter vn coffre à la
maison d'vne sienne amie, qui estoit
pres delà, elle me donneroit quatre sols.

Quando la oy : di gracias a Dios, que de una boca tan hedionda como la suya, salia una tan dulce palabra como era, me daria quatro quartos.

Dixele que si, de muy buena gana, a un que mi muy buena era de enpuñar aquellos quatro quartos, mas que no de llebar carga, pues mas estaba para ser llenado, que para llebar, argue el cofre con gran dificultad, porque era grande, y pesado.

Dixome la buena vieja lo llenase con tiento porque hauia dentro unas redomas de aguas, que las estimaba en mucho : respondile no tuuiesse miedo, que yo iria poco a poco, porque a un que quisiera no pudiera hazer otro, por estar tan ambriento, que a penas podia menearme.

Llegamos a la casa a donde llebabamos el arcaz : reciuieron le con grande alegria, particularmente, una doncellica cariampollar, y repolluda, que tales sean las musarañas de mi cama, despues de bien arto, la qual con rostro alegre dixo

Qvand ie l'oüy, ie rendis graces à Dieu, qui d'vne bouche si puante comme la sienne, faisoit sortir vne si douce parole, comme celle là.

Ie luy dis que ie le ferois de bonne volonté, encore que ma bonne volonté fust d'empoigner ses quatre sols, plustost que de porter aucune charge, puis que i'auois plus de besoin d'estre porté, que de porter. Ie chargeay ce coffre auec grande difficulté, parce qu'il estoit grand, & pesant.

La bonne vieille me dit que ie prisse bien garde à le conseruer, parce qu'il y auoit dedans des phioles pleines d'eau qu'elle estimoit grandement. Ie luy respondy, qu'elle ne craignist point, que i'yrois tout bellement; car encore que ie n'eusse peu faire autrement, pour estre si affamé qu'à peine me pouuois-je remuër.

Nous arriuasmes à la maison, où ie portois le coffre, qui fut receu auec grande alaigresse, particulierement par vne ieune fille grassette & ronde (que telles puissent estre les souris de mon lict) qui dit ioyeusement, qu'elle

queria guardar el cofre en su retrete:
llenelo a el, la vieja le dio la llabe, diziendo le lo guardasse hasta que volbies-
se de Segouia, a donde iba a visitar
vna parient suya, de donde pensaba
voluer dentro de quatro dias.

Abraçola despidiendose della, dixo-
le dos palabras a la oreja, de que quedo tan colorada la doncella, que parecia vna rosa, y a vn que me parecio
bien, me huuiera parecido mejor si estuuiera arto.

Despidiosse de todos los de aquella casa, pidiendo perdon al padre, y a la
madre de la niña del atrebimiento: ellos le ofrecieron su casa para servirse
della: diome quatro quartos, dizien-
dome ala oreja, que ala mañaña
de mañana voluiesse a su casa, y me
haria ganar otros tantos

Fuyme mas alegre que vna pas-
qua, y que dia de san Iuan: cene
con los tres: guardando vno para
pagar la cama.

Consideraba la virtud del dinero, que alpunto que aquella vieja

vouloit garder le coffre en son cabinet.
Ie luy porte, la vieille luy donne la clef,
luy difant qu'elle le gardaft iufqu'à fon
retour de Segouie ; où elle alloit vifi-
ter vne fienne parente , & d'où elle
penfoit retourner dans quatre iours.

Elle l'embraffe en fe departant , &
luy dit deux paroles à l'oreille, dont
la fille demeura fi rouge qu'elle fembloit vne rofe ; & m'euft bien femblé
plus belle fi i'euffe efté feul.

En fin elle print congé de tous ceux
de la maifon, demandant pardon de fa
hardieffe au pere , & à la mere de la
fille. Ils luy offrirent leur maifon , & la
prierent de s'en feruir. Elle me donna
quatre fols , me difant à l'oreille,
que ie retournaffe le lendemain du matin à fa maifon , & qu'elle m'en feroit
gaigner autant.

Ie m'en allay plus ioyeux que iour
de Pafques, ny de fainct Iean, ie def-
penfay trois fols à fouper, & m'en re-
feruay feulement vn pour payer mon
gifte.

Ie confiderois la vertu de l'argent,
qui faifoit , qu'au point que cette

medio aquellos pocos quartos, me allé mas ligero que el biento, mas esforçado que roldan, y mas fuerte que Hercules. O dinero que no sin raçon la mayor parte de los hombres te tienen por su dios: tu eres causa de todos los bienes: y el que acarreas todos los males: Tu eres el inuentor de todas las artes, y el que las conserbas: en su perfeccion.

Por ti las ciencias son estimadas, y las opiniones defendidas: las ciudades fortalecidas, y sus fuertes torres allanadas. Los reynos establecidos; y al mesmo tiempo perdidos: tu conseruas la virtad, y tu mismo la pierdes.

Por ti la doncellas castas se conserban, y las que lo son dexar de serlo: finalmente no ay dificultad en el mundo: que para ti lo sea, ni escondido que no penetres: cuesta que no allanes, ni collado humilde que no en salces.

Venida la mañana fuy a casa de la vieja, como me lo hauia mādado: dixo me torno

vieille me donnoit ces miserables quatre sols, ie me trouuay plus leger que
le vent, plus courageux que Rolland,
& plus fort que Hercule. O argent!
que ce n'est sans quelque raison, que la
pluspart des hommes te tiennent pour
leur Dieu; Tu es la cause de tous les
maux. Tu es l'inuenteur de tous les
arts, & celuy qui les conserue en leur
perfection.

Par toy les sciences sont estimées, &
les opinions defenduës; les villes for-
tifiées, & les tours razées; les Royau-
mes establis, & perdus en mesme
temps : Tu conserues la vertu, & toy
mesme la destruits.

Par toy les vierges conseruent leur
chasteté, & par toy mesme elles viennent à la perdre. Finalement, il n'y a
difficulté au monde que tu ne rende
facile, ny rien si caché que tu ne pene-
tre, montagne si sourcilleuse que tu
n'abaisse, ni fondriere si basse que tu
n'esleue.

La matinée venuë ie fus à la maison
de la vieille comme elle m'auoit commandé elle me dit que ie retournasse

con ella , a traer el cofre , que hauia
llevado el dia antes : dixo a los señores de la casa , que tornaba por el ,
porque en el camino de Segouia a media legua de Madrid hauia en contra-
do su parienta , que venia con la mesi-
na intencion que ella iba de veerla , y
que lo hauia menister luego : a causa
de la ropa limpia que en el hauia , para
aposentarla.

La niña de la rollona le torno la lla-
ve vesandola , y abraçandola, con mas
ahinco que la primera vez , y tornando-
se a hablar al oydo , me ayudaron a
cargar mi cofre , que me parecio mas
ligero quel dia antes porque mi vientre
estaba mas lleno.

Vaxando por la escalera encontre
con vno estropieço, que el diablo sin duda hauia puesto alli : tropece , y redonder
con el bage hasta el recebidor , donde estaban los padres de la inocente niña : ropi me

auec elle querir le coffre que i'auois
porté le iour auparauant Quand nous
fûmes arriuez là où ie l'auois laiſſé, elle
dit au maiſtre de la maiſon qu'elle reue-
noit pour le faire remporter, parce que
s'en allant à Segouie, elle auoit trouué
ſa parente en chemin, à demie lieuë
de Madrid, qui venoit auec la meſme
intention qu'elle auoit de la voir; &
qu'elle en auoit beſoin tout incontinent à cauſe des hardes qu'elle auoit
dedans.

La fille de la maiſon luy rendit la
clef en la baiſant, & l'embraſſant auec
plus d'affection que la premiere fois, &
ſe tournant parlerent à l'oreille, m'ay-
derent toutes deux à charger mon coffre, qui me ſembloit plus leger que le
iour precedant parce que mon ventre
eſtoit plus plein.

Deſcendant par les degrez, ie rencontray vn baſton, que le diable ſans
doute auoit laiſſé là, ie bronchay, &
roulant auec le coffre iuſques en bas,
où eſtoient le pere, & la mere de
cette innocente fille, me rompy le
nez, & les coſtes. Du grand coup

las narizes , y las coſtillas : con los golpes que el diablo del arca dio . ſe abrio,
y aparecio dentro vn galan mancebo,
con ſu eſpada , y daga.

Eſtaua veſtido de camino , no tenia
herreruelo : las calças . y ropilla eran de
raſo verde . con plumage de la meſma color : ligas encarnadas . con medias de nacar ; çapatos blancos , y
alpargatados : puſoſe en pie con buen donayre y haziendo vna grande corteſia,
y reberencia , ſe ſalio la puerta a fuera

Quedaron atonitos de la repentina vi-
ſion , y mirandoſe el vno al otro parecian matachines : hauiendo tornado de
ſu extaſi llamaron a gran prieſa a dos
hijos que tenian . y contandoles el caſo
con grande alboroto tomaron ſus iſpa-
das , diziendo muera muera : ſaliero a
buſcar al piſa verde mas como iba de-
prieſa , no le pudieron alcançar.

Los padres que quedaron en caſa cerraron la puerta, y acudieron a rægarſe del al-
cahueta, mas ella que hauia oydo el ruydo,
que

que le coffre donna. Il s'ouurit & au dedans apparut vn ieune galand, auec son espée & dague.

Il auoit vn habit de campagne sans manteau, la roupille, & les chausses estoient de veloux verd, auec vne plume sur le chapeau de mesme couleur, les iarretieres incarnades, le bas de soye verd, & les souliers blancs. Il se leue de bonne grace, & faisant vne belle reuerence sortit par la porte.

Ils demeurerent tous estonnez de cette soudaine vision, & se regardant l'vn l'autre ressembloient à des matassins. Estans reuenus de leur extase, ils appellerent à la haste deux fils qu'ils auoient, & leur ayant conté le fait, ils prindrent leurs espées, auec grand bruit, disant, tuë, tuë. Ils sortirent apres le galand; mais comme il alloit plus viste qu'eux, ils ne le pûrent trouuer.

Les parens qui demeuroiét en la maison, fermerent la porte, & coururent apres la macquerelle pour s'en venger; mais elle qui auoit oüy le bruit,

R

y sabido la causa, se salio por vna puerta falsa siguen dola la siempre nobia.

Allaron se burlados, y atajados:
vexaron a dar en mi, que estaua de-
rengado, sin poderme mober, que sino fuera por esto, huuiera seguido las
pisadas del que me causo tanto mal:
llegaron los hermanos sudando, e hija
de ando, iurando, y votando, que pues
no hauian alçancado alin fame, hauian
de matar a su hermana, y a la tercera, mas quando les dixeron, que se
hauian ido por la puerta trasera: alli
fue el blasfemar, iurar, y renegar.

El vno dezia, que no encontrara yo
aora aqui al mesmo diablo, con vna
caterba infernal, para hazer en ellos el estrago que si fueran moscas,
venid, venid diablos, mas para
que os llamo pues es cierto que a
donde estays remeys mi colera, y
no osareys poneroime de lante : si
yo huuiera visto aquel cobarde

& en auoit ſçeu la cauſe, eſtoit ſortie de bonne heure par vne porte foſſe auec la fille du logis.

Se voyant trompez, ils fondirent ſur moy, qui eſtois arrené, & ne me pouuois oſter de la place, car ſans cela i'euſſe ſuiuy les traces de celuy qui me cauſa tant de mal. Les deux freres reuindrent tous eſchauffez, ſuant, & iurant, que puis qu'ils n'auoient pû trouuer cét infame qui les auoit deshonorez, ils tuëroient leur ſœur, & la macquerelle qui leur auoit cauſé cette honte; mais quand on leur dit qu'elles s'en eſtoient enfuïes par la porte de derriere; là furent les iuremens & blaſphemes.

L'vn diſoit, que ne rencontray-je à cette heure le meſme diable auec vne trouppe infernale de ſes plus enragez demons, pour en faire vn carnage, comme de mouches. Venez venez diables; mais pourquoy eſt-ce que ie vous appelle, puis qu'il eſt certain que là meſme où vous eſtes, vous craignez ma collere, & ne vous oſeriez monſtrer deuant moy. Si i'auois veu ce miſera-

con folo foplar : lo huuiera ablentado
a donde iamas fe huuierâ oydo nueuas
del.

El otro profiguia fi lo huuiera alcan-
çado ; el mayor pedaço , que del que
dara , hauia de fer la oreja , mas fi
efta en el mundo , y a vn que no lo
efte , no fe efcapara de mis manos , porque yo lo facare a vn que fe abfconda en
las entrañas de la tierra.

Eftas , y otras fanfaronerias , y fieros
dezian , y el pobre Lazaro aguarda-
ba , que todos aquellos nublados def-
cargarian fobre el , mas miedo tenia de
los muchachos que hauia diez , o doze
que de aquellos valentones. Chicos , y
grandes de tropel a remetieron a mi:
los vnos me daban de cozes , los otros
de puñadas , eftos me tiraban de los cabellos , y aquellos me abofeteaban.

No falio en vano mi temor , que los
muchachos me metian las aguias de
ablanca , que me hazian dar el grito , hafta el cielo : las efclabas me pel-
lizcaban , haziendome veer las eftrellas

ble, ie l'euſſe ietté ſi loin auec vn ſeul
ſoufflet, qu'il ne s'en fuſt iamais ſçeu
nouuelles.

L'autre pourſuiuoit; Si ie l'euſſe at-
trapé, la plus grande piece qui euſt reſté de luy, ç'euſt eſté l'oreille. Mais
s'il eſt au monde, & encore qu'il n'y
ſoit pas, il n'eſehappera pas de mes
mains; car quand il ſe cacheroit dans
les entrailles de la terre, ie l'en ti-
reray.

Ils faiſoient ces rodomontades, & le
pauure Lazarille attendoit que tous ces
orages fondiſſent ſur luy : mais il auoit
encore plus de peur de dix ou douze
enfans qu'il y auoit, que de ces mauuais. Petits & grands tous enſemble,
& tous à la fois deſchargent ſur moy,
les vns me donnoient des coups de
pieds, les autres des coups de poin; ceux
cy me tiroient par les cheueux, & les
autres me ſouffletoient.

Ma crainte ne fut point vaine; car
les enfans me piquoient auec des ongles, me faiſoient eſlancer des cris iuſqu'au Ciel, les eſclaues me mordoiét me
faiſant voir les eſtoiles en plein midy.

los vnos dezian mate mos lo : los otros
mejor fira echar lo en la letrina : la
herreria era tan grande , que parecia
majaban gran as , o maços de vatan,
que no cefaban : viendome fin aliento:
cefaron de herirme , mas no de amena-
çarme.

El padre como mas maduro , o como
mas podrido , dixo , me dexaffen , y
que fi yo dezia la verdad de quien era
el robador de fu honrra , no me harian
mas mal.

No les podia fatishazer fu defeo . porque ni fabia quien era , ni lo hauia
vifto en mi vida . hafta que falio del
atahud : como no les dezia nada torna-
ban de nuebo.

Alli era el gemir , alli el llorar mi defdicha , alli el fofpirar , y renegar de mi
corta fortuna, pues fiempre allaba nuebas
inuéciones para perfeguir me:dixe les como

Les vns difoient, Tuons: Les autres, Il
vaut mieux le ietter au priué La batte-
rie eftoit fi grande qu'il fembloit qu'ils
battoient du bled, ou que ce fuft vn
moulin à fouler des draps, dont les
maillets frapaffent inceffammét. Mais
enfin me voyant fans haleine, ils ceffe-
rent de me battre, non pas de me me-
naçer.

Le pere, ou comme plus meur, ou
comme plus pourry, leur dit qu'ils me
laiffaffent; & me promit que fi ie luy
difois veritablement qui eftoit le larron qui luy auoit volé fon honneur, on
ne me feroit plus de mal.

Ie ne pouuois fatisfaire à leur defir,
parce que ie ne fçauois qui il eftoit,
ny ne l'auois veu de ma vie, iufques à
ce qu'il fortit du coffre. Et comme
ie ne leur en difois rien, ils recommencerent de plus belle.

Là eftoient les pleurs & gemiffemens;
là eftoient les plaintes que ie faifois
contre ma mauuaife fortune, qui trouuoit toufiours de nouuelles inuentions
pour me tourmenter & me priuer d'vn
doux repos. Ie leur dis comme ie peus

pude me dexaſſen, que yo les contaria
lo que hauia en aquel caſo : hizieronlo,
y yo les dixe al pie de la letra lo que
paſaba, pero no daban credito a la verdad.

Viendo que la tempeſtad no ceſaba:
determine engañarlos ſi podia. y aſi les
pormeti de enſeñarles el mal echor : ceſaron de martillar ſobre mi , ofreciendo-
me marauillas : preguntaronme como ſe
llamaua , y a donde viuia.

Respondiles que no ſabia el nobre, ni
menos el de ſu calle , pero que ſi ellos
me querian llebar (porque irme por
mis pies era impoſibile , ſegun me hauian mal tratado) les enſeñaria ſu caſa.

Holgaronſe dello : dieronme vn poco
de vino, con que torne algun tanto en
mi, y vien armados me tomaron entre
dos de los ſobacos, como a dama France-
ſa, y me lleuaron por Madrid.

qu'ils me laiſſaſſent, & que ie leur ra-
conterois ce qu'il y auoit en ce fait.
Ils me laiſſairent, & ie leur dis au
pied de la lettre ce qui ſe paſſoit;
neantmois ils n'adiouſtoient pas foy à
la verité.

Voyant que la tempeſte ne ceſſoit,
ie me reſolus à les tromper ſi ie pouuois : ainſi ie leur promis de leur enſei-
gner celuy qui auoit fait le mal. Ils
ceſſerent alors de marteler ſur moy, &
me promirent merueilles, me demandant comme il s'appelloit, & où il demeuroit. Ie leur reſpondis, que ie ne
ſçauois point ſon nom, & moins encore ſa ruë. Mais que s'ils me vouloient porter, car d aller ſur mes pieds
il eſtoit impoſſible, ſelon le mauuais
traittement qu'ils m'auoiét fait, ie leur
montrerois ſa maiſon.

Ils ſe reſioüyrent de celà, & me
donnerent vn peu de vin, auec lequel
ie reuins aucunement en moy-meſme,
& eux bien armez me prindrent entre deux ayſſelles comme vne eſpou-
ſée, & me promenerent ainſi par Madrid.

R v.

Los que me veyan dezian, a este hombre lo llaban a la carcel : otros al ospital, y nenguno daba en el blanco : iba confuso, y atonito , sin saber que hazer , ni dezir , porque si queria llamar ayuda : hauian de dar de mi quexo a la iusticia, que la temia mas que a la muerte : huyr era imposible , no solo por el quebrantamiento pasado , pero por ir en medio del padre : hijos y parientes , que para el caso se hauian juntado ocho , o nueue : iban todos como vnos san Gorges.

Cruçauamos calles ; pasauamos callejas sin saber a donde estaba , ni a donde los lleuaba. Llegamos a la puerta del soy, y por vna calle , que a ella sale , vi venir vn galancete , pisando de punta , la capa por de baxo el braço , con vn pedaço de guante en vna mano , y en la otra vn slabel , braceando ; que parecia primo hermano del duque del Imfantado: hazia mil ademanes , y continencias : alpunto le conoci , que era mi amo el

Ceux qui me voyoient disoient ; On
mene cét homme en prison ; les autres,
à l'hospital , & aucun ne touchoit le
blanc. I'allois confuz , & estonné sans
sçauoir que faire, ny que dire ; car si
i'eusse crié à l'aide, ils se fussent plaints
de moy à la Iustice, que ie craignois
plus que la mort. De fuyr, il estoit
impossible, non seulement pour les fou-
leures passées , mais aussi pour aller au
milieu du pere, des enfans, & des autres parens, qui pour cét effect estoient
assemblez , huict ou neuf armez comme des saincts Georges.

Nous trauersons ruës , & ruëlles,
sans qu'ils sçeussent là où ils alloient,
ny que ie sçeusse là où ie les menois.
Enfin nous arriuasmes à la porte du
Soleil, & par vne ruë qui en sort, ie
vy venir vn petit galand, marchant
sur la pointe du pied, la cape souz le
le bras, vn gan pendant à vne main,
& vn œillet à l'autre, ioüant des bras,
de telle sorte qu'il sembloit cousin ger-
main du Duc Infantado, & faisant
mille gestes & contenances ; ausquelles ie connus incontinent que c'estoit

escudero que me hauia hurtado el vestido en *Murcia*, y sin duda, que algun santo me lo deparo alli, porque yo no hauia dexado nenguno en las ledanias que no huuiesse llamado.

Como vi la ocasion que me mostraba su calua, asila del copete, y con vna piedra quisse matar dos paxaros; vengandome de aquel fanfarron, librarme de aquellos sayones, asi les dixe, señores alerta que el galan, robador de buestra honrra, biene aqui, que ha mudado de vestido: ellos ciegos de colera, sin, hazer mas discurso me preguntaron quien era seña le selo: arremetieron a el, y asiendo le de los cabeçones; le echaron en el suelo, dando le mil cozes, puntapies, y mogicones.

Vno de los moçalcullos hermano de la doncella, le quiso meter la espada por el pecho, mas su padre le estorbo, y appellidando a la Iusticia, la

l'efcuyer mon maiftre, qui m'auoit
defrobé mes habits en Murcia, & fans
doute quelque Sainct me l'enuoya là,
car ie n'en auois laiffé aucun en
toutes les Letanies que ie n'euffe in-
uoqué.

Comme ie vy que l'occafion me
monftroit fon front, ie la pris au poil,
& auec vne feule pierre ie voulus faire deux coups, me vanger de ce fanfarron & me deliurer de ces bourreaux. Ainfi ie leur dis, Meffieurs, prenez garde, car voicy venir le galand
qui a diffamé voftre maifon, & qui
vient maintenant de changer d'habits.
Eux aueuglez de colere, fans faire autre
difcours, me dirent que ie leur mon-
ftraffe, ce qui ne fut pas fi toft fait
qu'ils fe ruërent fur luy tous enfemble, & le prenant au collet, le ietterent par terre, luy donnant mille
coups de pieds, & autant de coups de
poings.

Vn des ieunes freres de la pucelle
luy voulut mettre fon efpée au trauers
du corps : mais fon pere l'en empef-
cha, & appellant la Iuftice, luy

maniataron; como vi el juego rebuelto: y que todos eſtaban ocupados, tome las de villa diego, y lo mejor que pude me eſcondi.

Mi buen eſcudero me hauia conocido, y penſando que eran algunos deudos mios, que le pedian mi veſtido, dezia dexenme, dexenme, que yo pagare dos veſtidos, mas ellos le tapaban la boca a puña-das: enſangrentado, eſcalabrado, y molido, le llebaron a la carcel, y yo me ſali de Madrid, renegando del'ofi-cio, y a vn del primero que la hauia inuentado.

mirent des osselets aux mains. Comme
ie vy le ieu meslé, & que tous estoient
occupez, ie fendy le vent, & me ca-
chay le mieux que ie peus.

Mon bon escuyer m'auoit connu, &
pensant que ce fussent quelques vns de
mes parens qui luy demandoient mes
habits, disoit; Laissez moy, laissez moy,
ie payeray deux habits : mais ils luy
fermerent la bouche à coups de poing.
Moulu, sanglant, & balaffré, ils le
menerent en prison, & ie sortis de
Madrid reniant le mestier, & le premier qui l'auoit inuenté.

CAP. ONCE.

Como Lazaro se partio
para su tierra , y de lo
que en el camino
le sucedio

Quise ponerme en camino, mas
las fuerças no llegaban al animo,
y asi me detuue en Madrid algunos
dias, no lo pasé mal, porque ayudan-
dome de muletas no pudiendo caminar
sin ellas pedia limosna de puerta en
puerta, y de conuento en conuento, hasta que me alle con fuerças de ponerme en camino.

Di me priesa dèl lo por lo que oy
contar a vn pobre, que al sol con otros
se estaba espulgando : era la historia
del cofre, como la he contado : aña-

CHAP. XI.

Comment Lazare partit de Madrid pour retourner en son païs; & de ce qui luy aduint en chemin.

IE me voulus mettre en chemin, mais les forces ne respondoient pas au courage; ainsi ie m'arrestay quelques iours à Madrid. Ie n'y passay mal mon temps, car m'aydant de potences (d'autant que ie ne pouuois cheminer autrement) ie demandois l'ausmone de porte en porte, & de Conuent en Conuent, iusques à ce que i'eusse recouuré la force de me mettre en chemin.

Ie me hastay d'en partir, parce que i'oüy conter à vn pauure qui s'espoüilloit au Soleil auec d'autres, l'histoire du coffre, ainsi que i'ay contée; ad-

diendo, que aquel hombre que hauian puesto en la carcel, pensando era el del arca hauia probado lo contrario, porque a la ora que paso el caso, estaua en su posada, y persona del varrio le hauia visto con otro vestido: del con que lo hauian prendido, mas que contodo eso lo hauian sacado a la verguenço por vacabundo, y desterrado de Madrid, y asi el como los parientes de la doncella, buscaban vn ganapan que hauia sido el que lo hauia hurdido, con juramento, que el primero quelo encontrasse lo hauia de acribillar a estocadas.

Abri el ojo, y puseme en vno vn parche, rapandome la barba, como cucarro, que de con tal ficurilla seguro que la madre que me pario me huuiera conocido: sali de Madrid con intencion de irme a Tejares: por veer si tornando al molde: la fortuna me desconoceria.

Paso por el Escurial, edificio que muestra la gradeça del monarca

iouſtant que cét homme qu'ils auoient
mis en priſon penſant que ce fuſt celuy du coffre, auoit prouué le contraire, parce qu'alors que cela arriua, il
eſtoit en ſon logis, & perſonne du
quartier ne l'auoit veu en autre habit,
que celuy auec lequel on l'auoit pris.
Mais neantmoins qu'auec tout cela on
l'auoit honteuſement chaſſé, banny
de Madrid comme vn vagabond. Et
que les parens de la fille cherchoient
vn crocheteur qui auoit ourdy toute
cette trame, auec ſon ſerment que le
premier d'eux qui le trouueroit, le deuoit creuer de cours d'eſtoc.

I'ouure les yeux à ce diſcours, comme celuy qui auoit le principal inte-
reſt, & me mis vn emplaſtre ſur l'œil,
me razant la barbe comme vn moyne,
aſſeuré qu'en cette figure la mere qui
m'enfanta ne m'euſt pas connu. Ie ſortis
de Madrid en intention de retourner à
Teiares, pour voir ſi retournant au
moule où i'auois eſté fait, la fortune
me ſeroit plus fauorable.

Ie paſſay par l'Eſcurial, edifice qui
monſtre la grandeur du Monarque

que lo hazia (porque a vn no eſtaba
acabado) tal que ſe puede contar entre
las maravillas del mundo , a vn que
no ſedira del que la amenidad del ſi-
tio , ha conuidado a edificarle alli , por
ſer la tierra muy eſteril , y montañoſa,
pero bien la templança delayre , que en
verano lo es tanto , que con ſolo po-
nerſe a la ſombra , la calor no emfade,
ni la frialdad ofende ; ſiendo por eſtre-
mo ſano.

A menos de vna legua de alli encontre con vna compania de Gitanos,
que en vn caſal tenian ſu rancho ,
quando me vieron de lexos , penſaron
era alguno de los ſuyos , porque mi trage no prometia menos , mas de cerca ſe
deſengañaron : eſquibaronſe alguntan-
to , porque ſegun eche de veer ; hazian
vna conſulta , o leccion de opoſicion :
dixeronme que aquel no era el camino derecho de Salamança ; pero bien
el de Valladolid : como mis negocios no
me forçaban mas de yr a vna parte

qui le faifoit faire, parce que encore
qu'il ne fuft acheué, il fe pouuoit conter mefme deflors entre les fept merueilles du monde. Bien qu'il ne fe dira
pas de luy que la douceur & fertilité
du lieu où il eft affis ayt efté la caufe
qu'on l'ayt edifié là, le terroüer en
eftant fort fterile & montagneux; mais
bien la temperature de l'air, qui eft
extremement feine, & fi moderée que
la chaleur n'offenfe point en Efté, ny
la froideur en Hyuer.

A moins d'vne lieuë de là ie rencontray vne compagnie d'Egyptiens
qui faifoient leur demeure dans vn
cazal Quand ils me virent de loin,
ils penferent que i'eftois quelqu'vn des
leurs, car mon accouftrement ne promettoit pas mieux; mais eftant prés,
ils fe defabuferent, & fe deftourne-
rent vn peu, parce que felon que ie
peus veoir, ils faifoient vne confulte,
ou leçon d'oppofition. Ils me dirent
que ce n'eftoit pas le droit chemin de
Salamanque, mais bien de Vailladolit.
Toutesfois comme mes affaires ne me
forçoient pas d'aller pluftoft à l'vne

que a otra dixeles, que pues afi era
queria antes que voluiſſe a mi tierra,
veer aquella ciudad.

Vno de los mas ancianos me pregunto de donde era, y ſabido, que de Tejares,
me conuido a comer, por amor de la
veZindad de los lugares, porque el era
de Salamanca; quiſe el em̃uite y por po-
ſtre me pidieron les contaſſe mi vida, y
milagros : hizelo (ſin haZerme de rogar) con las mas vreues, y ſucintas palabras, que coſas tan grandes permitian.

Quando llegue a tratar de la cuba, y lo
que en Madrid me ha ia ſuccedido en
caſa de vn meſonero; dioles muy gran ri-
ſa particularmente a vn gitano, y a
vna gitana, que daban las carcalladas
de mas de marca.

Comence a correrme poniendo me colora-
de : el gitano conpatriota, que conocio mi corrimiento dixo, no ſecorr-
ra hermano, que eſtos ſeñores,

qu'à l'autre, ie leurs dis, que puis
qu'ainsi estoit, ie voulois voir cette Ville auant que retourner à mon
païs.

Vn des plus anciens d'entr'eux me
demanda d'où i'estois, & ayant sçeu
que i'estois de Tejares, me pria à
disner pour l'amour du voisinage des
lieux, parce qu'il estoit de Salamanque.
I'acceptay l'offre, & pour le des-
sert ils me prierent que ie leur contasse
ma vie, & mes miracles. Ie le
fis, sans me faire prier, auec les
plus briéues & succintes paroles,
que choses si grandes pouuoient permettre.

Quand ie vins à parler de la cuue, &
de ce qui m'estoit arriué dans Madrid
en la mai on d'vn tauernier, ils se mirent fort à rire, principalement vn
Igyptien, & vne Egyptienne, qui
faisoient de plus grands esclats de risée que les autres

Ie commençay de rougir de honte,
& l'Egyptien qui estoit de mon païs me
voyant rougir, me dit; N'ayez point
de honte, mon frere, car ces Messieurs

no ferien de fu vida fiendo ella tal, que pide entes admiracion, que rifa, y pues tan por extenfo nos ha dado cuenta della ; iufto es le paguemos en la mefma moneda ; confiandonos de fu pruden- cia, como el ha echo de la nueftra, y fi eftos feñores medan licencia contrarle he de donde la rifa procedio.

Todos le dixeron la tenia ; pues fabian que fu mucha difcrecion, y experiencia, no le dexarian pafar los limites de la raçon.

Sepa pues profiquio el, que los que alli rien, y carcallean, fon la doncella, y clerigo, que faltaron por la ventana in puribus, quando el dilunio de fu cuba los penfo anegar : ellos fi quieren le contaran los alcaduces por donde han venido al prefente eftado.

La gitana Flamante pidio licencia, cap- tando la venebolencia del illuftre audito- rio, y afi con voz fonora repofada, y gra- be relato fu hiftoria afi

ne

ne rient pas de ta vie, qui eſt plus digne
d'admiration que de riſée ; & puis que
tu nous l'as contée ſi au long, il eſt iuſte
que nous te payons en la meſme monnoye, nous confiant en ta prudence,
comme tu as fait en la noſtre : & ſi ces
Meſſieurs me le veulent permettre,
ie te conteray d'où procede noſtre riſée.

Tous luy dirent qu'il le pouuoit faire, puis qu'ils ſçauoient bien que ſa grã-
de experience & diſcretion ne luy laiſ-
ſeroient pas paſſer les limites de la
raiſon.

Sçachez donc (pourſuit-il) que ceux
qui rient là de ſi bon courage ſont la fille & le Preſtre qui ſauterent par la feneſtre *in puribus*, quand le deluge de la
cuue les penſa noyer. Ils raconteront
eux-meſmes s'ils veulent, les conduits
par leſquels ils ſont venus au preſent
eſtat.

L'Egyptienne Flamande demanda
licence, captiuant la bien-veillance
des illuſtres auditeurs, & auec vne
voix douce, repoſée, & graue, racon-
ta ainſi ſon hiſtoire.

S

El dia que sali, o salte (por mejor dezir) de casa de mi padre, y lleuaron a
la trena, me pesieron en vn aposento mas
obscuro, que limpio, y mas hediondo,
que adornando: al Domine Vrvez que
esta presente, y no me dexara mentir le
metieron en el calaboço, hasta que dixo
era clerigo, por que en el mesmo: lo re-
mitieron al señor obispo de añillo, que
le dio vna muy gran reprehension, por
hauerse pensado ahogar en tan poca agua,
y hauer dado tal escandalo, pero con la
promesa que hizo de ser mas cauto, y
de atar su dedo de modo que la tierra
no supiesse sus entradas, y salidas, le
soltaron mandandole no dixesse misa en
vn mes.

Que de en guarda del Alcayde, que
como era moço, y galan, yo niña, y no
de mal talle, me baylaba el agua delante: la carcel para mi era, jardin, y
Aranjuez de deleytes: mis padres a
vn que indignados de mi libertad, hazian

Le iour que ie forty , ou pour mieux
dire que ie fautay de la maifon de mon
pere, auec le Seigneur Vruez que voilà , qui ne me laiffera pas mentir ; apres
qu'on nous euft pris tous deux ainfi
qu'il a efté dit , on me mift dans vne
chambre plus obfcure que nette, & plus
puante que parée , & il fut mis dans vn
cachot, iufques à ce qu'il dit, qu'il étoit
Preftre ; car au mefme temps il fut ren-
uoyé par deuant l'Euefque, qui luy fit
vne grande reprimende, de s'eftre pen-
fé noyer en fi peu d'eau, & auoir donné
fi grand fcandale. Toutesfois fous la
promeffe qu'il fit d'eftre plus fin, & de
n'y plus retourner que fi fecrettement,
que la terre ne fceuft fes entrées, ny fes
forties , il le mit en liberté, luy enioi-
gnant de ne dire Meffe d'vn mois.

Pour moy ie demeuray en la garde
du Capitaine, qui eftant ieune, galand &
moy fille, & non pas trop laide, le tenois plus prifonnier de ma beauté, que
ie ne l'eftois de la iuftice. A cette caufe
ma prifon me fembloit vn iardin rem-
ply de delices. Mes parens quoy qu'in-
dignez de ma mauuaife vie, faifoient

lo que podian para que yo la tubieſſe, pero en vano, porque el alcayde ponia los medios poſibles, para que no ſalieſſe de ſu poder.

El Señor licenciado, que eſta preſente andaba al rededor de la carcel, como pero de mueſtra, por veer ſi podia ha-blarme, hizolo por medio de vna buena tercera, que era prima en el oficio : vi-ſtiendolo con vna ſaya, y cuerpo de vna criada ſuya, y poniendole vn reboço por la barba, como ſi tuuiera dolor de mue-las : de la viſta reſulto la traça de mi ſalida.

La noche ſiguiente, ſe hazia vn ſa-rao en caſa del conde de miranda, y a la fin hauian de dançar los gita nos; con ellos ſe concerto Canis (que aſi ſe llama aora el Señor Vicario,) para que le ayudaſſen en ſus pretenſiones : hizie-ronlo tan bien que mediante ſu indu-ſtria : goçamos de la libertad deſeada, y de ſu compania, que es la mejor de la tierra.

tout ce qu'ils pouuoient pour ma liberté ; mais en vain, parce que le Capitaine qui m'auoit en garde employoit tous les moyés qui luy étoiét poffibles, afin que ie demeuraffe en fon pouuoir.

Le Seigneur Vruez qui eft là prefent alloit à l'entour de la prifon, comme vn chien couchant pour voir s'il pourroit parler à moy, comme il fit par le moyé d'vne bonne maquerelle, la premiere de toutes celles du meftier, qui l'habilla de la robbe d'vne fienne feruante, luy mettant vn voile deuant la barbe, comme s'il auoit douleur de dents. De cette veuë refulta l'inuention de ma fortie.

La nuict fuiuante fe faifoit vne affemblée en la maifon du Comte de la Mirande, fur la fin de laquelle les Egyptiens deuoient danfer vn balet. Le feigneur Canil (car ainfi s'appelle maintenant le feigneur Vruez) s'accorde auec eux, afin qu'ils l'aydaffent en fes pretentions, ce qu'ils firent fi bien, qu'au moyen de fon induftrie, ie ioüis de la liberté defirée, & de fa compagnie, qui eft la meilleure du monde.

La tarde antes del farao hize al Alcayde, mas monerias que gata a tripera, y mas promeſas, que el que na vega con borraſca: obligado dellas reſpondio, no con menos, rogandome le pidieſſe, que mi voca ſeria la medida, como no fueſſe carecer de mi viſta.

Agradeciſe lo mucho diziendole, que el carecer de la ſuya ſeria para mi el mayor mal que me podia venir: viendo la mia ſobre el hiro, roguele que aquella noche pues podia me llcuaſſe a veer el farao, pareciole coſa dificultoſa, pero por no des dezirſe, y porque el cieguecillo le hauia tirado vna flecha, me lo premetio.

El alguacil mayor eſtaua enamorado de mi, y hauia encargado a todas las guardas, y al miſmo alcayde tuuieſſen cuenta con mi regalo, y que nenguno me tras puſieſſe.

Por hazerlo mas ſecreto me viſtio

Le soir auparauant celuy de l'assemblée, ie fis plus de singeries au Capitaine qu'vn chat à vne trippiere, & plus
de promesses que ceux qui sont sur la
mer en temps d'orage. Cela l'obligea à
me répondre de mesme, me priant que
ie luy demandasse ce que ie voudrois,
que ma bouche seroit la mesure de mó
desir, pourueu qu'il ne le priuast de ma
yeuë.

Ie le remerciay grandement, luy disant que la priuation de la sienne, seroit
pour moy le plus grand malheur qui
me sceust venir. Et le voyant disposé à
ce que ie desirois, ie le priay de me faire voir l'assemblée qui se deuoit faire
la nuict suiuante. Il luy sembla difficile,
toutesfois pour ne se dédire, & parce
qu'il estoit aueuglé de mon amour, il
me le promit.

Le premier Commissaire estoit encore amoureux de moy, & auoit enchar-
gé les gardes, & le mesme Capitaine
qu'ils eussent soin de me bien traiter, &
prendre garde qu'aucun ne me trans-
portast d'vn lieu à autre.

Pour le faire donc plus secrettement

como page ; con vn veſtido de damaſco
verde , paſamanos de oro : el voemio
de terciopelo de la meſma color aforrado
de raſo amarillo : vna gorra con garçota,
y plumas , con vn cintillo de diaman-
tes , vna lechuguilla con puntas , y en-
cage , medias pagiças , con ligas de gran
valunba , çapatillo blanco picado , eſpada , y daga dorada a lo de ayres
vola.

Llegamos ala ſala donde hauia im-
finidad de damas , y caualleros : ellos
galanes , y viçarros , y ellas gallardas,
y hermoſas : hauia muchos a reboçados,
y exboçadas.

Canil eſtaba veſtido ala valentona , y
en viendome ſo mepuſo al otro lado , de-
manera que yo eſtaba en medio del alcayde , y del : començoſe , el ſarao donde vi coſas , que por no hazer a mi
cuento dexare.

Salieron los gitanos a baylar , y vol-
tear : ſobre las bueltas ſe aſieron dos
dellos en palabras , y de vnas en otras :

il m'habilla comme vn ieune page auec vn habit verd, couuert de paſſemens d'or, le manteau de veloux de la meſme couleur, doublé de ſatin iaune, vn bonnet auec vne plume de heron, & vn cordon de diamants, vne fraize auec des pointes de dentele, le bas de ſoye iaune, auec de grandes iarretieres, les ſouliers blancs découpez, l'épée dorée & le poignard de meſme.

Nous arriuaſmes à la ſale, où eſtoient vne infinité de Cheualiers, & de Dames, eux braues & galants, elles belles & de bonne grace. Il y auoit des hommes qui ſe couuroient le viſage de leurs manteaux, & des femmes qui ſe cachoient dans leurs eſcharpes, ou dans leurs voiles.

Canil eſtoit veſtu à la Valentonne, qui me voyant ſe mit à l'vn de mes coſtez: de ſorte que i'eſtois au milieu du Capitaine, & de luy. Le bal ſe commence, où ie vy des choſes que pour n'eſtre point de mon conte ie laiſſeray.

Les Egyptiens firent leur balec: ſur les figures, ou paſſages, deux d'iceux ſe prindrent en paroles, & de l'vne à

S v

diſmintio el vno al otro el deſmentido le
reſpondio con vna cuchillada en la cabeça ; haziendole echar tanta ſangre
della que parecia hauian muerto vn
buy.

Los aſiſtentes que haſta entonces hauian penſado ſer burlas ſe alteraron gritando, aqui de la iuſticia : los miniſtros della ſe alborotaron : todos los cir-
cunſtantes metieron mano alas eſpadas,
yo ſaque la mia, y quando me vi con
ella en la mano mepuſe a tenblar de
miedo della.

Prendieron al delinquente, y no falto
quien echado para ello dixo, que eſtaua
alli el Alcayde a quien lo podian en-
tregar.

El alguacil mayor le llamo para en-
car garle el homicida ; quiſiera llebar-
me conſigo, pero por miedo que no me
conocieſſen medixo meretiraſa a vn rincon, que me moſtro, y que no me apar-
taſſe de alli haſta que el voluieſſe.

l'autre, l'on vint aux démentis. Celuy qui auoit receu le démenty, respondit à l'autre auec vn grand coup d'épée sur la teste, luy faisant répandre tant de sang, qu'il sembloit qu'on eust tué vn bœuf.

Les assistans qui iusques alors auoiët pensé que ce n'estoit que ieu, commencerent à s'alterer, criant Iustice, Iustice. Les ministres de la Iustice se troublerent, tous les assistans mirent la main à l'épée, ie tire la mienne comme les autres, & me mis à trembler en la voyant en ma main, de peur que i'auois de la mesme épée que ie portois.

On print celuy qui auoit fait le coup, & des gens qui estoient là expressément apostez, ne manquerent point à dire que le Capitaine du guet estoit là, auquel on le pouuoit deliurer.

Le Commissaire principal l'appelle pour luy bailler l'homicide en charge. Il m'eust bien voulu mener auec luy, mais de peur qu'on ne me connust, il me dit que ie me retirasse à vn coin qu'il me monstra, & que ie ne m'éloignasse pas de là, iusques à ce qu'il fust de retour.

Quando vi aquella ladilla defpega-
da de mi, tome de la mano al domino
Canil, que eftaba fiempre a mi lado,
y en dos brincos falimos a la calle, donde allamos a vno deftos feñores, que nos
encamino a fu rancho.

Quando el herido (que ya todos tenian por muerto) echo de veer, que
eftariamos libres fe lebanto diziendo Señores vafta la burla, que yo eftoy fano,
y efto no ha fido fino para alegrar la
fiefta : quitofe vna caperuça, dentro laqual eftaba vna vexiga de buey, que
encima de vn buen cafco acerado tenia
llena de fangre preparada, y con la cuchillada fe hauia rebentado : Todos començaron a reyr de la burla, fino el
alcayde, para quien fue muy pefada.

Torno al lugar feñalado, y no allando me en el, començo a bufcar, y preguntando a vna gitana vieja fi hauia
vifto vn page de tales, y. tales feñas :
ella que eftaua aduertida le dixo que
fi, y que le hauia oy de dezir quando

Ce morpion departy d'auecques moy, ie pris la main du seigneur Canil qui estoit tousiours à mon costé, & en deux sauts nous sortismes à la ruë, où nous trouuasmes vn de ces seigneurs qui nous mena à son quartier.

Quand le blessé (que desia tous tenoient pour mort) conneut que nous estions libres, il se leua, disant, Messieurs, la bourde est belle iusques là, puis que ie me porte bien : Cecy n'est fait que pour resioüir l'Assemblée. Alors il oste vn chapperon dans lequel estoit vne vessie de bœuf pleine de sãg, qu'il auoit tellement reparée au dessus d'vn casque, qu'à ce coup d'épée tout ce sang s'estoit répandu sans qu'il fust blessé. Tous commencerent à rire de la bourde hormis le Capitaine auquel elle fut bien fascheuse.

Il reuint au lieu signalé, & ne m'y trouuant point, il commence à me chercher, & demandant à vne vieille Egyptienne si elle auoit veu vn ieune homme auec telles enseignes, elle qui estoit aduertie & instruite du fait, luy dit qu'ouy, & qu'elle luy auoit ouy dire

falio, de la mano con vn hombre, va-
monos a retirar a fan Felipe.

Fueſſe con grande prieſa a buſcarme,
mas en vano porque el iba hazia orien-
te, y noſotros huyamos al hoccidente.

Antes que ſalieſſemos de Madrid:
haviamos trocado mi veſtido, de que
me dieron encima docientos reales : vendi el cintillo en quatro cientos eſcudos:
di a eſtos Señores en llegando docientos,
porque aſi ſe lo havia prometido Canil.

Eſte es el cuento de mi libertad, ſi el
Señor Lazaro quiere otra coſa mande,
que en todo ſe le ſeruira como ſu gal-
larda preſencia merece.

Agradecile la corteſia, y con la mejor que puede me deſpedi de todos.

El buen viejo me acompaño media
legua pregunte le en el camino, ſi los
que eſtaban allieran todos Gitanos : na-
cidos en Egipto : reſpondiome, que maldito el que havia en Eſpaña, mas que

fortant main à main auec vn autre; Allons nous retirer à faint Philippe.

Sur cêt aduis il s'y en alla me chercher à grande hafte, mais en vain, parce qu'il alloit du cofté d'Orient , & nous nous fauuions du cofté d'Occident.

Auant que de fortir de Madrid, nous auions changé mon habit, duquel on me donna plus de deux cens reales. Ie vendy le cordon quatre cens efcus, en arriuant icy , i'en donnay deux cens à Meſſieurs , parce que le Canil le leur auoit ainfi promis.

Voila l'hiftoire de ma liberté ; Si le Seigneur Lazare defire quelque autre chofe, qu'il la commande , ie le feruiray en tout, comme fa gaillarde prefence le merite.

Ie la remerciay de fa courtoifie, & auec la meilleure qu'il me fut poffible me departis d'auec eux.

Le bon vieillard m'accompagna demie lieuë , ie luy demanday en chemin, fi tous ceux qui eftoient là, eftoient nays en Egypte. Il me répondit qu'au diable l'vn qu'il y en auoit en toute l'Ef-

todos eran clerigos, frayles, monjas o
ladrones, que hauian escapado de las
carceles, o de sus conuentos, pero que
entre todos : los mayores vellacos eran
los que hauian salido de los monaste-
rios : mudando la vida especulatiua,
en actiua : tornose a su rancho, y yo
acauallo en las mulas de san Francisco ; me fuy a Valladolid.

CAP. XII.

De lo que le sucedio a Lazaro en una venta : una legua de Valladolid.

QVe ruminar lleue portodo el camino de mis buenos gitanos, de su
vida, costumbres, y trato. Espantaua-
me mucho como la justicia permitia pu-
licamente ladrones tan al descubierto,
abiendo todo el mundo, que su trato, y
contrato no es otro, que el hurto.

Son vn asilo, y añagaça de vellacos,
Iglesia de apostatas, y escuela de maldades ; particularmente, me admire de
que los frayles dexassen su vida descan-

pagne, mais que tous eſtoient Preſtres
Moynes, Nonains, ou Larrons, qui
auoient échappez des priſons ou des
Conuents. Neantmoins qu'entre les
plus meſchants, les pires eſtoient ceux
qui eſtoient ſortis de leurs Monaſteres,
changeant la vie ſpeculatiue en actiue.
Il s'en retourne à ſon quartier, & moy
à cheual ſur les mulets de ſaint François, ſuiuis celuy de Vailladolit.

Chap. XII.

De ce qui aduint à Lazarille en vne taverne, vne lieuë de Vailladolit.

I'Evs aſſez de quoy ruminer de mes
bons Egyptiens par tout le chemin,
de leur vie, couſtumes, & conuerſation.
Ie m'eſtonnois grandement comment la
Iuſtice permettoit publiquement des
volleurs ſi manifeſtes, tout le monde
ſçachant que leurs deportemens & tra-
fics ne ſont autre choſe que larrecins.

Leurs bandes ſont autant d'Egliſes
d'apoſtats, & d'eſcholles de méchancetez. Particulierement i'admiray que
les Religieux laiſſaſſent vne vie repo-

sada, por seguir la desastrada, y aperreada
del gitanismo, y no huuiera creydo ser verdad lo que el gitano me dixo, si no me
huuiera mostrado vn quarto de legua del
rancho, de tras de las paredes de vn ar-
rañal: vn gitano, y vna gitana :: el re
hecho, y ella carillena :. el no estaua
quemado del sol, ni ella curtida de las
inclemencias del Cielo: el vno cantaba
vn verso de los salmos de Dauid, y el
otro respondia con otro: aduirtome el
buen viejo, que aquellos eran frayle, y
monja, que no hauia mas de ocho dias
hauian venido a su congregacion, con
deseo de profesar mas austera vida.

Llegue a vna venta, vna legua de
Valladolid en cuya puerta vi sentada
a la vieja de Madrid, con la doncellica de marras: salio vn galancete a
llamallas, para que entrasen a comer,
no me conocieron, por ir tan disfraçado
siempre con mi parche en el ojo, y mis
vestidos a lo bribonesca, mas yo conoci
ser el Lazaro, que hauia salido del
monumento, que tanto me hauia costado:
puseme delante dellos, para veer si me

sée & tranquille, pour en fuiure vne
autre fi penible, & fi mal-heureufe que
celle des Egyptiens. Ie n'euffe pas creu
que ce que l'Egyptien me dit euft efté
vray, s'il ne m'euft monftré d'vn quart
de lieuë de leur demeure, derriere les
murailles d'vn lieu planté de Myrthes
vn Egyptien & vne Egyptienne, luy re-
fait, & elle en bon point. Il n'eftoit
point bruflé du Soleil, ny elle bazanée
du mauuais temps ; l'vn chantoit vn
verfet des Pfeaumes de Dauid, & l'autre répondoit auec vn autre. Ceux-là
(dit le bon vieillard) font Moyne &
Nonain, qüi depuis enuiron huit iours
font venus à noftre congregation, pour
y faire profeffion d'vne plus auftere vie.

I'arriuay à vne tauerne, vne lieuë de
Vailladolit ; à la porte de laquelle ie
vis affize la vieille de Madrid, auec la
fille du coffre, dont nous auons defia
parlé. Vn ieune galand fortit pour les
appeller afin qu'elles allaffent difner.
Elles ne me conneurent point, parce
que i'eftois toufiours déguisé auec mô
emplaftre en l'œil, & mes habits de
caymant. Mais ie conneus le galand;

darian algo , no me podian dar , pues
yo tenian para ellos : El galan que hauia seruido de despensero : fue tan liberal , que para el , para su enamorada,
y para la vu,a alcabueta , hauia echo
adereçar vn poco de higado de puerco,
con vna salsa : todo lo que hauia en el
plato , lo huuiera yo traspalado en menos de dos bocados. El pan era tan negro como los manteles , que parecian tu-
nica de penitente , o varredera de horno.

Coma mi vida le dezia el Señor,
que este manjar es de Principes : la tercera comia , y caualla ,, porno perder
tiempo , y por veer que no hauia para tantos en vites , començaron a fre-
gar el plato , que le quitaban el ve-
tun.

Lacabada la tr.,;e , y pobre comida,
que mas hambre , que artura les hauia

c'eſtoit le Lazare qui eſtoit ſorty du monument , qui m'auoit tant couſté. Ie me mis deuant eux , pour voir s'ils me donneroient quelque choſe : mais mal-aiſément me pouuoient-ils donner ce qu'ils n'auoiét pas pour eux-mémes.

Le galand qui auoit ſeruy de maiſtre-d'hoſtel fut ſi liberal , que tant pour luy, que pour ſa maiſtreſſe, & pour la vieille maquerelle, il auoit fait apreſter vn peu de foye de pourceau auec vne ſauce ; i'euſſe englouty en moins de deux morceaux tout ce qui eſtoit au plat. Le pain eſtoit auſſi noir comme la nappe , qui ſembloit vne tunique de penitent ou balay de four.

Mange, ma vie, luy diſoit ce Seigneur, car c'eſt viande d'vn Prince. La maquerelle mangeoit , & ſe taiſoit pour ne perdre temps, & pour voir qu'il n'y auoit pas de quoy tant inuiter à manger. Le plat auquel ils mangeoient eſtoit de terre , qu'ils commencerent à frotter de telle ſorte, qu'ils luy oſtoient le vernis.

Ce triſte & miſerable diſner acheué, qui auoit plus irrité leur faim, qu'il ne

causado : el Señor enamorado se escusó
con dezir que la venta estaba mal pro-
beyda. Viendo que alli no hauia nada
para mi , pregunte al huesped si hauia
que comer, dixome, que segun la paga:
quisome dar vna poca de asa dura :
preguntele si tenia otra cosa , afreciome
vn quartillo de cabrito, que aquel enamorado no hauia querido por ser caro.

Qui se hazelles vn fiero , y asi le
dixe me lo diesse : puse me con el a los
pies de la mesa : donde era de veer el
mirar : acada bocado, tragaba seys ojos,
porque los del enamorado : de la Señora , y alcabueta, esta. Ban clabados en
lo que comia.

Que es esto dixo la doncella , aquel
pobre come vn quartillo de cabrito , y
para nosotros no ha auido si no vna pobre patorrilla : el galan respondio hauia
podido al huesped algunas perdizes ,
capones , o gallinas , y que le hauia
dicho , no tenia otra cosa que darle.

l'auoit appaisée ; monsieur l'amoureux s'excusa sur ce que la tauerne étoit
mal pourueuë. Voyant qu'il n'y auoit
rien là pour moy, ie demanday à l'hoste
s'il auoit de quoy disner. Il me dit, que
selon l'argent que i'y voudrois mettre.
Et me voulant donner vn peu de fressu-
re luy demanday s'il n'auoit point autre chose. Il m'offrit vn quartier de cheureau, que cét amoureux n'auoit pas
voulu , parce qu'il estoit trop cher.

Ie leur voulus faire vne brauade;
ainsi ie luy dis qu'il me le baillast. Ie
me mis auec luy aux pieds de la table;
où ce fut vne chose digne d'admiration,
de voir comment ie fus regardé. A chaque morceau i'aualois six yeux , parce
que ceux de l'amoureux, de sa maistresse , & de la maquerelle estoient cloüez
à ce que ie mangeois.

Qu'est-ce-cy ? dit la damoiselle, ce
pauure mange tout seul vn quartier de
chéureau , & pour nous trois il n'y a eu
qu'vne pauure fricassée? le galand respondit, qu'il auoit demandé à l'hoste
quelques perdrix, chappons, ou poulles,
& qu'il luy auoit dit qu'il n'auoit autre
chose que luy donner.

Yo que sabia el caso, y que por no gastar, o por no tener de que hazerlo, les hauia echo comer con dieta: quisse comer, y callar: parecia aquel cabrito piedra iman, quando menos me cate, los alle a todos tres encima mi plato: la sin berguença cachihondilla, tomo vn bocado, y dixo, con buesa licentia hermano, y antes de tener la; ya lo hauia metido en la boca: la vieja replico, no le quiteys a este pecador su comida.

No se la quitare dixo ella, porque yo se la pienso pagar muy bien, y diziendo, y haziendo començo a comer con tanta priesa, y rabia, que parecia no lo hauia en seys dias: la vieja tomo vn bocado, por probar que gusto tenia. El galan diziendo esto les agrada tanto: se hinche la boca con vn tasajo, como el puño.

Viendo

Moy qui ſçauois le fait, & que ou pour
ne vouloir dependre dauantage, ou pour
ne le pouuoir faire, il leur auoit fait faire diette ſans qu'elles fuſſent malades,
& diſner par cœur, voulus manger &
me taire. Ce cheureau reſſembloit à la
pierre d'aymant ; Alorsque i'y penſois
moins, ie leur trouue à tous trois les
mains dans mon plat, la petite effrontée
prend vn morceau, en diſant ; Auec
voſtre licence mon amy, & auant qu'a-
uoir la licence qu'elle demandoit, auoit
deſia mangé ce qu'elle prenoit. La
vieille replique, N'oſtez point le diſner
à ce pauure homme.

Ie ne luy oſteray poiut, dit-elle, car
ie le luy veux treſ-bien payer. Et diſãt
& faiſant, commence à manger auec
tant de haſte, & de rage qu'il ſembloit
qu'elle n'euſt mangé de ſix iours. La
vieille en prend vn morceau pour eſ-
prouuer le gouſt qu'il auoit: Le galand
en diſant, Cecy leur aggrée tant, qu'il
faut qu'il ſoit bon ; ſe remplit la bouche
d'vne trenche auſſi groſſe comme le
poing.

T.

Viendo pues que se desmandaban,
tome todo lo que hauia en el plato, y
me lo meti en vn bocado, como era tan
grande, no podia atras ni adelante.

Estando en este conflito, entraron
por la puerta de la venta, dos caualleros armados, con jacos, casquetes,
y rodelas, traya cada vno vn pedre-
ñal al lado, y otro en el arçon de la
silla: apearonse dando las mulas a vn
criado de apie: dixeron al huesped si
hauia algo que comer: el les dixo hauia muy buen recaudo, y entretanto que
lo adereçaua, si sus mercedes se seruian podian entrar se en aquella sala.

La vieja, que al ruydo hauia
salido a la puerta: entro con las manos en la cara, haziendo mil inclina-
ciones, como fayle nouicio: hablada
por eco, retorcia se hazia vna, y otra
parte, como si estuuiera de parto: dixo lo mas vaxo, y mejor que pudo:
perdidas somos, los hermanos de Clara
(que este era el nombre de la donce llue-
la) estan en el portal.

Les voyant ſe licentier de cette
ſorte ie pris tout ce qu'il y auoit au
plat, & le mis tout en vn morceau dans
ma bouche, lequel fut ſi grand qu il ne
pouuoit aller auant, ny arriere.

Eſtant en ce conflit, deux cheuàliers
entrerent par la porte de la tauerne, armez de iaques, de caſques, & de rondel-
les; chacun d'eux portoit vn piſtolet au
coſté, & vn autre à l'arçon de la ſelle.
Ils deſcendirent donnant leurs mules à
vn valet de pied, & demanderent à l'hoſte s'il auoit quelque choſe de quoy diſner. Il leur dit, qu'ils ſeroient biē trait-
tez, & que cependant qu'il appreſteroit
à manger, ils pouuoient entrer dans
cette ſale, s'il leur plaiſoit.

La vieille qui au bruit de leur arriuée
eſtoit ſortie à la porte, rentre les mains
deuant leuiſage, faiſant plus d'inclina-
tions qu'vn frere nouice. Elle ſe tour-
noit d'vne part & d'autre, comme ſi elle euſt eſté aux trenchées d'vn enfante-
ment. Enfin elle dit le mieux, & le plus
pas qu'elle peût ; Nous ſommes perdus
es freres de Claire (c'eſtoit le nom de
a damoiſelle) ſont à cette porte.

T ij

La moçuela començo a desgreñar-
se, y mesarse dandose tan grandes bo-
fetadas, que parecia ende moniada. El
galancete que era animoso las consola-
ba diziendo, no se afligiessen, que
donde el estaba, no hauia de que temer; yo atiebado, la boca llena de cabrito : quando oy que aquellos valentones estaban alli : pense morir de miedo,
y lo huuiera echo mas como mi gaznate
estaba cerrado : el alma se terno a
su lugar, por no allar la puerta ha-
uierta.

Entraron los dos Cides, y alpunts
que vieron a su herma, y ala alcabueta, dixeron gritando : aqui estan,
aqui las tenemos, aqui moriran : a
los gritos fue tal mi espanto, que disen
el suelo, con el golpe eche el cabrito que
me aogaba.

Pusieron se las dos detras del ca-
ballerejo, commo pollos de vaxo las
alas de la gallina; quando huyen del
milano, el con gentil animo metio mano a su espada, y se fue para ellos con
tanta furia, que de espanto se que

La ieune fille commence à s'arracher les cheueux, & s'égratigner le visage, se donnant de si grands soufflets qu'il sébloit qu'elle fust demoniaque. Le galand qui estoit courageux, les consoloit leur disant qu'elles ne s'affligeassent point, que là où il estoit, elles ne deuoient point craindre. Moy me trouuãt là, la bouche pleine de cheureau, quãd i'oüys que ces mauuais garçons estoient là, pensay mourir de frayeur, & l'eusse fait, mais comme mon gosier estoit fermé, l'ame n'ayant point trouué la porte ouuerte, s'en retourna dans son lieu.

Ces deux fierabras entrerent, & si tost qu'ils virent leur sœur, & la maquerelle, ils s'écrierent, disant; Les voicy, nous les tenons, elles en mourront. A ces cris mon effroy fut tel que ie tõbay par terre, & du coup que ie donnay en tõbant fis sortir le cheureau qui m'étrangloit.

Toutes deux se mirent derriere leur petit champion, comme poussins sous les aisles de la geline, quand ils fuyent le milan. Luy d'vn gentil courage met la main à l'épée, & marche droit à eux auec tant de fureur, que de l'estonne-

T iij

daron echos dos eſtatuas.

Helaron ſeles las palabras en la boca, y las eſpadas en las vaynas: pregunto les que querian, o que buſcaban, y diziendo eſto a remetio al vno, y le ſaco la eſpada, poniendo ſela en los ojos, y la otra al otro: a cada mocumiento que el hazia con las eſpadas, tenblaban como las ojas en el arbol.

La vieja, y la hermana que vieron tan rendidos a los dos roldanes, ſe llegaron a ellos, y los des armaron.

El ventero entro al ruydo, que todos haziamos, (porque ya yo me hazia leuantado, y tenia al vno de la barba) pareciome aquello a los toros en mantados de mitierra, que quando los muchachos los veen huyen dellos, mas poco a poco ſe les atreben, y conociendo que no ſon brabos, ni lo que parecen, ſeles llegan tan cerca, que perdido el temor les echan mil eſtropajos.

Como vi que aque llas Madagañas

ment qu'ils eurent, ils demeurerent cõme deux ſtatuës.

Les paroles ſe gelerent en leur bouche, & leurs épées dans leurs foureaux,
& auec vne rodomontade Eſpagnolle,
leur demande qu'eſt-ce qu'ils vouloiẽt,
qu'eſt-ce qu'ils cherchoient , & ce diſant ſe iette ſur l'vn d'eux, & luy oſte
l'épée, qu'il luy porte à la gorge, & la
ſienne aux yeux de l'autre. A chaque
mouuement qu'il faiſoit de ces deux é-
pées , ils trembloient comme les fueil-
les en l'arbre.

La vieille & la ſœur qui virent ces
deux Rollants ſi rendus, s'approche-
rent d'eux , & les deſarmerent.

Le tauernier entra au bruit que nous
faiſions tous tous, car ie m'eſtois deſia
leué , & en tenois vn par la barbe. Ils
ſembloient aux taureaux contrefaits de
ma terre, que les enfans fuyent au com-
mencemẽt qu'ils les voyent; mais peu à
peu ils ſe raſſeurent, & cõnoiſſant qu'ils
ne ſont pas ſi furieux qu'ils paroiſſent,
en approchent ſi prés, que toute crainte
perduë, ils leurs iettent mille villenies.

Ainſi comme ie vy que ces Rodomõs

no eran lo que parecian meanime, y acome ti a ellos, con mas animo, que mi mucho temor pasado permitia.

Que es esto dixo el huesped : en mi casa tanto atreuimiento : las mugeres, el cauallero, y yo comença mos a grita, diziendo eran ladrones, que nos venian siguiendo para robar nos : el ventero que los vio sin armas, y a nos otros con la victoria, dixo ladrones en mi casa, echo mano dellos, y ayudandole nosotros, los metio en vn sotarranon, sin valerles raçon que alegassen en contrario.

El criado de los dos, que venia de dar recaudo a las mulas pregunto por sus amos, el ventero lo puso con ellos : tomo sus maletas cogines, y portamanteos, y los encerro : repartiendonos las armas, como si fueran suyas.

No nos pidio nada de la comida, porque firmassemos el pleyto que contra ellos hauia echo, en que como ministro

n'eſtoient pas ce qu'ils paroiſſoient, ie
m'animay, & les aſſaillis auec plus de
courage que ma frayeur paſſée n'en
ſembloit permettre.

Qu'eſt-ce-cy? dit l'hoſte, tant de
hardieſſe en ma maiſon? Les femmes,
le cheualier, & moy commençaſmes à
crier, diſant que c'eſtoient des larrons
qui nous auoient ſuiuis pour nous voler.
Le tauernier qui les vit ſans armes, &
nous autres victorieux, ſe tourne du
coſté des plus forts, diſant; Comment
des larrons en ma maiſon? & les ayant
pris à noſtre ayde, les mit en vne vou-
te ſous terre, ſans qu'aucune raiſon
qu'ils alleguaſſent au contraire leur
peuſt ſeruir.

Leur valet qui venoit de mettre les
mules en l'écurie, demandant où eſtoiét
ſes maiſtres, le tauernier le mit auec
eux. Il prend leurs mallettes, coiſſins,
& porte-manteaux, & les enferme, nous
departant les armes, comme ſi elles euſſent eſté ſiennes.

Il ne nous demanda rien du diſner,
a fin que nous ſignaſſions le procés qu'il
a uoit fait contre eux; auquel comme

T v

de la Inquiſicion que dezia era, y como iuſticia de aquel pago, condeno a loſtres a galeras perpetuas, y a, de-ſientos açotes al rededor de la venta.

Apelaron a la Chanɔilleria de Val-ladolid, a donde el buen me ſonero con tres criados ſuyos los llebaron, y quan-do los deſdichados penſaron eſtar de lan-te los Señores oydores, ſe allaron de lante los Enquiſidores, por que el tay-mado ventero hauia pueſto en el pro-ceſo algunas palabras, que ellos ha-uian dicho contra los oficiales de la ſan-ta Enquiſicion (crimen irremiſible.

Puſieron los en obſcuros calaboços, de donde como ellos penſaron, no pu-dieron eſcreuir aſu padre, ni auiſar a perſona para que les ayudaſſen, donde los dexaremos bien guardados, por tor-nar a nueſtro hueſped, que lo encontra-mos en el camino; dixonos como los Se-ñores enquiſidores le hauian mandado hizieſſe parecer ante ellos a los teſtigos firmados en el proceſo, pero que el como amigos nos abiſaba nos eſcondieſſemos.

La Doncellica le dio vna ſortija

miniſtre de l'inquiſition qu'il ſe diſoit eſtre, & officier de la Iuſtice de ce lieu, il les condamna tous trois aux galeres perpetuelles, & à deux cens coups de foüet tout autour de la tauerne.

Ils en appellerent à la Chancellerie de Vailladolit, où le bon tauernier les mena auec trois de ſes ſeruiteurs, Et quand les malheureux penſerent eſtre deuant les ſeigneurs Audienciers, ils ſe trouuerent deuant les Inquiſiteurs; parce que ce meſchant tauernier auoit mis au procés quelques paroles qu'ils auoient dites contre les officiers de la ſainte Inquiſition, crime irremiſſible.

On les mit en des cachots noirs, d'où ils ne peurent point écrire à leur pere comme ils penſoient, ny aduertir perſõne qui leur aydaſt. Où nous les laiſſerons bien gardez pour retourner à nôtre hoſte que nous rencõtrâmes en chemin. Il nous dit comment les Inquiſiteurs luy auoient commandé de faire paroiſtre deuant eux les teſmoins ſignez au procés. Neantmoins que comme noſtre amy il nous conſeilloit de nous cacher.

La damoiſelle luy donna vne bague

T vj

que tenia en ſu dedo , rogando le hizieſſe de modo que no vinieſſemos a ſu
preſencia : prometio ſelo. El ladron hauia dicho aquello por hazer nos huyr ;
porque ſi quiſieſſen oyr los teſtigos , no ſe
des cabrieſſe ſu vellaqueria,

(Que no era la primera :) dentro
de quinze dias ſe hizo auto publico en
Valladolit, dondo vi ſalir entre los otros
penitentes, a los tres pobres diablos , con
tres mordaças en las bocas , como blaf-
femos , que hauian oſado poner la lengua en los miniſtros de la ſanta Inquiſicion : gente tan ſanta , y perfecta como
la Iuſticia , que adminiſtran.

Lleuauan tres coroças , y vn ſan-
benito , cada vno , en que iban eſcri-
tas ſus maldades , y las ſentencias , que
por ellas les daban.

Peſome de veer aquel pobre moço
de mulas , que pagaba lo que no deuia : de los otros no tenia tanta laſtima , por la poca , que de mi hauante-
nido : confirmaron la ſentencia del hueſped,

qu'elle auoit au doigt, le priant de faire
en forte que nous ne vinffions point à
leur prefence ; ce qu'il luy promit. Le
larron auoit dit cela pour nous faire
prendre la fuitte, afin que fi l'on euft
ré-oüy les tefmoins, fa méchanceté ne
vinft à fe découurir.

Ce n'eftoit pas la premiere qu'il auoit
faite. Quinze iours apres il fe fit vn
acte public de l'Inquifition à Vailladolit, où ie vy fortir entre autres penitens
les trois pauures diables, auec 3. mor-
daces en la bouche comme blafphema-
teurs, qui auoient ofé médire des
miniftres de la fainte Inquifition, gens
auffi faints & parfaits, comme la iuftice qu'ils adminiftrent.

Ils portoient chacun leur mytre, &
leur fambenit, où leurs méchancetez
eftoient écrites, & les fentences qui
s'en eftoient enfuiuies.

I'eus vn grandiffime regret, de
voir ce pauure diable de valet qui
payoit ce qu'il ne deuoit pas, pour les
autres ie n'en eus pas tant de pitié, parce qu'ils n'en auoient point eu de moy.
Ils confirmerent la fentence de l'hofte

añadiendoles cada trecientos açotes , de manera que les dieron quinientos , y los embiaron a galeras , y donde se les pasaron los fieros , y brabatas.

Yo busque mi fortuna : muchas vezes encontre en el prado de la Madalena alas dos amigas , sin que iamas me huuieſſen conocido , ni ſupieſſen , yo los conocia. Alcabo de pocos dias , via la Doncellica Religiosa en la casa de poco trigo , donde ganaba para suſtentar a su reſpeto , y a ella : la vieja exercitaba su oficio en aquella ciudad.

Cap. XIII.

Como Lazaro ſiruio a ſiete mugeres juntas de Eſcudero.

LLEGVE a Valladolid con seys reales en la bolsa , porque la gente que meneya tan flaco , y deſcolorido , me daua limoſna , con mano franca , y yo la recevia , no con eſcaſa , fuyme derecho a la roperia donde por quatro reales y vn quartillo , compre vna capa larga de vayeta , que hauia ſido de

y adiouſtant encore qu'il leur ſeroit
donné trois cens coups de foüet, de ſorte qu'ils en eurent cinq cents à bon cô-
tes, & furêt enuoyez aux galleres, où ils
paſſerent leur colere, & leurs brauades.

Ie buſquay ma fortune, & rencontray
ſouuent depuis les deux amyes au pré
de la Magdeleine, ſans qu'elles me con-
neuſſent iamais, ny ſceuſſent que ie les
conneuſſe. Peu de iours apres ie vy la
damoiſelle religieuſe en vn bordel, où
elle gaignoit de quoy ſe nourrir, elle &
vn homme qui la maintint. La vieille
exerçoit ſon office en la méme ville.

Chap. XIII.

Comment Lazarille ſeruit d'Eſcuyer à ſept femmes enſemble.

I'Arrivay à Vailladolit auec ſix
reales en ma bourſe, car chacun qui
me voyoit ſi foible, & ſi paſle, me dônoit
l'aumoſne d'vne main liberale, & ie la
receuois d'vne autre qui n'eſtoit pas
chiche : ie fus tout droit à la fripperie,
où pour quatre reales i'achetay vne
longue cape de frize, qui auoit eſté

vn Portugues tan rayda, como rota, y
descofida, con ella, y con vn fombrero
alto como chaminea.

Ancho de halda, como de frayle
Francifco, que compre por medio real,
y con vn palo en la mano, me pafeaba
por el lugar. Los que me veyan fe burlaban de mi : cada vno me dezia fu
apodo : los vnos me llamaban filofofo
de taberna, otros veys alli afan Pedro,
veftido en viffera de fiefta. Otros, a
Señor ratiño quiere febo para fus bo-
tas : no falto quien dixeffe parecia alma de Medico de offital : yo hazia
orejas de mercader, y pafaba por todo.

A pocas calles andadas, encontre
con vna muger de verdugado, y chapines de mas de marca : puefta la mano en la cabeça de vn muchacho ; vn
manto de foplillo, que lecubria hafta
los pechos, pregunto. Me fi fabia de
vn Efcudoro : refpondile no fabia de

d'vn Portugais, auſſi raze & découſuë comme rompuë.

Auec elle, & auec vn chappeau haut comme vne cheminée, large de bord comme ceux des Cordeliers, que i'achetay vn demy real, & vn baſton à la main ie me promenois par la place. Ceux qui me voyoient ſe mocquoient de moy, chacun me diſoit ſon mot ; les vns m'appelloient Philoſophe de tauerne ; les autres diſoient, Voyez là ſaint Pierre veſtu en veille de feſte. Les autres ; Hola, ſeigneur Ratigno, voulez-vous du ſuif pour graiſſer vos bottes ? Il n'en manqua point pour dire que ie reſſemblois à l'ame d'vn Medecin d'hoſpital. Ie faiſois oreilles de marchand, & paſſois par tout.

Ie ne ſuiuis gueres de ruës ſans rencõtrer vne femme de verdugade & de chapins de marque, la main appuyée ſur la teſte d'vn ieune garçon, & vn petit manteau de creſpe de ſoye, qui ne la couuroit pas iuſques à l'eſtomac. Elle me demandã ſi ie ſçauois quelque eſcuyer qui vouluſt ſeruir. Ie luy répondis que ie n'en ſçauois point d'autre que

otro fino de mi , fi le agradaba podia diſponer como de coſa propria.

Concerteme con ella en dame acaë-ſas pajas , prometiome tres quartillos de racion , y quiſacion : tome poſeſion del oficio dando le el braço : arroge el palo, porque no tenia mas neceſitad , pues ſolo lo traya para moſtrarme emfermo , y mover a piedad.

Enbio el niño a caſa diziendole di-xeſſe ala moça tuuieſſe la meſa puesta, y la comida adereçada : trujome mas de dos oras de ceca en meca ; y de çoca en colodra : ala primera viſita que lle-gamos me aduirtio la Señora , que quando ella llegaſe me hauia de ade-lantar ala caſa adonde iba preguntan-do por la Señora , o Señor de la caſa , dezir iuana Perez mi Señora (que aſte era ſu nombre) eſta aqui, que quie-re veſar a ſu merced las manos.

moy-mefme, que fi ie luy eſtois agreable, elle pouuoit difpofer de moy comme de chofe qui luy eſtoit acquife.

Nous fufmes d'accord en vn moment; elle me promit trois pieces de trois blancs de falaire ordinaire. Ie pris poffeſſion de mon office en luy donnant le bras, & iettay le baſton duquel ie n'auois plus affaire, puis que ie ne le portois que pour monſtrer que i'eſtois malade, & efmouuoir à pitié ceux qui me voyoient.

Elle renuoya le garçon à la maifon, luy commandant de dire à la feruante, qu'elle appreſtaſt le difner, & miſt la nappe, afin que tout fuſt dreſſé, alors qu'elle feroit de retour. Elle me tracaffa plus de deux heures de part & d'autre. A la premiere vifite que nous fiſmes, elle m'aduertit que quand elle iroit en quelque part, ie me deuois aduancer deuant qu'elle arriuaſt pour demander le maiſtre, ou la maiſtreffe de la maifon, là où elle iroit, & leur dire que madame Pirez (c'eſtoit le nom de ma maiſtreffe) eſtoit là, qui defiroit de leur baifer les mains.

Adiurtiome tanbien, que iamas me hauia de cubrir delante della, quando estuuiesse parada en alguna parte.

Dixele que yo sabia la obligacion de vn criado, y asi cumpliria con ella.

Grande era el deseo que tenia de veer la cara de mi ama reciente, mas no podia, por yr reboçada.

Dixome que no me podia tener solo para ella, pero que buscaria algunas vecinas suyas a quien siruiesse, entre las quales me darian la racion que me hauia prometido; y que entretanto, que todas no concurriessen, que seria con vrenedad, ella me daria su parte.

Pregunto me si tenia donde dormir: respondile, que no: no os faltara dixo ella, porque mi matido es sastreyos acomadareys con los mancebos, no podiays (prosiguio) alla en la ciudad mejor Commodo, porque antes de tres dias tendreys seys Señoras, que ca-

Elle m'aduertit aussi, que ie ne cou-
russe iamais deuant elle, quand elle seroit arrestée en quelque part.

Ie luy dis que ie sçauois le deuoir à
quoy vn seruiteur étoit obligé, & que ie
tâcherois de m'en acquitter enuers elle.

Le desir que i'auois de voir son visage estoit grand, mais ie ne pouuois,
parce qu'elle estoit voilée.

Elle me dit dauantage, qu'elle ne me
pouuoit tenir toute seule ; toutesfois
qu'elle chercheroit quelques-vnes de
ses voisines auec lesquelles ie la serui-
rois; & que toutes ensemble me donneroient mon salaire qu'elle m'auoit
promis. Et que pendant le temps qu'elle mettroit à les trouuer (qui seroit
fort bref) elle me donneroit sa part.

Elle me demanda si i'auois où me coucher ; Ie luy répondis que non. Vous
n'en manquerez pas, repartit-elle, car
mon mary est cousturier, & vous vous
accommoderez auec les garçons.

Vous ne pouuiez, poursuit-elle, trouuer vne meilleure commodité dans toute la ville ; car auant qu'il passe trois
iours, vous aurez six maistresses, cha-

da vna os dara vn quarto.

Que de medio atonito , de veer la grauedad de aquella muger , que parecia por lo menos lo era de algun cauallero pardo , o de algun ciudadano rico: espanteme tanbien de veer , que para ganar tres pobres quartillos cada dia : hauia de seruir a siete amas.

Pero considere , que valia mas algo que nada , y que aquel no era oficio trabajoso , (de que huya como del diablo) porque siempre quise mas comer verças , y ajos , sin trabajar , que capones , y gallinas trabajando : diome el manto.

Y los chapines en llegando a casa , para que los diesse a la criada : vi lo que deseaba , no me agrado mal la mugercilla ; era briosa , morenica , y de buentalle : solo me desagrado , que le relucia la cara , como caçuela embernicada.

Diome el quarto diziendo acudiesse cada dia dos vezes vna alas ocho

cune defquelles vous donnera vn blanc.

Ie fus demy perdu d'eftonnement de voir la grauité de cette coufturiere, qui fembloit eftre femme de quelque Chenalier, ou pour le moins de quelque riche & qualifié citoyen. Ie m'eftonnay auffi que pour gaigner fix pauures blācs iours, ie deuffe feruir fept mai- tinées.

Neantmoins ie confideray que quelque chofe valoit mieux que rien, & que ce n'eftoit pas vn meftier penible, que ie fuyois comme le diable ; car i'ay toufiours mieux aymé māger des choux & des aulx fans trauailler, que chapons & perdrix en trauaillant.

En arriuant à fa maifon, elle me donna fon manteau, & fes chapins, afin que ie les baillaffe à la feruante. Ie vy ce que ie defirois : elle ne me fembla pas laide, eftant gaillarde, brunette, & de bōne taille. Ce qui me fembla feulemēt de mauuaife grace, ce fut le fard, qui luy faifoit reluire le vifage, comme le verniz d'vn plat, ou d'vne écuelle de terre.

Elle me donna fon blanc, difant que ie l'allaffe trouuer deux fois le iour, l'vne

de la mañana , y otra alas tres de la
tarde , para veer ſi ella queria ſalir de
caſa.

Fuyme a vna paſteleria , y con vn
paſtel de a quarto , di fin a mi racion,
todo lodemas del dia paſe , como came-
leon , porque ya hauia acabado la limoſna , que en el camino me hauian
dado , no oſaba ponerme a pedirla , porque ſi mi a ma lo ſupiera , me comiera.

Fuy a ſu caſa a las tres : dixome
que no queria ſalir , pero que me ad-
uertia , que de alli adelante , no me
pagaria el dia que no ſalieſſe , y que
ſi no ſalia mas de vna vez al dia , no
me daria mas de dos marauedis ; mas
me dixo que pues ella me daba cama,
la hauia de preferir a las de mas , in-
titulandome por ſu criado : la cama era
tal que merecia bien eſto , y mas.

Hizome dormir con los aprendizes,
encima vna gran meſa , ſin maldita la
otra coſa , que vna manta rayda para
cubrirnos.

Paſe

à huit heures du matin, & l'autre à trois
du foir, pour voir fi elle voudroit fortir
hors de fa maifon.

Ie m'en allay chez vn paticier, & auec
vn pafté d'vn fou, ie depefchay mon fa
laire. Ie paffay tout le refte du iour, côme vn chameleon ; parce que i'auois
defia acheué les aumofnes qu'on m'a-
uoit faites en chemin, & ie n'en ofois
plus demander, car fi ma maiftreffe
l'euft fceu, elle m'euft mangé.

Ie retournay fur les trois heures à fa
maifon ; elle me dit, qu'elle ne vouloit
point fortir, mais qu'elle m'aduertif-
foit que deflors en auant, elle ne me
payeroit que les iours qu'elle fortiroit:
& que fi elle ne fortoit qu'vne fois, elle
ne me donneroit que la moitié de ce
qu'elle m'auoit promis. Elle me dit de
plus, que puis qu'elle me fourniffoit de
lict, ie la deuois preferer aux autres, &
m'appeller fon valet. Le lict eftoit tel,
qu'il meritoit bien cela, & dauantage.

Elle me fit dormir auec les appren-
tis, au deffus d'vne grande table, fans
aucune autre chofe, qu'vne méchante
couuerte raze.

Pafe dos dias, con la mifería que por quatro marabedis podia comprar: alcabo dellos entro en la cofradia vna muger de vn çurrador, que regateo mas de vna ora los dos ochabos; finalmente en cinco dias tuue fiete amas, y de racion fiete quartos, comence a comer efplendidamente.

Veniendo, de lo peor, a vn que no de lo mas caro: porno tender la pierna, mas de hafta donde llegaba la fabana.

Las otras cinco dueñas eran vna viuda de vn corchete, vna muger de vn hortelano, vna fobrina (que deXia fer) de vn capellan de las defcalças, moça de buen fregado, y vna mondonguera, que era aquien yo mafqueria, porque fiempre que medaba el quarto meconbidaba, con caldo de mondongo, y antes que de fu cafa faliesfe, hauia embafado tres, o quatro efcudillas, con que pafaua vna vida, que Dios nunca melade peor.

Ie paſſe deux iours auec la miſere que ie pouuois acheter pour quatre deniers. Au bout deſquels vne femme d'vn tã-neur entra en la confrairie, qui marchã-da plus d'vne heure les autres quatre qu'elle me deuoit donner. Finalement en cinqi ours i'eus ſept maiſtreſſes, & ſix ou ſept blancs de ſalaire.

Ie commençay lors à manger ſplen-didement, beuuant non du pire, quoy que non auſſi du plus cher, pour n'éten-dre plus la iambe que la couuerte.

Les cinq autres maiſtreſſes eſtoient vne veſue d'vn records de Sergent, vne femme d'vn iardinier, vne qui ſe diſoit eſtre couſine d'vn Preſtre des déchauſ-ſés, femme ieune à laquelle il ſe fuſt fait bon frotter, & vne trippiere, qui eſtoit celle que i'aymois le mieux, par-ce que quand elle me donnoit mon blanc, elle y adiouſtoit touſiours quel-que morceau de ventre, & auant que ie ſortiſſe de ſa maiſon, i'auois touſiours auallé trois ou quatre eſculées de pota-ge, auec quoy ie menois vne telle vie que ie prie à Dieu qu'il ne me la don-ne iamais pire.

La vltima era vna beata , con esta tenia mas que hazer que con todas , porque iamas hazia sino visitar frayles, con quienes quando estaua a solas , no hauia jublar como ella.

Su casa parecia colmena : vnos entraban otros salian , y todos le trayan las mangas llenas , y ami porque fuesse fiel secretario medaban algunos pedaços de carne , que de su raçion se metian en las mangas.

En mi vida he visto mayor hipocrita que esta : quando iba por las calles, no alçaua los ojos del suelo , no se le caya el rosario de la mano , siempre lo reçaba por la calle : todas las que la conocian le rogaban rogasse à Dios por ellas., pues que sus oraciones eran tan aceptas : ella les respondia era vna grande pecadora, (y no mentia) que con

La derniere estoit vne deuote, auec
cell'-cy i'auois plus affaire qu'auec
...s les autres ; parce qu'elle ne faisoit iamais que visiter Moynes auec lesquels elle estoit tousiours toute seule,
& non pas tousiours en contemplat on,
car elle aymoit la vie actiue, & le mouuement perpetuel.

Sa maison sembloit vne ruche d'a-
beilles, les vns entroient, les autres sor-
toient, & tous y portoient les manches
pleines. Et afin que ie fusse fidelle se-
cretaire, ils me donnoient quelques
morceaux de chair, qu'ils prenoient de
leurs ordinaires, & le mettoient en
leurs manches.

En ma vie ie n'ay veu plus grande
hypocrite que celle-là ; quand elle alloit par les ruës, elle ne leuoit iamais les yeux de la terre, le chappel-
let ne luy tomboit iamais de la main,
tousiours elle le disoit par les ruës, toutes celles qui la connoissoient, & la
voyoient, la prioient de prier Dieu
pour elles, puisque ses oraisons ne pouuoient estre qu'exaucées. Elle leur répondoit qu'elle estoit vne grande pe-

la verdad engañaua.

Cada vna deſtas mis amas tenia
ſu ora ſeñalada : quando me dezian
no querer ſalir de caſa, iba ala otra,
haſta que acabala mi tarea, ſeñala-
uanme el tiempo en que las deuia tornar a buſcar, y eſto ſin falta, porque
ſi por malos de mis pecados tardai: vn
poco, la Señora de lante las que eſtaban en la viſita medezia perrerias, y
me a menaçaua, que ſi continuaua en
mis deſcuydos, buſcaria otro Eſcudero mas diligente, cuydadoſo, y pun-
tual.

Quien la oya gritar, y a menaçar
con tanto argullo, ſin duda creya me-
daua cada dia dos reales, y deſalario
cada año treynta ducados.

Quando iban por las calles, parecian mugeres del preſidente de Caſtilla,
o por lo menos de vn oydor de Chancil-
leria.

Sucedio vn dia que la ſobrina del

cheresse, & ne mentoit pas, car elle
trompoit mesme auec la verité.

Chacune de ces miennes maistresses
auoit son heure assignée,& quand l'vne
me disoit qu'elle ne vouloit point sortir de sa maison, ie m'en allois à l'autre, iusques à ce que i'auois acheué
ma tasche.

Elles m'assignoient le temps auquel
ie les deuois aller retrouuer, & tout
cela sans faute, parce que si par mes
pechez ie venois à tarder vn peu, la
maistresse me disoit pis que pendre deuant tous ceux qui estoient chez elle, ou
chez ceux qu'elle visitoit,& me mena-
çoit que si ie continuois en ma noncha-
lance,elle chercheroit vn autre escuyer
plus diligent, plus soigneux, plus exact.

Qui l'oyoit crier & menacer auec
tant d'orgueil, sans doute qu'elle me
donnoit tous les iours deux reales, &
trente ducats tous les ans de gages.

Quand elles alloient par les ruës elles sembloient des femmes du Presi-
dent de Castille ou pour le moins d'vn
Audiencier de la Chancellerie.

Il aduint vn iour que la cousine du

capellan, y la corcheta, se encontraron en
vna Iglesia, y queriendose tornar las dos
a sus casas, a vn mesmo tiempo, sobre aquien hauia de acompañar la primera, huuo vna riña tangrande, que
parecia estauamos en el horno : tiraban
de mi, la vna por vn cabo, la otra
por otro, con tanta rabia, que me des-
pedaçaron la capa, quede en pelota,
porque debaxo della maldita otra cosa
tenia si no vn andraxo de camisa, que
parecia red de pescar.

Los que veyan el ancuelo, que por
la camisa rompida descubria, reyan a
bocallena : la Iglesia Parecia taberna :
los vnos se burlaban del pobre Laçaro :
los otros escuchaban a las dos damas,
que desenterraban sus abuelos.

Con la priesa que tenia de recoger
los pedaços de mi capa, que de ma-
duros se hauian caydo, no pude escu-
char lo que se dezian : solo oy dezir a
la viuda, de donde le biene a la piltrafa tanto toldo : ayer era moça de

Preftre,& la femme du records fe ren-
contrerent dans vne Eglife, & s'en voulant rerourner toutes deux en leurs
maifons en vn mefme temps il y eut vn
fi grand debat entr'elles, chacune voulant que ie la reconduififfe la premiere,
qu'il fembloit que nous fuffions dans
vn four. Elles me tiraffoient l'vne d'vn
cofté, l'autre de l'autre, auec tant de
rage, qu'elles me déchirerent la cape.
Ie demeuray tout nud,parce que le diable autre chofe que i'auois fous elle
qu'vn méchant drapeau de chemife,
qui fembloit le filé d'vn pefcheur.

Ceux qui voyoient l'hameçon qui
paroiffoit au trauers de la chemife rompuë rioient à pleine bouche. L'Eglife
reffembloit vne tauerne: les vns fe mocquoient du pauure Lazare, les autres
écoutoient les deux dames qui deter-
roient leurs ayeux.

Auec la hafte que i'auois de recüeil-
lir les pieces de ma cape qui eftoient
cheutes pour eftre trop meures, ie ne
peûs écouter ce qu'elles fe difoient.
Seulement i'ouys dire à la vefve: d'où
vient tant d'orgueil à cette coquine?
V v

cantaro, y oy lleua ropa de tafetan, a costa de las animas de purgatorio.

La otra le respondia ella la muy descosida la lleua de burato, ganada con vn Deo gracias, y sea por amor de Dios, y si yo era ayer moça de cantaro ella lo es oy de jarro: los presentes las despartieron, que se hauian ya començado a asir de la melena.

Acabe de recoger los pedaços de mi pobre herreruelo, y pidiendo dos alfileres a vna que se allo alli: la acomode como pude, con que cubri mis desberguenças.

Dexelas riñendo, y fuyme a casa de la sastresa, que me hauia mandado acudiesse a acompañalla a las once, porque hauia de yr a comer a casa de vna amiga suya: quando me vio tan mal tratado, me dixo gritando: pensays ganar mis dineros, y venirme a acompañar como vn picaro, con menos de lo que os doy a vos: podria tener otro Escudero con calcas atacadas, vra-

hier feruante de cruche , & auiour-
d'huy robbe de taffetas , & tout aux dé-
pens des ames de Purgatoire.

L'autre répondoit , elle la porte de
burat , la carongne, gaignée auec vn
grand mercy , & fi i'eftois hier feruante de cruche , elle l'eft auiourd'huy de
pot. Les affiftans les departirent , car
elles auoient defia commencé à fe pré-
dre au poil.

I'acheuay de recueillir les pieces de
mon pauure manteau , & demandant
des épingles à vne deuote qui fe trouua
là, ie l'accommoday comme ie peus, &
ainfi ie couuris mes vergongnes.

Ie les laiffay qu'elles fe courrouçoiĕt
encore, & m'en allay à la maifon de la
coufturiere , qui m'auoit commandé
que ie l'allaffe conduire fur les onze
heures ; parce qu'elle deuoit aller difner à la maifon d'vne fienne amye.
Quand elle me vit fi mal accouftré, elle me dit , criant; Penfez-vous gaigner
mon argent , & me venir accompagner
comme vn gueux ? Auec moins de ce
que ie vous donne, ie pourrois auoir vn
autre efcuyer, auec les chauffes à bas

geta, capa, y gorra, y vos no hazeys
sino borrachear lo que os doy.

Que borrachear dezia yo entre mi,
con siete quartos, que gano el dia que
mas: pasando muchos, que mis amas
por no pagar vn quarto, no quieren salir de casa: hizome hilbanar los pedaços de mi capa, y con la priesa que
se daban, pusieron vnos pedaços de abaxo a triba: de aquella manera fuy a
acompañarla.

CAP. XIV.

Donde Lazaro cuenta, lo que le paso en vn conuite.

IBAMOS a paso de frayle conuidado, por que la Señora temia que
no hauria arto para ella: llegamos a
casa de su amiga, donde hauia otras
mugeres de las conuidadas: preguntaron a mi ama si era yo capaz, para

attaché, braguette, cape, & toque, &
vous ne faites qu'yurongner de ce que
ie vous donne.

Qu'ele le yurongnerie difois-je en moy-
melme, auec fix ou fept blancs pour le
plus que ie gaigne par iour, en paffant
plufieurs que mes maiftreffes ne fortent
point du logis, pour ne me payer point
vn blanc. Elle me fit faufiler les pieces de mon manteau, & auec la hafte
qu'elle auoit, on mit en haut celles qui
deuoient eftre en bas; & en cette forte
ie l'allay conduire.

Chap. XIV.

Comment Lazarille raconte ce qui luy aduint en vn banquet.

NOvs allions à pas de Moyne
inuité, parce que la dame auoit
peur qu'il n'y euft pas affez de quóy
pour elle. Nous arriuafmes à la maifó
de fon amie, où il y auoit d'autres femmes qui eftoient priées. Elles demanderent à ma maiftreffe, fi i'eftois capable de garder la porte, qui leur dit
qu'ouy. Demeurez donc là, mon amy,

guardar la puerta : dixoles que si : dixeron me que da os hermano , que oy
sacareys el vientre de aron.

Acudieron muchos galancetes , sacando cada vno de su faldriquera : qual
vna perdiz , qual vna gallina : vno
sacaba vn conejo , otro vn par de palominos : este vn poco de carnero : aquel
vn pedaço de solomo , sin faltar quien
sacasse longaniça , o morcilla , tal buuo
que saco vn pastel de a real , enbuelto
en su pañuelo.

Dieron lo al cocinero , y entretanto
retoçaban con las Señoras , y daban en
ellas como asno en centeno verde : lo que
alli paso , no me es licito dezirlo , ni
al lector contemplarlo. Acabada esta
comedia : vino la comida : las Señoras comieron los quiries , y los galanes
veuieron el ite misa est , no quedaba
nada en la mesa , que las Damas no
metiessen en sus faldriqueras : enboluien-
dolo en sus mocadores : sacaron la po-
stre los galanes de las suyas. Vnos man-
ganas , otros queso , aceytunas , y vno
dellos , que era el gallo , y el que se
las daba con la sastresa , saco media

dirent-elles, vous tirerez auiourd'huy le ventre du heron.

Pluſieurs ieunes hommes y vindrent, tirant chacun de ſa poche, qui vne perdrix, qui vne poulle, l'vn tiroit vn lapin, l'autre vne paire de palombes ; ceſtuy-cy vn peu de mouton, celuy-là vne piece de bœuf ; il n'en manqua point qui porta du boudin, & de la ſauciſſe, & tel y eut qui porta vn paſté d'vn real enueloppé dans ſon mouchoir.

Ils baillerent tout au cuiſinier ; & cependant ils ſe réjoüiſſoient auec les dames, & donnoient ſur elles comme vn aſne ſur ſeigle verd. Il ne m'eſt pas licite de dire ce qui ſe paſſa là, c'eſt au lecteur à ſe l'imaginer. Cette Comedie acheuée, le diſner vint. Les dames mangerẽt les *Kiriez* & les galands beurent *l'Ite miſſa eſt*. Rien ne demeuroit ſur la table qu'elles ne miſſent en leurs poches, l'enueloppant en leurs mouchoirs. Les galands tirerent le dernier mets des leurs. Les vns des pommes, les autres du fromage, & qui des oliues. L'vn d'eux qui eſtoit le cocq, & qui s'accommodoit auec la couſturiere,

libra de confitura.

Mucho me agrado aquel modo de tener la comida tan cerca de ſi, para vna neceſidad, y propuſe de alli adelante hazer tres, o quatro faldriqueras en las primeras calças que Dios me de paraſe, y vna dellas de buen cuero bien coſida para meter el caldo, porque ſi aquellos caualleros que eran tan ricos, y principales: lo trayan todo en ſu faldriquera, y las Señoras lo llebaban cocido en las ſuyas.

Yo que no era, ſino vn Eſcudero de piltrafas, lo podia bie hazer: fuymonos a comer los criados, y maldita la otra coſa hauia para noſotros, ſino caldo, y ſopas, que me eſpanto como aquellas Damas, no ſelas puſieron en las mangas: no hauiamos.

Apenas començado, quando oymos gran ruydo en la ſala donde eſtaban nueſtros amos: diſputaban quienes hauian ſido ſus parientas, y quienes eran los maridos dellas: dexando atras las palabras, vinieron a las manos, y entre col, y col lechuga, dabanſe puñadas, boſe tones, pellizcos, coces, y bocados,

tira demie liures de confitures.

Cette mode de tenir le difner fi prés
de foy, me pleut fort pour vne necceffi-
té, & me propofay de là en auant de
faire trois ou quatre poches aux pre-
mieres chauffes que Dieu me donneroit, & l'vne d'elles de bon cuir bien
coufu pour y mettre le boüillon. Car
fi ces Cheualiers qui eftoient fi riches,
& des principaux, l'auofent apporté
cru dans leurs poches, & les dames le
remportoient tout cuit dans les leurs;
moy qui n'eftois qu'vn efcuyer de garces le pouuois bien faire.

Ie m'en allay difner apres auec les
feruiteurs, & le diable autre chofe y
auoit que de la foupe; encore fus je
bien eftonné que ces dames ne l'euffent mife en leurs manches.

A peine auions nous commencé que
nous ouyfmes vn grand bruit dans la
faie où eftoient nos maiftreffes. Elles
difputoient fur la qualité de leurs pa-
rents & de leurs maris, & laiffant à part
les paroles, vindrent aux mains. Elles
fe donnoient des coups de poing, des
foufflets, & des coups de pied, fe def-

desgreñabanse , me sabanse , y daban tantos mogicones , que parecian muchachos den aldea , quando ban a procesion.

La riña se començo segun pude entender , porque algunos dellos no querian dar nipagar nada a aquellas Señoras : diziendoles bastaba , lo que hauian comido.

Sucedio que la iusticia pasaba por la calle , y oydo el ruydo : llamaron a la puerta diziendo , abran a la iusticia : oyda esta palabra , huyeron los vnos por aqui los otros por alli , vnos dexaban los herre ruelos : los otros las espadas : esta dexaba los chapines : aquella el manto : de manera que todos desaparecieron , escondiendose , cada vno lo mejor que podia : yo que no tenia porque huyr , estuuieme quedo , y como era portero abri, porque no me achacassen , hazia resistencia a la iusticia.

El primer corchete que entro me asio de los cabecones diziendo fuesse preso por la Iusticia : teniendome asido cerraron la puerta , y fueron a buscar a

chiroient les cheueux, & se donnoient
tãt de gourmades, qu'elles ressembloiẽt
aux enfans de village quand ils vont
en procession.

Le bruit commença selon que ie pûs
entendre, parce que quelques-vns
d'eux ne vouloient rien payer, ny donner à ces dames, leur disant qu'il suffisoit de ce qu'elles auoient mangé.

Il aduint que la Iustice passoit par la
ruë; & oyant ce bruit, on frappa à la
porte, faisant commandement d'ouurir
à la Iustice. Cette parole oüye, les vns
fuyrent deça, les autres de là. Qui laissoit les manteaux, & qui les épées:
celle-cy laissoit les chapins, celle-là la
robbe. De maniere que tous disparu-
rent, chacun se cachant le mieux qu'il
pût. Moy qui n'auois aucune occasion
de m'enfuyr, demeuray coy; & comme i'estois portier, i'ouuris afin qu'on
ne m'imposast que ie faisois resistance
à la Iustice.

Le premier records qui entra me
print par le collet, disant, que i'estois
prisonnier de la Iustice. Apres m'a-
uoir pris, ils fermerent la porte, & se

los que hazian el ruydo, no dexaron
aposento, retrete, sotano, bodega, desban, ni letrina que no buscassen : como
no allaron a nadie, me tomaron mi dicho : confesse de P. a pa : los que hauia en la compañia, y lo que hauian
echo.

Espantaronse que hauiendo tantos como yo les dezia, no pareciesse nenguno : si va a dezir la verdad, yo mesmo me espante, dello hauiendo doce
hombres, y seys, mugeres, con mi
sencillez les dixe, (y aun lo creya,)
que pensaua ser trasgos, todos los que
alli hauian estado, y echo aquel ruydo.

Rieronse de mi, y el alguacil dixe
a los que hauian vaxado a la bodega,
si hauian mirado bien por todo : respondieron que si, pero el no contento
desto : hizo encender vna acha, y entrando por la puerta : vieron rodar vna
cuba : espantados los corchetes, dieron
a huyr diziendo; par Dios que es verdad lo que este hombre dize, que aqui

mirent à chercher ceux qui faifoient le
bruit. Ils ne laifferent chambre, cabinet, bouge, caue, grenier ny priué qu'ils
ne cherchaffent. N'ayant trouué perfonne, ils m'oüyrent ; ie confeffe tout
depuis le commencement iufqués à la
fin, de tous ceux qui eftoient en la có
pagnie, & tout ce qu'ils auoient fait.

Ils s'eftonnerent qu'y ayant tant de
gens comme ie difois, il n'en paruft
quelqu'vn; s'il faut dire la verité, ie
m'en eftonnay moy-méme, y ayant douze hommes, & fix femmes. Et auec ma
fimplicité ie leur dis, & moy-méme le
croyois, que ie penfois que tous ceux
qui auoient efté là & auoient fait ce
bruit, e ftoient des lutins.

Ils fe mocquerent de moy, & le Có-
miffaire demanda à ceux qui eftoient
defcendus en la caue, s'ils auoient bie.
regardé par tout. Ils répondirent que
ouy ; neantmoins non content de cela,
il fit allumer vn flambeau, & entrant
tous enfemble par la porte de la caue,
ils virent rouler vne cuue. Les records
épouuantez fe mirent en fuitte, difant;
Cét homme a dit ma foy vray. il n'y,

no ay sino duendes.

El *Alguacil* que era mas astudo los detuuo, diziendo, no temia al diablo: fuesse a la cuba, y destapandola, allo dentro vn hombre, y vna muger, no quiero dezir como los allo; porno ofender las castas orejas del benigno, y escrupuloso lector: solo digo que la violencia de su accion, hauia echo rodar la cuba, y fue causa de su desgracia, y de mostrar en publico lo que hazian en secreto.

Sacaron los fuera: el parecia a Cupido con su flecha, y ella a Venus con su aljaua. El vno, y el otro desnudos como su madre los hauia parido, porque quando la iusticia llamo estaban en vna cama haziendo la pazes, y con el alarma, no hauian tenido lugar de tomar sus vestidos, y por esconderse, se hauian metido en aquella cuba bacia. Donde proseguian su deboto exercicio dexo admirados a todos la hermosura de los dos: echaron les dos capas, entregandolos a dos corchetes, para que los guardassen.

Pasaron adelante a buscar a los otros:

a icy que des esprits.

Le Commissaire qui estoit le plus fin
les arreste, disant qu'il ne craignoit pas
le diable: & s'en allant à la cuue, &
l'ouurant, trouue dedans vn homme, &
vne femme. Ie ne veux pas dire comme
il les trouua, pour n'offencer les chastes
oreilles du benin lecteur. Ie dis seulement que la violence de leur action
auoit fait rouler la cuue, & fut cause de
leur disgrace, & de monstrer en public
ce qu'ils faisoient en secret.

On les mit dehors : il sembloit à Cu-
pidon auec sa fléche, & elle à Venus
auec sa trousse : l'vn & l'autre nuds cō-
me leur mere les auoit produits : parce
que quand la justice frappa à la porte,
ils estoient dans vn lit faisant la paix, &
cette chaude allarme ne leur ayant pas
donné le loisir de prendre leurs veste-
mens, ils s'estoient cachez en cette cuue, où ils poursuiuoient leur deuot
exercice. La beauté de tous deux les
laissa tous en admiration, On leur ietta
deux manteaux dessus, les baillant en
garde à deux records.

On passe outre à chercher les autres,

descubrio el Alguacil vna tenaja de aceyte, donde allo vn hombre vestido: el azeyte le llegaua a los pechos: al punto que le descubrieron, quiso saltar fuera, mas no lo hizo tan diestramente, que la tenaja no diesse con el en el suelo: salto el azeyte hasta los sombreros de los ministros de iusticia, y sin respecto los mancho: renegaban del oficio, y a vn de la puta, que se lo hauia enseñado.

El hazeytado, que vio, nenguno le acometia, antes todos huyan, del, como de empestado, dio a huyr. El algucil gritaua, tenganlo, tenganlo, mas todos le hazian lugar: fuesse por vna puerta falsa, meando azeyte. De lo que saco de sus vestidos, hizo arder la lampada de nuestra Señora de las congojas, mas de vn mes.

La Iusticia quedo vañada en azeyte: renegaban de quien alli los hauia traydo, y yo tanbien, porque me dezian era el alcabuete, y como atal me hauian de emplumar: salieron, como bnnuelos de la sarten: dexando rastro
pordonde

Le Commiſſaire découure vn vaiſſeau
de terre‑ plein d'huile, dans lequel il
trouue vu homme veſtu; l'huile luy venoit iuſqu'à l'eſtomach. Au meſme tẽps
qu'on le découurit, il voulut ſauter dehors, mais il ne le peut faire ſi dextre-
mẽt, que le vaiſſeau ne tombât par terre
l'huile reiallit iuſques aux chapeaux des
miniſtres de la Iuſtice, & les tacha ſans
aucun reſpect. Ils renioient leur meſtier,
& la putain qui le leur auoit appris.

Cét homme huilé qui vid qu'aucun ne
couroit à luy, au contraire que tous le
fuyoient cõme vn peſtiferé, ſe mit à fuïr:
le Commiſſaire crioit, Prenez le, prenez
le : mais il auoit beau crier, chacun luy
faiſoit place. Il ſe ſauua par vne fauſſe
porte dégouttant, & laiſſant apres luy
vne grande trace d'huile. De celle qu'il
tira de ſes habits, il fit bruſler plus d'vn
mois la lãpe de nôtre dame des angoiſſes

La Iuſtice demeura baignée en huile,
maudiſſant ceux qui les auoient menez
là; & moy auſſi parce qu'ils me diſoient
que i'eſtois le maquereau, & que cõme
tel ils me vouloiẽt couurir de plumes. Ils
ſortirẽt cõme bignets de la poile, laiſſãt

pordonde iban. Eſtaban tan enojados, que juraron a Dios, y alos quatro ſacroſantos Euangelios, hauian de hazer ahorcar, a todos los que allaſſen : temblabamos los preſos.

Fueron a los a lcrines a buſcar otros: entraron dentro, y de encima vna puerta, derramaron vna talega de arina, con que cegaron a todos los que dentro eſtaban : daban bozes : reſiſtencia a la juſticia : ſi querian abrir los ojos al punto ſe los cerraban con agua, y harina : los que nos tenian nos dexaron, para ir a ſocerrer al alguacil, que gritaba como vn loco.

Apenas habian entrado quando les ataparon los ojos, con arina, y agua andaban como gallinas ciegas : encontrabanſe los vnos a los otros, y ſe deſcargaban golpes, que ſe rompian las mexillas, dientes, y muelas.

Como los vimos de vencida, dimos todos en ellos, y ellos meſmos en ſi proprios, tanto que de canſados caye-

vne longue trace par tout où ils alloiēt.
Ils estoiēt si fâchez qu'ils iurerent Dieu
& tous les quatre saints Euangelistes,
qu'ils feroient pendre tous ceux qu'ils
y trouueroient. Nous qui estions pri-
sonniers tremblions tous.

Ils furent chercher les autres là où
on tenoit la farine. On en répandit vn
sac de dessus la porte, qui aueugla tous
ceux qui estoient entrez. Ils s'écrioient
en disant; Comment, resistance à la Iustice? S'ils vouloient ouurir les yeux,
en mesme temps ils estoient réplis d'eau
& de farine. Ceux qui nous tenoient,
nous laisserent, pour aller secourir le
Commissaire qui crioit comme vn fol.

A peine furent-ils entrez qu'on leur
ferma les yeux comme aux autres: ils
alloient comme des gelines aueuglées,
& se rencontrant les vns les autres, se
donnoient de si grands coups qu'ils se
rompoient les dents dans la gueule.

Comme nous les vismes en ce desor-
dre, nous chargeasmes sur eux tous ensemble, & eux-mesmes se chargerent
encore l'vn l'autre, iusques à ce que
n'en pouuant plus ils se laisserent tom-

ron en el suelo : donde llouian golpes sobre ellos, y graniçauan cozes, no gritauan, ni se meneaban mas que muertos, si alguno queria abrir la boca, para ello : al punto se la hinchian de arina.

Enbutiedo, los como a capones de caponera : atamos les las manos, y pies, y arastrando como puercos, los lleuamos ala bodega : echandolos en el azeyte, como pezes a freyr, rebolcabanse como lechones en cenagal : cerramos las puertas, yendose cada vno a su casa.

El de aquella vino, que estaba en el campo, y allando las puertas cerradas, y que nenguno respondia, porque vna sobrina suya, que era la que hauia prestado su casa para hazer aquel conuite, se hauia ido a la de su padre, por temer a sutio ; hizo decerrajar las puertas, y quando vio su casa senbrada de arina, y vntada de aZeyte: se enojo tanto, que daba bozes, como vn borracho, fue a la bodega donde allo su azeyte derramado, y a la Iusticia, que se rebolcaba, con la rabia,

ber à terre, où les coups de poing & d^e
pieds pleuuoient & gresloient inceſſam-
ment ſur eux. Ils ne diſoient,ny ne ſe
remuoient non plus que s'ils euſſent
eſté morts;& ſi quelqu'vn ouuroit tant
ſoit peu la bouche pour crier, elle étoit
incontinent pleine de farine.

Nous leurs attachâmes pieds & mains
& les traiſnant comme des pourceaux,
les iettaſmes dans la caue, & de là dans
l'huile côme poiſſons à frire.Ils ſe veau-
troient côme cochons dedans vn bourbier. Nous fermaſmes les portes, chacun s'en allant en ſa maiſon,

Le Maiſtre de celle là vint qui étoit
aux champs;& trouuant les portes fermées,& que perſonne ne luy répondoit
parce qu'vne femme ſienne niece, qui
eſtoit celle qui auoit preſté ſa maiſon
pour faire le feſtin , s'en eſtoit allée en
celle de ſon pere,craignant ſon oncle:
Il fit oſter les ſerrures des portes , &
quand il vid ſa maiſon ſemée de farine
& ointe d'huile, il ſe mit en telle colere
qu'il crioit comme vn enragé ; il fut à
la caue, où il trouua ſon huyle répan-
duë, & la Iuſtice qui nageoit dedans.

que tenia deveer su hazienda desper-
diciada , tomo vn garrote , y dio tantos palos al alguacil : y corchetes , que
los dexo medio muertos.

Llamo a sus vezinos , y entre
todos , los sacaron a la calle , donde los muchachos les echabanlodo ,
estropajos , y suciedades : estaban tan
llenos de arina , que nadie los conocia : quando tornaron en si , y se
vieron en la calle libres : se fueron huyen-
do : entonces se podia dezir , tangan a
la justicia , que huye : dexaron sus her-
reruelos , espadas , y dagas , sin osar
iamas voluer por ellas , porque nadie
supiesse el caso.

El amo de aquella casa se quedo
con todo , por el dano que hauia rece-
uido : quando yo sali para yrme ; encontre con vna capa no mala , dexe la
mia , y tome aquella : daba gracias a
Dios que hauia salido medradado de
aquella jornada (cosa nueba para mi)
pues siempre iba con las manos en la
cabeça.

Fuyme a casa de la sastresa : alle la

Et auec la rage qu'il auoit de voir perdre son bien, il donna tant de coups de
baston au Commissaire, & à ses records
qu'il les laissa demy morts.

Il appelle ses voisins, & tous ensemble les mire nt à la ruë, où les enfans leur
ictterent mille incōmoditez & saletez.
Ils estoient si enfarinez qu'aucun ne
les connoissoit. Quand ils retournerēt
en eux mesmes, & qu'ils se trouuerent
libres en pleine ruë, ils se mirent à fuïr.
Alors pouuoit-t'on bien dire : Arre-
stez la Iustice qui s'enfuit. Ils lais-
ferent leurs manteaux, épées, & dagues
fans les oser iamais retourner querir,
de peur qu'on ne sceust comment ils
les auoient perduës.

Le maistre de cette maison les retire
toutes, pour se recompenser du dommage qu'il auoit receu. Quand ie sortis
pour m'en aller, ie rencontray vne cape
qui n'estoit point mauuaise : ie laissay la
mienne, & prins celle là, rendant graces
à Dieu de ce que i'estois sorty de cette
iournée auec profit ; chose bien nouuelle à moy, qui auois tousiours les
mains à la teste.

Ie m'en allay chez la cousturiere,

caſa rebuelta , y al ſaſtre ſu marido
que lu molia a palos , por hauer venido ſola , ſin manto , ni chapines , corrien-
do por la calle , con mas de cien muchachos tras ella.

Llegue a buena ora porque alpunto
que el ſaſtre me vio dexo a ſu muger , y en viſtio con mi , dandome vna
puñada : conque me acabo de quitar
los dientes que tenia : diome diez , e
doce cozes , que me hizo vomitar lo
que hauia comido.

Como dezia ? vellaco alcabuete ,
no teneys verguença de venir a mi caſa ? aqui pagareys las de antaño , y
las de ogaño : llamo a ſus criados , y
trayendo vna manta , me mantearon tan
a ſu guſto quanto a mi peſar : dexaron-
me por muerto , y como eſtaba , me puſieron en vn tablero.

Era ya noche : quando torne en mi,
y me quiſe menear. Cay en tierra, rom-
piendome de la cayda vn braço : venido el dia , poco a poco me fuy a la

où ie trouuay la maison sans dessus dessous, & sõ mary qui la caressoit à coups
de baston, parce qu'elle estoit venuë
toute seule sans manteau, ny sans
chapins ; courant par la ruä auec plus
de cent enfans apres elle.

I'arriué à bonne heure, par, re aussi-tost que le cousturier me vid, il laissa sa femme, & se rua sur moy, me donnant vn coup de poing auec lequel il
acheua de m'oster les dents qui me re-
stoient. Il me donna en suitte dix ou
douze coups de pied, qui me firent vo-
mir ce peu que i'auois mangé.

Comment ? disoit-il, veillaque, maquereau, n'auez vous point de honte
de venir en ma maison ? Vous payerez
icy celles de l'année passée, & de la presente. Il appelle ses seruiteurs, & prenant vne couuerte, ils me bernerent a-
uec autant de plaisir que i'y auois de
regret. Ils me laisserent pour mort ; &
côme i'estois, me mirent sur vn tablier.

Il estoit desia nuit auãt que ie reuins-
se à moy, & comme ie me voulus tourner, ie tombay à terre & me rompis vn
bras de cette cheute. Le iour venu ie me

X v.

puerta de vna Iglesia, donde con voz lastimosa pedia limosna a los que entraban.

CAP. XV.

Como Lazaro se hizo hermitano.

TENDIDO en la puerta de la Iglesia, y haziendo alarde de mi vida pasada: consideraba los infortunios en que me hauia visto, desde el dia que comence a seruir al ciego, hasta el punto en que me allaba, y sacaba en limpio, que por mucho madrugar no amanece antes, ni el mucho trabaxar enriquece simpre, y asi dize el refran, mas vale equien Dios ayuda, que no quien mucho madruga.

Encomendeme a el para que la fin fuesse meior que hauia sido el principio, y el medio: estaba iunto a mi vn hermitano venerable, barba blanca, baculo, y rosario en la mano, en cuyo remate colgaua vna calabera, tan grande como de conejo.

retiray peu apres à la porte d'vne Eglise, où d'vne voix douloureuse ie demandois l'aumosné à ceux qui y entroient.

CHAP XV
Comment Lazarille se fit Hermite.

ESTANT deuant la porte de l'Eglise
tout de mon long, & faisant reueuë de ma vie passée, ie considerois
les infortunes que i'auois veuës pleu-
uoir sur moy, depuis le iour que ie cōmençay de seruir l'aueugle, iusques au
point où ie me trouuois; & voyois clairement que pour trauailler beaucoup,
on n'en est pas tousiours riche. Ainsi dit
le prouerbe, que plus auance celuy que
Dieu ayde, que celuy qui se leue de
grand matin.

En cette meditation ie me recom-
mandois à luy, afin que la fin de ma vie
fust meilleure, que n'auoit esté le commencement, ny le progrez. Vn venerable Hermite estoit aupres de moy, ayāt
la barbe blanche, & vn bastō & vn cha-
pelet en la main, au bout duquel pēdoit
vne teste de mort aussi grande que celle d'vn lapin.

Como el buen padre me vio afligido, con palabras dulces, y blandas me
començo a confolar: preguntandome, dedonde era, y que fucefos me hauian
traydo a tal termino: contele con vre-
bes, y fucintas raçones el largo procefo
de mi amarga peregrinacion, que do
admirado de oyrme, y con piedad, y
laftima que moftro tener de mi, me
conuido con fu hermita.

Acepte el partido, y como pude
que no fue con poca pena, llegamos al
oratorio, que eftaba vna legua de alli
en vna peña: pegado a el hauia vn
apofento, con vna alcoba, y vna cama: en el patio eftaba vna çifterna
con frefca agua, de la qual fe rega-
ua vn huertecillo, mas curiofo, que
grande: aqui dixo el buen viejo ha
veynte años que vino, fuera del tu-
multo, e inquietud humana: efte es
hermano el parryfo tereftre, aqui contemplo en las cofas diuinas, y a vn
en las humanas: aqui ayuno quando eftoy hambriento aqui velo, quando
arto, y como quando no puedo dormir,
y duermo quando el fueño me a cofa:

Côme le bon Pere me vid si affligé, il commença de me consoler auec ces paroles amiables & douces, me demandant d'où i'estois, & quels excez m'auoient reduit en ces termes. Ie luy fis le long discours de mes ameres peregrinations auec de brieues & succintes paroles. Il resta tout plein d'admiratiõ de m'ouyr, & auec la compassion & pitié qu'il monstroit auoir de moy, me conuia d'aller en son Hermitage.

I'accepte le party, & comme ie peus qui ne fut pas auec peu de peine nous arriuasmes en son Oratoire, qui estoit dans vne roche, à vne lieuë de là. Il y auoit vne chambre tout contre, auec vne bouge & vn lict ; en la cour il y auoit vne cisterne d'eau fraische, de laquelle s'arrousoit vn petit iardin plus curieux que grand. Il y a 20. ans (dit le bon vieillard) que ie vis icy hors de tumulte, & inquietude du monde. C'est icy, mon frere, le Paradis terrestre, où ie contemple les choses diuines, & les humaines. Ie ieusne quand ie suis saoul, & mãge lors que i'ay faim ; Icy ie veille quand ie ne puis dormir, & dors quand

aqui paſo en ſoledad quando no tengo
compañie , y eſtoy acompañado , quando
no ſolo : aqui canto quando eſtoy alegre , y lloro quando triſte : aqui trabajo quando no eſtoy oçioſo , y lo eſtoy
quando no trabajo : aqui pienſo mi mala vida paſada , y contemplo la buena
preſente : aqui finalmente es donde todo
ſe ignora , y donde todo ſe ſaue.

En el alma me holgaua de oyr al
chocarrero hermitaño , y aſi le ſuplique
me dieſſe alguna noticia de la vida he-
remitica , porque me parecia la nata de
todas , como reſpondio el la mejor ? es
lo tanto , que ſolo el que la ha guſtado
puede ſauello , mas la ora no nos da
tiempo para mas , porque ſe acerca la
del comer.

Roguele me curaſe mi braço , que
me dolia mucho : hizolo con tanta facilidad , que de alli adelante , no me
izo mas mal : comimos como reyes , y
bebymos comos Tudeſcos : acabada la

le fommeil m'y conuie; Icy ie fuis en
folitude quand ie n'ay point de compagnie, & fuis accompagné quand ie ne
fuis point feul. Là ie chante quand ie
fuis ioyeux, & pleure quand ie fuis trifte. Là ie trauaille quãd ie ne fuis point
oyfif, & fuis oyfif quand ie ne trauaille
point. Là ie penfe en ma mauuaife vie
paffée, & contemple la bonne prefente.
Et finalemēt c'eft là où toutes chofes s'i-
gnorēt, & là mémes où toutes fe fçauēt.

Ie me refioüiffois en mon ame d'ouyr
caufer cét Hermite, & pour en croiftre
le plaifir le fuppliay de me raconter la
vie des Hermites, qui me fembloit à
mon aduis la meilleure de toutes. Cō-
ment la meilleure, répondit-il? elle eft
tellement meilleure, que celuy feul
qui l'a gouftée le peut fçauoir. Mais
l'heure ne nous permet pas d'en dif-
courir dauantage, parce que celle du
difner s'approche.

Ie le priay de me penfer mon bras qui
me faifoit grand mal. Il le fit auec tant
de facilité, que dés l'heure la douleur
ceffa. Nous mangeâmes cõme des Rois,
& beûmes cõme des lanfquenets. Le re-

comida en medio del dor~~ir de la fiesta, començo agritar mi bueno de santero: diziendo, que me muero, que me muero.

Leuanteme, y allele, que queria espirar: viendole de aquella manera, preguntele si se moria: respondiome si, si, si, y repetiendo si, fallecio dentro de vna ora: vime afligido considerando que si aquel hombre se moria sin testigos podian dezir que yo lo hauia muerto, y costarme la vida, que hasta entonces con tantos trabajos hauia sustentado, y para esto no eran menester grandes testigos, porque mi talle mostraba ser antes salteador de caminos, que hombre honrrado.

Sali al punto de la hermita, por veer si parecia por alli alguno, se fuesse testigo de aquella muerte: mirando a todas partes: vi vn ato de ganado cerca de alli: fuy alla presto y a vn que con trabajo, por estar molido de la refriego sastresca.

pas acheué nous allâmes paſſer l'apreſ-
dinée à l'Eſpagnolle, c'eſt à dire en dormant. Au milieu du repos , mon bon
Hermite commence de s'écrier ; Ie me
meurs , ie me meurs.

Ie me leue, & le trouuay qu'il expiroit.
Ie luy demande s'il ſe mourroit ; il me
répondit, ouy, ouy ; & repetant ce mot,
il defaillit dans vne heure. Ie me vis affligé, conſiderant que ſi cét homme venoit à mourir ſans teſmoins , on pourroit dire que ie l'aurois tué, & que cela
me pourroit couſter la vie , que i'auois
conſeruée iuſques à alors, auec tant de
miſerables trauaux; & pour cela il n'é-
toit pas beſoin de grands témoignages,
parce que ma ſeule mine monſtroit aſſez que i'eſtois pluſtoſt vn voleur de
chemins, qu'vn homme de bien.

Ie ſortis donc tout incontinent de
l'Hermitage, pour voir ſi quelqu'vn pa-
roiſtroit en ces lieux qui peût eſtre teſ-
moin de cette mort; & regardant de toutes parts, ie vis vn troupeau de moutõs
prés de là. I'y courus promptemẽt, quoy
qu'auec grande peine, pour eſtre encore moulu de la bataille couſturiere.

Alle ſeys , o ſiete paſtores , y
quatro , o cinco paſtoras , a la ſieſta
de vnos ſauces : iunto a vna fuente eſ-
pejada , y clara : ellos tañian , y ellas
ſantaban : los vnos baylaban , y los
otros dançaban : eſte tenia de la mano
a vna : aquel dormia en el regaço de
la otra : finalmente paſaban la calor
en requiebros , y palabras regaladas :
llegue deſpaborido a ellos , rogandoles ;
ſin dilacion ſe vinieſſen con mi , porque
el hermitaño ſe moria.

Vinieron algunos dellos , que dando
los otros a guardar el rabaño : entraron
en la hermita , y preguntaron al buen
hermitaño ſi ſe queria morir : dixo que
ſi , (y mentia , porque el no lo queria,
mas hazian ſe lo hazer contra ſu voluntad.)

Como vi que eſtaua ſiempre en ſus
trece de dezir ſi : dixele ſi queria que
aquellos paſtores ſiruieſſen de albaceas ,
y cabeçaleros : reſpondio ſi : preguntele , ſi me dexaba por ſu vnico , y le-

I'y trouuay six ou sept Bergers, & quatre ou cinq Bergeres, qui passoient la chaleur du iour à l'ombre des saules qui couuroient vne claire fõtaine. Ils ioüoient de leurs musettes, & elles chantoient, les vns dançoient au son des rebecs, les autres auec des castaignettes. Cestuy-cy en tenoit vne par la main, celuy-là dormoit au giron de l'autre. Finalement ils passoient fort amoureusement la chaleur de l'apresdinée. I'arriuay auprés d'eux tout épouuãté, les priant de venir auec moy tout à l'heure, parce que l'hermite se mouroit.

Quelques-vns d'eux y furẽt auec moy & les autres demeurerẽt pour garder le troupeau. Ils entrerent en l'Hermitage & demanderent au bon Hermite s'il vouloit mourir: il dit qu'ouy, & mentoit, car il ne le vouloit pas, mais il y estoit contraint contre sa volonté.

Comme ie vis qu'il perseueroit toûjours à dire qu'ouy, ie luy demanday, s'il desiroit que ces pasteurs fussent les Notaires, & executeurs de son testament. Il répondit, ouy. Ie luy demanday encore, s'il me laissoit son vnique,

gitimo heredero : dixero si : prosegui si
confessaua , que lo que poseya , y de
derecho podia poseer me lo deuia , por
seruicios , y cosas que de mi hauia re-
cenido : dixo otra vez si : aquel quisiera huuiera si-lo el vltimo acento de
su vida , mas como vi que a vn le que
daba aliento , porque no lo emplease
en daño : prosegui con mis preguntas ,
haziendo que vno de aquellos pastores
asentasse todo lo que le dezia : hizo
lo el pastor , con vn carbon en vna
pared , porque no hauia tintero , ni,
pluma , dixele si queria que aquel
pastor firmasse por el , pues no estaba para ello , y murio diziendo , Si,
si , si.

Dimos orden de enterrarlo : hizi-
mos vna sepultura en su huerto : (todo con gran priesa , porque temia no
resucitasse :) con vide a merendar a
los pastores , no quisieron admitirlo, por
ser ora de rapastar : fueronse dandorne
el pasame.

& legitime heritier. Il dit,ouy: ie pour-
fuiuis , s'il ne confeſſoit pas, quo ce
qu'il poſſedoit,& ce qu'il pouuoit poſ-
feder dedroit,il me le deuoit, pour les
agreables feruices, & plaiſirs qu'il a-
uoit receu de moy. Il dit encore ouy.
Là i'euſſe defiré que ç'euſt eſté le dernier accent de ſa vie; mais comme ie
vis qu'il luy reſtoit encore quelque peu
d'haleine,afin qu'il ne l'emploraſt à mõ
dommage,ie pourſuiuis mes demandes,
faifant cependant qu'vn de ces paſteurs
écriuiſt tout ce qu'il difoit ; ce qu'il fit
en vne muraille auec vn charbon, parce
qu'il n'auoit ny eſcritoire ny plume.
Ie luy dis, s'il vouloit que ce paſteur ſi-
gnaſt pour luy ce qu'il auoit dit , puis
qu'il ne le pouuoit faire;& il mourut en
difant touſiours ouy, ouy.

Nous donnaſmes ordre à l'enſeuelir,
faifant vne fepulture dans foa iardin,le
tout à la haſte , parce que i'auois peur
qu'il reſſuſcitaſt. Ie priay les paſteurs
à gouſter,mais ils ne voulurent demeurer, parce que c'étoit l'heure qu'ils de-
uoiēt repaiſtre leurs troupeaux. Ils s'en
allerent donc , apres m'auoir témoigné
le regret qu'ils auoient de ma douleur.

Cerre bien la puerta de la hermita,
y di buelta por todo : alle vna gran
tinaja de buen vino : otra de azeyte,
y dos borças de miel renia dos roçi-
nos : mucha cecina, y algunas frutas
secas.

Todo esto me agradaba mucho, mas
no era lo que buscaba : alle sus arcas
llenas de lienço, y en vn rincon de vna,
vn vestido de muger : esto me marauil-
lo, y mas de que hombre tan proui-
do, no tuuiesse dineros : quise ir ala
sepultura, a preguntarle donde los hauia puesto : pareciome que despues de
hauerselo preguntado me respondia : ino-
rante, piensas que estando en despo-
blado, sugeto a ladrones, y malandrines,
los hauia de tener en vn cofre : a peligro
de perder, lo que amaba, mas que a
mi vida.

Esta inspiracion como si realmente la
huuiera oydo de su boca, me hizo bufcar todos los rincones, y no allando nada, considere, si yo huuiesse de esconder
aqui dineros para que nenguno los allaf-
se, donde los esconderia : dixe entre

Ie fermay la porte del'Hermitage, &
regardant par tout, ie trouuay vn grand
vaiſſeau de bon vin & vn autre d'huile,
deux cruchesde miel, deux cochõs, force chair ſalée, & quelques fruits ſecs.

Tout cecy me plaiſoit bien fort, mais
ce n'eſtoit pas ce que ie cherchois. Ie
trouue ſes coffres pleins de linge, & au
coing d'vn, vn habillement de femme.
Cela me rendit tout émerueillé, & plus
que tout de voir qu'vn homme ſi pre-
voyant fuſt ſans argent. Ie fus en volõ-
té d'aller à la ſepulture, luy demander
ce qu'il en auoit fait. Mai il me ſembla qu'apres le luy auoir demandé, il
me répondroit ; Ignorant, penſes-tu
qu'eſtant en lieu deſert ſuiet aux larrõs,
& brigands, ie le deuſſe tenir dans vn
coffre, en danger de perdre ce que i'aymois plus que ma vie?

Cette inſpiration, comme ſi ie l'euſſe
veritablement receuë de ſa bouche, me
fit chercher par tous les coings, & n'y
trouuant rien, ie conſideray ſi i'auois à
cacher de l'argent en ce lieu là, où eſt-
ce que ie le cacherois, afin qu'aucun ne
le trouuaſt, & dis en moy-meſme, que

mi, en aquel Altar : fuy a el, y leuante el delante Altar en la peayna,
que era de lodo, y adobes : en vn lado, vi vna rehendrixa por donde podia caber vn realde à ocho : la sangre
me començo a vullir, y el coraçon a
palpitar.

Tome vna açada, y a menos de dos
arçadadas, eche la metad del Altar
en tierra, y descubri las reliquias, que
alli estaban sepultadas : alle vna olla
llena de dineros : contelos, y hauia seys
cintos reales.

Fue tan grando el contento del al-
lazgo, que pensé quedarme muerto :
saquelo de alli, y hize vn oyo fuera
de la hermita, donde los enterre, porque si me querian echar de alli : tuuiesse fuera lo que mas amaba.

Echo esto vestime los abitos del hermitaño, y fuy a la villa, a dar noticia de lo que pasaba al prior de la cofradia ; no oluidando de tornar a aco-
modat el altar, como antes estaua.

Allejuntos a los cofrades, de quien
de pendia aquella hermita, que era
de

ce feroit en cét Autel. Ie m'en approche, & ofte le deuant de l'Autel qui étoit de terre cuitte au Soleil, ie vy lors vne petite fente de la grandeur d'vne reale ; le fang commença de me boüillir, & le cœur à palpiter,

Ie prins vne befche , & en moins de deux coups iettay la moitié de l'Autel par terre, & découury les Reliques qui eftoient enfeuelies dedans. Ie trouuay vn pot tout plein d'argent, que ie contay, & trouuay qu'il y auoit 600. reales.

Le contentement d'auoir trouué cét argent fut fi grād, que i'en penfay mourir de foudaine ioye. Ie le tire de l'Autel, & fis vn creux hors de l'Hermitage où ie l'enterray ; afin que fi l'on me vouloit tirer de là , ie trouuaffe dehors ce que i'aymois le mieux.

Cela fait , ie pris l'habit du defunct Hermite , m'en allay dans la ville aduertir le Prieur de la confrairie de ce qui s'eftoit paffé, n'oubliant pas à raccommoder l'Autel comme il eftoit auparauant.

I'y trouuè affemblez tous les cōfraires d'où depēdoit cet Hermitage, qui étoit

Y

d: la innocacion de san Lazaro ; de
donde congeture buen pronostico para
mi ;

Como los cofrades me vieron ya ca-
no, y de exemplar aspecto, que es lo
que mas importa para tales cargos, a
vn que hizieron vna dificultad ; y fue
que no tenia barba, porque como hauia tanpoco que me la hauia tundido,
no me hauia a vn nacido, mas esto
no obstante : viendo que por relacion de
los Pastores : el muerto me hauia dexado por su heredero : me dieron la
tenencia de la capilla.

Acuerdome a este proposito de barbas de vna cosa que me dixo vna vez
vn frayle, que en su religion, ni en
otras de las mas reformadas, no hazian superior a nenguno que no fuesse
bien barbado, y asi sucedia que hauiendo algunos capazes para exercitar
aquel cargo, lo excluyan, y ponian en
el, a otros, contal que ruuiesse lana,
como si el buen gouierno dependiera de
los pelos, y no del entendimiento capaz,
y maduro.

de l'inuocation de faint Lazare, d'où ie coniecturay vn bon augure pour moy.

Comme les confreres me virent defja chenu, & d'afpect venerable, qui eft ce qui importe dauantage en telles charges ; encore qu'ils fillent quelque difficulté fur ce que ie n'auois point de barbe, parce que comme il y auoit peu de temps que ie me l'eftois razée, elle n'eftoit pas encore reuenuë ; ce nonobftant voyant par le rapport des bergers, que le defunct m'auoit laiffé fon heritier, ils me donnerent la prouifion de la chappelle.

Ie me fouuins à propos de barbe, d'vne chofe que me dit autrefois vn moyne ; qu'en fa religion ny aux autres plus reformées, ils ne faifoient Superieur aucun qui ne fuft bien barbu ; tellement qu'il arriuoit fouuent qu'on en excluoit les plus capables à faute de barbe, & en mettoit-on d'autres moins habiles, pourueu qu'ils euffent de la laine ; comme fi le bon gouuernement dependoit du poil, & non de l'entendement meur & folide.

Amonestaronme viuiesse con el exemplo, y buena reputacion, que mi predecessor hauia viuido, siendo tal que todos le tenian por santo : prometiles vivir como vn Hercules.

Aduirtieronme que no pidiesse limosna, si no los martes, y sabados, porque si la pedia otrodia : los frayles me castigarian.

Prometiles hazer entodo lo que me orde nassen : particularmente que no tenia gana de ponerme con ellos, porque hauia gustado, a que sabian sus manos.

Comence a pedir limosna por las puertas, con vn tono baxo, humilde, y deboto, como hauia aprendido en la escuela del ciego : hazia esto, no por necesidad, mas porque es vso, y costumbre de mendigantes, que quanto mas tienen piden mas, y con mas gusto.

La gente que oya dezir den limosna para la lumbraria de Señor san Lazaro, y no conocian la boz : salian

Ils m'admonesterent de viure auec le bon exemple & reputation que mon predecesseur auoit acquise, estant tel que tous le tenoient pour saint. Ie leur promis de viure comme vn Hercules.

Ils m'aduertirent que ie ne demandasse point l'aumosne que les Mardis, & les Samedis, parce que si ie la demandois les autres iours, les Freres mendians me chastieroient.

Ie leur promis de faire tout ce qu'ils m'ordonneroient, & leur dis particulierement que ie n'auois point d'enuie de me mesler auec eux, parce que i'auois éprouué desia en partie ce qu'ils sçauoient faire.

Ie commençay à demander l'aumosne par les portes auec vn ton bas, humble & deuot, comme i'auois appris en l'échole de l'aueugle. Ie faisois cela, non par necessité, mais parce que c'est l'vsage & la coustume des mendians, qui tant plus ils ont, tant plus ils demandent, & auec plus de plaisir.

Les gens qui oyoient demander l'aumosne pour la lumiere de monsieur sainct Lazare, & ne connoissoient point

a las puertas , y viendome se espata-
ban : preguntaban me por el padre
Anselmo (que asi se llama el buen
arias) dixeles se hauia muerto.

Los vnos dezian buen siglo le de
Dios , que tan bueno era : otros su
alma esta gozando de la bien auentu-
rança : estos bendito el se a que tal
vida hazia : en seys años no a comido cosa caliente : aquellos , que
se pasaba con pan , y agua : algunas piadosas mentecatas se hincaban de
rodillas : in bocando al Padre Anselmo.

Preguntome vna que hauia echo de
su abito dixele , que era el que yo llebaba saco vnas tigeras , y sin dezir
lo que queria , començo a cortar vn
pedaço , de lo que primero encontro,
que fue de hazia la orcajadura : ca-
mo vi que acudia aquellas partes , comence agritar por que pense me queria
castrar : viendome tan alborotado dixo , no se espante hermano que no quie-

la voix , fortoient aux portes pour me
voir, & s'eftonnant en me voyant, Ils
me demandoient où eftoit le Pere Anfelme, car ainfi fe nommoit le bō Hermite defunct. Ie leur répondois qu'il
eftoit mort.

Les vns difoient; Dieu luy faffe paix,
il eftoit fi bon. Les autres; Son ame
ioüit maintenant de l'eternelle felicité.
Ceux-cy ; Beny foit celuy qui menoit
vne telle vie, en fix ans il ne mangea
chofe qui fuft chaude. Ceux-là difoient
qu'il fe paffoit auec du pain & de l'eau.
Qaelques petites eftourdies fottement
pieufes , fe mettoient à genoux innuo-
quant le pere Anfelme.

L'vne d'elles me demanda ce que i'a-
uois fait de fon habit. Ie luy dis que
c'eftoit celuy-là mefme que ie portois.
Elle tire fes cifeaux, & fans dire ce
qu'elle vouloit faire, commence d'en
couper vne piece du premier bout
qu'elle rencontra, qui fut à la fente du
deuant. Comme ie vis qu'elle accouroit à ces parties , ie me mis à crier,
croyant qu'elle me vouluft chaftrer. Et
elle me voyant fi troublé: Ne vous éto-

ro dexar de tener reliquias de aquel
bien auenturado, yo le pagare el daño
del abito.

Ay dezian algunos, sin duda que
antes de seys meses lo canoniçaran,
porque ha echo muchos milagros.

Acudio tanta gente a veer su sepulcro, que la casa estaua siempre llena, y así fue necesario sacarlo a vn
cobartiço, que estaba delante la Hermita : de alli ade lante no pedia para
la alumbraria de san Lazaro, mas
para la del bien auenturado Anselmo.

Iamas he podido entender este modo podir limosna para alumbrar a los
santos, no quiero tocar esta tecla, que
sonara mal no se me daba nada de yr
a la ciudad, porque en la Hermita
tenia todo lo que queria : mas porque no dixessen que estaba rico, y que
por eso no pedia limosna, fuy el dia
siguiente : donde me sucedio lo que

nez pas mon frere, dit-elle, si ie veux auoir des reliques de ce bien-heureux; ie vous payeray le dommage que i'ay fait à voftre habit.

Ha! difoient quelques-vnes fans doute on le canonifera deuant qu'il foit fix mois, car il a defia fait plufieurs miracles: Tant de gens accouroient pour voir fon fepulchre, que l'hermitage en eftoit toufiours plein; tellement qu'il fut neceffaire de le tirer de là pour le mettre au deffous d'vn petit couuert qui eftoit au deuant de l'hermitage. Dés-lors ie ne demanday plus pour la lumiere de fainct Lazare, mais pour celle du bien-heureux Anfelme.

Ie n'ay iamais peu entendre ce moyé de demander l'aumofne pour éclairer les faincts, qui font eux-mefmes lumieres. Mais ie ne veux pas toucher cette corde qui fonneroit mal. Ie ne me fouciois nullement d'aller à la ville, parce que i'auois tout ce ie voulois en l'hermitage. Mais afin qu'on ne dift que i'eftrois riche, & que pour cela ie ne demandois point l'aumofne, i'y fus le iour enfuyuant, où il m'aduint ce qui

CAP. XVI.

Y seys, como Lazaro se quiso casar otra vez.

MAs vale fortuna, que caballo ni mula : al hombre desdichado la puerca le pare perros : muchas vezes veemos muchos hombres leuantarse del poluo de la tierra, y fin, sauer como, se allan ricos, honrrados, temidos, y estimados.

Si preguntays este hombre es sabio dezir os han, que como vna mula : si es discreto, como vn jumento : si tiene algunas buenas perfecciones, como la hija de Iuon Pito : pues de donde le ha venido tanto bien : responderos, han de la fortuna.

Otros por el contrario que son discretos sabios, prudentes, llenos de mil perfecciones, capazes para gouernar vn reyno : se veen abatidos, des echados, pobres, y echos estropajo del mundo ; si preguntays la causa dezir os han, la desdicha los persigue.

se verra au chapitre suiuant.

Chap. XVI.

Comment Lazarille se voulut marier pour la deuxiéme fois

BONNE fortune vaut mieux que cheual, ny mule. Aux malheureux les rufes femblent des chiens. Nous voyons fouuent plufieurs hommes s'éleuer de la pouffiere de la terre, & fans fçauoir comment ils fe trouuent fi riches, honorez, eftimez, & craints d'vn chacun.

Si vous demandez fi cét homme eft fage; on vous dira comme vne mule. Eft-il difcret? comme vne iument. A t'il quelques grar !es perfections? comme la fille de Iean Pito. D'où luy eft donc venu tant de bien ? On vous répondra, de la fortune.

D'autres au contraire qui font difcrets, fages & prudents, pleins de perfections, & capables de gouuerner vn Royaume, fe voyent abbatus, rebutez, pauures, & faits le mefpris du monde. Si vous en demandez la caufe; on vous dira, que le malheur les pourfuit.

Esta pienso me seguia, y perseguia: dando al mundo vn exemplo, y dechado de lo que puede; porque desde que el se fundo no ha hauido vn hombre tan connatido, desta desdichada fortuna. Iba por vna calle pidiendo como solia, para Señor san Lazaro, porque en la ciudad no osaba pedir para el beato Anselmo.

Esto solo era para los boços, y motolitas, que venian a tocar sus rosarios al sepulcro, donde segun su dicho se hazian muchos milagros: llegue a vna puerta, y haziendo lo que en otras: oy que de vna escalera me dezian, porque no sube padre, suba, suba, que nobedad es esta: subi, y en me dio la escalara, que estaua vn poco obscura: vnas se me colgaban del cuello, otras me trahaban de las manos, me tiendome las suyas en las faldrigueras, y como estabamos a escuras, por buscar la faldriquera, en contraron con la manera: dio vn grito diziendo; que es esto: yo le respondi: vn pajarillo, que se saldra si le toca:

Ceſtuy-cy, ie penſe, me ſuiuoit, & me
pourſuiuoit, pour laiſſer en moy vn exê-
ple au monde de ce qu'il peut. Car depuis qu'il eſt fait, il n'y a point eu d'hõme ſi combattu de ſa mauuaiſe fortune. I'allois par vne ruë mendiant cóme
ie ſoulois pour monſieur ſainct Lazare; car en la ville ie n'oſois pas demã-
der pour le bien-heureux Anſelme.

Ceſtuy-cy eſtoit ſeulement pour les
ſottes qui venoient faire toucher leurs
chappellets à ſon ſepulchre, où ſelon
leur diré ſe faiſoient pluſieurs miracles.
Ie fus à vne porte, & demandant cóme aux autres, i'oüis qu'on me diſoit de
deſſus vn degré ; Pere pourquoy ne
montez-vous? montez, montez; quelle
nouueauté eſt celle-cy ? Ie montay , &
au milieu du degré qui eſtoit vn peu
obſcur, ie trouuay des femmes, dont les
vnes ſe pendoient à mon col, les autres
me prenoient les mains, me mettans les
leurs dans les poches ; & comme nous
eſtions en lieu obſcur voulant chercher
la poche , elles trouuerent vne autre
ouuerture , qui les fit écrier , diſant?
Qu'eſt-cela? ie leur répondis, que c'é-

todas me preguntaban la caufa de no me
hauer visto en ocho dias.

Quando huuimos acabado de subir
la escalera, y que con la claridad de
las ventanas me vieron, quedaronse mirando las unas alas otras echas matachines : dieron en reyr, que parecia lo
hauian tomado a estajo : nenguna podia
hablar.

El primero que lo hizo fue un niño :
diziondo, este no es Papa ; despues
que aquellas grandes crecidas de risa
se mitigaron un poco ; las mugeres que
eran quatro, me preguntaron, para
quien pedia limofna, dixeles que para san Lazaro, como dixeron ellas
pedis vos. El Padre Anselmo no esta
bueno : les respondi yo : no le duele
nada : porque ha ocho dias que murio.

Quando esto oyeron dispararon a llorar, que si la risa era grande antes :
los llantos eran mayores : estas grita-

toit vn moyneau qui s'enfuyroit, si on
le touchoit. Toutes me demandoient la
cause pour laquelle elles ne m'auoient
veu depuis huict iours.

Quand nous eusmes acheué de monter les degrez, & qu'elles me virent au
visage auec la clarté des fenestres, elles
demeurerent toutes ébahies, se regardant l'vne l'autre sans parler non plus
que des statuës, & elles se mirent tellement à rire qu'il sembloit qu'elles
l'eussent pris à tasche.

Le premier qui parla fut vn petit enfant, disant ; cestuy-cy n'est pas mon
papa. Apres que ces grands éclats de risée se furent vn peu appaisez, les femmes qui estoient quatre, me demanderent pour qui ie demandois l'aumosne.
Ie respondis que c'estoit pour saint Lazare. Et comment demandez-vous, dirent elles, le Pere Anselme n' t-il pas
bien? Bien, répondis-je, rien ne luy
fait mal, car il y a auiourd'huy huict
iours qu'il mourut.

Quand elles ouyrent cela, elles se mirent si fort à pleurer, que si la risée auoit
esté grande auparauant, les pleurs fu-

ban : aquellas ſemeſaban los cabellos , y todas iuntas hazian vna muſica tan diſonante , que parecian monjas en catarradas.

Eſta dezia que haré deſdichada de mi ſin marido , ſin amparo , y ſin conſuelo : adonde iré : quien me amparará ; o amarga nueua ; que deſdicha es eſta : aquella lamentando entonaba.

O yerno mio , y mi Señor , como nos has dexado , ſin deſpedirte de noſotras ; o nietecicos mios huerfanos , y deſolados , donde eſta veſtro buen padre.

Los niños llebauan , el tiple de aquella mal acordada muſica : todos lloraban , todos gritaban : todo era lamentaciones , y laſtimas.

Quando las aguas de aquel gran diluuio ceſaron vn poco : ſe imformaron de mi como , y de que hauia muerto : conteſelo , y el teſtamento que hauia echo : dexandome por ſu legitimo heredero.

Aqui fue ello : las lagrimas ſe

rent encore plus grands. Celles-cy pleuroient, celles-là s'arrachoient les cheueux, & toutes enfemble faifoient vne mufique fi difcordante, qu'elles fembloient des nonnains enrûmées.

Celle-cy difoit ; Que feray-je mal-heureufe fans mary, fans appuy, fans confeil? où iray-je? qui m'affiftera ? ô amere nouuelle ! quelle infortune eft celle-cy?

Celle-là entonnoit fes plaintes en cette forte ; O mon gendre, & mon maiftre, comment nous as tu laiffez, fans te departir de nous ? ô mes petits neueux, orfelins, & defolez, où eft maintenant voftre bon pere?

Les enfans hauffoient le deffus de cette mal concertée mufique, Tous pleuroient, tous crioient, tout en eftoit en plaintes, & lamentations.

Quand les eaux de ce grand deluge eurent vn peu ceffé, elles s'informerent auec moy comment, & de quoy il eftoit mort. Ie le leur contay, & le teftament qu'il auoit fait, me laiffant pour fon legitime heritier.

Là fut le pis du tout, les larmes fe

tornaron en rabias : los lloros en blaf-
phemias , y las lastimas en amenaças :
vos foys algun ladron que lo haueys
muerto por robarlo , mas no os alaba-
reys dello dezia la mas moça , que
ofe Hermitaño era mi marido , y estos
tres ninos fus hijos , y fi vos no nos
days toda fu hazienda , os haremos
ahorcar , y fi la justicia no lo haze :
puñales , y efpadas ay , conque faca-
ros mil vidas fi mil vidas tuvieffeys.

Dixeles como hauia buenos tefti-
gos, de lante quienes hauia echo tefta-
mento.

Todas efas , dixeron ellas fon mara-
nas , y enbustes , porque el dia que vos
dezis , que murio estuuo aqui , y dixo
no tenia compañia.

Como vi que el testamento no fe hauia echo por auto de efcriuano , y que
aquellas mugeres mes amenaçaban , y
por la experiencia que tenia de la justicia , y pleytos : determine hablalles
con blandura , por veer fi con ella podia acabar , lo que por justicia fabia

tournerent en fureurs, les pleurs en blafphemes, & les plaintes en menaces. Vous eftes ce larron qui l'auez tué pour le defrober ; mais vous ne vous en rirez pas, difoit la plus ieune ; car cét hermite eftoit mon mary, & ces trois petits enfans font fes fils ; fi vous ne nous donnez tout fon bien, nous vous ferons pendre ; & fi la Iuftice ne le fait, il y a des épées & des poignards pour vous ofter mille vies, fi vous en auiez autant.

Ie leur dis comment i'auois de bons tefmoins, deuant lefquels il auoit fait fon teftament.

Tout cela dirent elles ; font tromperies & fauffetez, car le iour que vous dites qu'il mourut, il fut icy, & dit qu'il n'auoit aucune compagnie.

Comme ie vis que le teftament ne s'eftoit point fait par acte de Notaire, & que ces femmes me menaffoient ; auec la mal-heureufe experience que i'auois faite des procés, & de la Iuftice, Ie me deliberay de leur parler doucement, pour voir fi ie pourrois conferuer par la douceur, ce que ie fçauois

hauia de perder , y tanbien porque las
lagrimas de la re ;en viuda , me hauian atrabefado fas telas del coraçon ,
y afi les dixe , fe fofegaffen , que no
perderian cau;a con mi , que fi hauia
aceptado la herencia , hauia fido por
creer , que el muerto , no era cafado ,
no hauiendo oydo dezir iamas , que los
Hermitaños lo fueffen.

Ellas pofpuefta toda trifteca , y me-
lancolia fe començaron a reyr dizfiendo ,
que vien fe echaba de veer fer nueuo ,
y poco exprimentado en aquel oficio ,
pues no fabia , que quando dezian vn
Hermitaño folitario , no fe entendia ha-
uerlo de eftar de la compañia de mugeres , no hauiendo nenguno , que no
tuuieffe vna prolomenos , con quien pudieffe pafar los ratos , que le quedeban
des ocupados de fu contemplacion en
exercicios activos , imitando vnas vezes
a Marta , y otras a Maria : particularmente fiendo gente que tenian mas
conocimiento de a voluntad de Dios ,
que quiere , el hombre no efte folo ,

bien que ie perdrois par la Iuſtice;ioint
que les larmes de la nouuelle veſue
auoient penetré iuſques dans mõ cœur.
Ainſi ie leur dis qu'elles s'appaiſaſsẽt,&
& qu'elles ne perdroient riẽ auec moy,
& que ſi i'auois accepté l'heredité, ç'a-
uoit eſté ſur la croyance que i'auois
que le defunt n'eſtoit point marié,
n'ayant iamais ouy dire que les hermites ſe mariaſſent .

Ayans toute triſteſſe & melancolie
miſe en arriere,recommencerent à rîre,
diſant; qu'il paroiſſoit bien que i'étois
nouueau , & peu experimenté en cét
office; puis que ie ne ſçauois point que
quand on diſoit vn hermite ſolitaire,
cela ne s'entendoit pas qu'il deuſt eſtre
ſeparé de la compagnie des femmes,
n'y en ayant aucun qui n'en euſt vne
pour le moins, auec laquelle il peuſt
paſſer les eſpaces de temps qui luy reſtoient de ſa contemplation en exerci-
ces actuels, imitant tantoſt Marie, &
tantoſt Marthe ; principalement eſtant
des gens qui auoient plus de connoiſſance que le commun de la volonté de
Dieu , qui veut que l'homme ne ſoit

y aſi ellos como hijos obedientes, tenian vna o dos mugeres que ſuſtenta-
ban, a vn que fueſſe de limoſna:
particularmente aquel deſdichado que
ſuſtentaba quatro, a eſta pobre viuda,
ami que ſoy ſu madre, a eſtas dos que
ſon ſus hermanas, y a eſtos tres niños,
que ſon ſus hijos, (o alomenos que el
tenia por tales;)

Entonces la que dezian era ſu muger dixo, no queria la llamaſſe viuda
de aquel viejo podrido, que no ſe hauia acordado della el dia de ſu muerte, y que aquellos niños ella juraria
no ſer ſuyos, y deſde entonces anula-
ba los capitulos matrimoniales.

Que contienen eſos capitulos le replique yo.

La madre dixo: los capitulos matrimoniales que yo hize quando mihija:
ſe caſo con aquel ingrato, fueron los
ſiguientes, que para dezirlos es meneſter tomar, el agua de atras. Eſtando en vna villa llamada duenas ſeys
leguas de aqui: hauiendo me que dado
eſtas tres hijas: de tres diferentes padres,

point seul : Ainsi eux comme fils obeïs-
sants auoiēt vne ou deux femmes qu'ils
nourissoient, , encore que ce fust des
aumosnes Et particulierement ce malheureux en nourissoit quatre, cette pauure vesue, moy qui suis sa mere, ces 2.
filles qui sont ses sœurs, & ces trois enfans qui sont ses fils , ou pour le moins
tenus pour tels,

Alors celle qu'on appelloit femme,
dit qu'elle ne vouloit pas qu'on l'appel-
last vesue de ce vieux pourry , qui ne
s'estoit point souuenu d'elle au iour de
sa mort ; & qu'elle iureroit que ces enfans n'estoient point à luy , & deslors
elle annuloit les conuentions matrimoniales.

Que contiennent ces conuentions?
luy disie.

Les conuentions matrimoniales , répondit la mere, que ie fis quand ma fille
se maria auec cét ingrat, furent les sui-
uantes ; mais pour les dire il est besoin
de reprēdre les erres d'vn peu plus loin.
Estant en vne ville appellée Duenus à
six lieuës d'icy, ces trois filles m'estant
demeurées de trois differents peres, qui

que segun la mas cierta congetura, fueron vn monge, vn abad, y vn cura: porque sienpre he sido debota de la Iglesia: me vine a viuir a esta ciudad, por huyr, y hebitar las murmuraciones, que en lugares pegueños nunca faltam.

Todos me llamabam la viuda Ecclesiastica, porque por mis pecados todos tres eran muertos, y a vn que huuo luego otros que entraron en su lugar: eragente de poco prouecho, y de menos autorid, y no queriendosse contentar con la obeja: accmetian a las tiernas corderillas.

Viendo pues el peligro heuidente, y que la ganancia no nos podia pelechar: hize alto, y asente aqui mi real, donde a la fama de las tres moçuelas, acudieron como mosquitos al tarugo, y de todos a nenguno me incline tanto, como a los Eclesiasticos, por ser gente secreta, rica, casera, y paciente.

Entre

selon ma plus certaine coniecture furẽt
vn Moyne, vn Abbé, & vn Curé ; car
i'ay tousiours esté deuote à l'Eglise ; ie
vins demeurer en cette ville, pour fuyr
les médisances qui ne manquent iamais en ces petits lieux.

Tous m'appelloient la vefue Eccle-
siastique, parce qu'alors ces trois au-
theurs de mes pechez & de mes con-
tentemens estoient morts. Et encore
qu'il y en eust bien-tost d'autres qui
entrerent en leur place, c'estoient des
gens de peu de profit, & de moindre au-
thorité, & qui ne se contentant pas de
l'oüaille, se vouloient attaquer à ces tẽ-
dres aignellettes.

Voyant donc le peril éuident, & que
le gain que ie faisois auec eux ne me
pouuoit remplumer : ie fis alte icy, &
establis ma demeure, où à la renommée de ces trois fillettes, les ieunes hõmes accoururent incontinent comme
moucherons au trou d'vn tonneau. Et
de tous ie n'eus iamais tant d'inclina-
tion pour aucuns, comme pour les Ec-
clesiastiques, parce qu'ils sont gens
secrets, riches, cazanniers, & patiens.

Z

Entre otros llego a pedir limofna el Padre de fan Lazaro, que viendo aefta niña le hincho el ojo, y con fu fantidad, y fencillez me lapido por muger: difela con las condiciones, y capitulos figuientes.

Primera que fe obligaua a fuftentar nueftra cafa, y que lo que pudieffe mos ganar, feria para veftimos, y aorrar.

Segunda, que fi mi hija en algun tiempo tomaffe algun coadjutor, por fer el algo decrepito, no diria mas que en mifa.

Tercera que todos los hijos que ella parieffe, los hauia de tener por propios, aquienes defde luego prometia lo que tenia, y podia tener, y quando mi hija no tuuieffe hijos, la hazia fu legitima heredera.

Quarta que no hauia de entrar en nueftra cafa, quando vieffe a la ventana jarro, olla, o otra bafija: feñal que no hauia lugar para el.

Entre autres le Pere de sainct Lazare vint icy demander l'aumofne, qui voyant cette fille en fut amoureux, & auec fa faincte & fimple naïueté, me la demanda pour femme. Ie la luy donnay aux conditions qui s'enfuyuent.

La premiere, qu'il s'obligeoit à nourrir noftre maifon, & que ce que nous pourrions gaigner feroit pour nous habiller, ou pour l'efpargner.

La feconde, que fi ma fille prenoit quelquesfois vn coadiuteur, attendu qu'il eftoit vn peu vieux, il iuy feroit permis de l'endurer fans en dire mot.

La troifiéme, que tous les enfans qu'elle feroit, il les aduoüeroit pour fiens, & comme tels leur promettoit deflors tout ce qu'il auoit, & tout ce qu'il pourroit auoir; & cas aduenant que ma fille n'euft point d'enfans, il la faifoit fa legitime heritiere.

La quatriéme, qu'il n'entreroit point en noftre maifon quand il verroit à la feneftre quelque pot d'eftain, ou de terre ou quelque autre vaiffelle, en figne qu'il n'y auoit point de place pour luy.

Quinta que quando el eftuuieffe en cafa, y vinieffe otro: fe hauia de efconder donde le dixeffemos, hafta que el tal fe fueffe.

Sexta, y vltima que nos hauia de traër dos vezes a la femana algun amigo oconocido, que hizieffe la cofta, dandonos vn buen gaudeamus.

Eftos non los articulos profiguio ella, conque aquel defdichado dio palabra a mihija, y ella a el.

El cafamiento que do echo, y acabado, fin tener necefidad de yr al cura, porque el nos dixo no era menefter, pues lo efencial del confiftia en conformidad de voluntades, e intencion mutual.

Que de efpantado de lo que aquella fegunda celeftina me dezia, y de los articulos con que hauia cafado a fu hija: eftuue perplexo, fin faber que dezir, mas ellas abrieron camino a mi defeo; porque la viudeja femecolgo del cuello diziendo, fi aquel defdichado tuuiera la cafa defte angel, yo le huuiera amado, y con efto me befo.

La cinquiéme, que quand il feroit à la maifon, & qu'vn autre y viendroit, il fe deuoit cacher là où nous luy diriõs iufques à ce que l'autre s'en fuft allé.

La fixiéme, & derniere , qu'il nous deuoit amener deux fois la fémaine quelque amy connu qui fift la dépence d'vn bon feftin.

Ce font les articles (pourfuiuit-elle) auec lefquels ce malheureux dõna la foy de mariage à ma fille , & ma fille à luy.

Le mariage fut fait & confommé fans Vicaire, ny Curé parce qu'il nous dit qu'il n'eftoit pas neceffaire; puis que fon effence confiftoit en la conformité des volontez, & intentions mutuelles.

Ie demeuray tout eftonné de ce que me difoit cette feconde Celeftine , & des conditions aufquelles elle auoit marié fa fille reffemblant vn muet fans fçauoir que dire en cette perplexité. Mais elles ouurirent le chemin à mon defir; car la vefuë fe pendit à mon col, difant; Si ce malheureux euft eu le vifage de cét Ange, ie l'euffe aimé comme mon cœur. Et en difant cela elle me baifa.

Tras este beso me entro vn no se que,
que me començo a abrasar : dixele
que si queria salir del estado de viuda, y recevirme por suyo : guardaria
no solo los articulos del viejo, mas todos los que quissiesse añadi.

Contentaronse delle, diziendo que
solo querian les entregasse todo lo que
en la Hermita hauia, que ellas lo guar-
darian : prometiselo, con intencion de
encubrir el dinero, para vna necessidad.

La conclusion del casamiento quedo
para la mañana, y aquella tarde en
viaron vn carro, en que se llevaron
hasta las estacas : no perdonaron al
lienço del altar ni a los vestidos del
sancto : yo estaba tan picado, que si
me huuieran pedido el aue fenix, o
las aguas de la laguna estigia, se las
huuiera dado, no me dexaron sino vna
pobre marraga, donde me echasse como
vn pero.

Como la señora mi muger futura, que

Apres ce baiſer entra ie ne ſçay quoy dans mon ame qui me commença d'é-brazer. Ie luy dis que ſi elle vouloit ſortir de veſuage, & me receuoir pour ſien, ie garderois non ſeulement les articles accordez auec le defunt Hermite, mais encore tous ceux qu'elle y voudroit adiouſter à ſon plaiſir.

Elles ſe contenterent de cela diſant, qu'elles vouloient que ie leur baillaſſe ſeulement tout ce qui eſtoit en l'hermitage, & qu'elles le garderoient. Ie leur promis, en intention toutesfois de garder l'argent pour vne neceſſité.

La concluſion du mariage demeura reſoluë pour le lendemain matin, & ce ſoir meſme elles enuoyerent vn chariot ſur lequel elles emporterent tout le butin. Elles ne pardonnerent pas meſme au linge de l'Autel, ny aux veſtemens du Sainct. I'eſtois ſi piqué, que ſi elles m'euſſent demandé le phenix, ou les eaux du fleuue Styx, ie les euſſe encore données. Elles ne me laiſſerent qu'vne pauure paillaſſe pour me coucher comme vn chien.

Comme ma femme future qui vint

vino con la carreta vio que no hauia
dineros, se enojo, porque el viejo le
hauia dicho que tenia, mas no donde:
preguntome si sauia donde estaba el tesoro: dixele que no.

Ella como astuta me trabo de la mano para que lo buscassemos: llebome
por todos los rincones, y escondrijos de
la Hermita, sin dexar la peayna del
altar, y como vio estaba recien a co-
modada, concivio mala sospecha.

Abraçome, y besome: diziendo mi
vida, dime donde estan los dineros, para que con ellos agamos vna boda alegre: yo le nege siempre, no sauia de dineros.

Sacome de la mano, y hizo diesse-
mos vna buelta a la Hermita mirandome siempre a la cara, y quando
llegamos donde yo los hauia escondido se me fueron los ojos hazia
alla.

Llamo a su madre diziendo le bus-

auec la charette , vid qu'il n'y auoit
point d'argent, elle s'ennuya ; car le
vieillard luy auoit dit qu'il en auoit;
mais ne luy auoit pas dit où il le tenoit.
Elle me demanda fi ie fçauois où étoit
le threfor; ie luy dis que non.

Elle comme fine & rufée qu'elle étoit
me print par la main , afin que nous le
cherchaffions enfemble. Elle me mena
par tous les coings, & par toutes les
cachettes de l'hermitage , fans oublier
le marchepied de l'Autel ; & comme
elle vid qu'il auoit efté raccommodé
depuis peu de temps, elle en conceut
vn mauuais foupçon.

Elle m'embraffe, & me baife, me difant ; Ma vie , dy moy où eft l'argent,
afin que par fon moyen nous faffions
vne ioyeufe nopce. Ie n'ay toufiours
que ie fceuffe où eftoit l'argent.

Elle me print derechef par la main,
& me mena promener dehors autour
de l'hermitage, me regardant toufiours
au vifage. Et quand nous fufmes au lieu
où i'auois caché mon bien, ie ne me pûs
iamais empefcher d'y porter les yeux.

Elle appella fa mere, luy difant qu'el-

Z v

casse de baxo vna piedra, que yo hauia puesto : topo con ellos, y yo con,
mi muerte, disimulo diziendo veys aqui
conque nos daremos buena vida.

Hizome mil caricias, y alpunto,
porque se hazia tarde se fueron a la
ciudad, quedando, que ala mañana,
yo iria a su casa, donde hariamos la
mas alegre boda, que iamas se vio:
plegue a D I O S que oregano sea
(dezia, yo entre mi mismo) que de
toda aquella noche puesto entre la esperança, y el temor, que aquellas mugeres no me engañassen : a vn que me
parecia era imposible huuiesse engaño,
en vna tan buena cara : esperaua goçar de aquella polluela, y asi la noche
me parecio vn año.

No era a vn bien amanecido, quando cerrando mi Hermita, me fuy a
casarme (como quien no dize nada)
no me acordaba que lo era, llegue a
era, que se leuantaban.

Reciuieronme con tan grande alegria,

le cherchaſt deſſous vne pierre que i'y
auois miſe, Sa mere trouue mon argent
& ie penſay trouuer ma mort. Neantmoins ie diſſimulay, diſant ; Voila de
quoy faire bonne vie.

Elles me firent mille careſſes, & tout
incontinent parce qu'il eſtoit deſia tard,
s'en retournerent à la ville, arreſtant
que le lendemain au matin ie m'en irois
à leur maiſon, où nous ferions les plus
ioyeuſes nopces qu'on euſt iamais faites
Dieu veüille qu'ainſi ſoit, diſois-je en
moy-meſme. Ie demeuray toute cette
nuict entre l'eſperance & la crainte que
ces femmes ne me trompaſſent, encore
qu'il me ſemblaſt qu'il eſtoit impoſſible qu'il y euſt de la tromperie ſous vn
ſi bon viſage. I'eſperois de ioüir de
cette petite friande : ainſi la nuict me
ſembla plus longue qu'vne mauuaiſe
année.

Il n'eſtoit pas encore bien iour, quãd
fermant mon hermitage ie m'en allay
pour accomplir mon mariage, ie ne me
ſouuenois pas que ie l'eſtois. I'arriuay
à l'heure qu'elles ſe leuoient.

Elles me receurent auec tant de ioye,

Z vj

que me tuue por dichoso, y pospuesto
todo temor, comence a hazer, y des
hazer en casa, como en propria: comimos tanbien, y con tanto gusto que n. s'
parecia, estaua en vn parays.

O hauian conuidado a comer a seys,
o siete de sus amigas: despues de comer
dançamos, y a mi (aun que no lo
sabia hazer) me forçaron a ello: era
de veerme haylar con mis abitos de
Hermitano, cosa de risa.

Venida la tarde despues de bien
cenar, y mejor veuer, me entraron en
vn aposento, no mal aderecado; donde hauia vna buena cama: mandaron-
me acostar en ella: entretanto que mi
esposa se desnudaba, descalçome vna
criada, y dixome quitasse la camia,
porque para las ceremonias, que se hauian de hazer.

Era menester estar encueros: obede-
ci: luego entraron por el aposento todas
las mugeres, y mi esposa detras enca-
misa, vna le trayala cola: la primera
cosa que hizieron fue hazer me le ve-

que i'e m'estimay trop heureux; & toute crainte mise en arriere, commence
à faire & défaire dans la maison comme à la mienne propre. Nous dînas-
mes si bien, & auec tant de plaisir, qu'il
me sembloit que i'estois en vn Paradis.

Elles auoient prié à disner cinq ou six
de leurs amis. Apres le repas nous dã-
çasmes, & bien que ie n'y sceusse rien,
elles m'y contraignirent. C'estoit vne
chose digne de risée de me voir dancer
auec mes habits d'Hermite.

La nuit venuë, apres auoir bien sou-
pé, & mieux beu, on me mena dans vne
chambre bien accommodée, où il y
auoit vn bon lict. On me dit que ie
me couchasse là, ce pendant qu'on
des-habilloit mon épouse. Vne seruã-
te me deschaussa, & me dit que ie lais-
sasse ma chemise, parce que pour les
ceremonies qui se deuoient faire il e-
stoit besoin d'estre nud.

I'obeïs & incontinent toutes les femmes entrerent en la chambre, & ma
femme en chemise auec elles, à qui
vne portoit la queuë. La premiere chose qu'elles firent, ce fut de me faire bai-

safe el ojo trafero, diziendo era la primera ceremonia.

Tras efto me afieron quatro, dos de los pies, y dos de los braços, y con grande diligencia me echaron quatro laços corrediços, atando, las cuerdas a los quatro pilares de la cama : que de como vn fan Andres afpado.

Começaron todas a reyr de veer el Dominguillo : fobre el qual me echaron vn jarro de aqua fria : di vn gran grito : ellas me dixeron callaffe, y fino penfafe para que hauia nacido : tomaron vna gran vacia de aqua caliente en que me metieron la cabeça abrafabame, y lo peor que fi queria gritar : me daban tantos açotes, que tome porpartido dexar las hazer : pelaronme las barbas, cejas, cauellos, y pestañas.

Paciencia dezian ellas, que las ceremonias fe acabaran prefto, y goçara de lo que tanto defea : roguecles me dexaffen, que el apetito fe me hauia pafado : pelaronme la orcajadura, y vna dellas la mas atreuida faca vn

ser l'œil de son derriere, disant que c'estoit la premiere ceremonie.

Apres cela quatre d'elles me prindrēt deux par les pieds, & deux par les bras, & me ietterent promptement à bas: Quatre autres m'attacherent auec des cordes aux quatre piliers du lit, & me vis estendu en croix cõme vn S. André.

Elles commencerent toutes à rire de voir mes triquebilles, sur lesquelles elles ietterent vn seau d'eau froide, qui me fit ietter vn grand cry. Elles me dirent que ie me teusse, & que si ie ne le faisois point, que ie pensasse à quoy i'estois nay : elles prindrent vn grand bassin d'eau chaude, dans laquelle elles me mirent la teste. Elle m'embrasoit, & quand ie voulois crier, elles me bailloient tant de coups de foüet, que ie me resolus de les laisser faire

Elles me pelerent la teste, le menton, les paupieres, & les sourcils.

Patience disoient elles, car les ceremonies seront bientost acheuées, & vous iouyrez de ce que vous desirez. Ie les priay de me laisser : car l'appetit m'estoit desia passé, Elles me pelerent

cuchillo diziendo a las otras ; teneldo
bien que yo le facare las turmas , para
que otra vez no le venga la tentacion de
cafarfe.

Creya el domine Hermitaño , que
todo lo que le hauiamos dicho era el
Euangelio , no era , ni vn la Epifto-
la : de mugeres fe fiaba : aora vera el
pago que lleua.

Como vi mis fupinos en peligro hize tanto que quebre vna cuerda , y vn
pilar de la cama : echemano a mis
cafcabeles , y los empune defuerte , que
a vn que me cortaban los dedos , no
pudieron llegar a ellos ; porque no rom-
pieffe toda la cama medefataron : en-
boluiendome en vna fabana , mefaba-
nearon hafta dexarme por muerto : eftas
feñor , dezian ellas , lonlas ceremonias
con que comienca nueftro cafamiento :
mañana fi quiere volver acabaremos lo
demas tomaronme.

Entre quatro , y llebaron lexos de
fu cafa : poniendome en me dio vna
calle , donde el dia me allo , y los muchachos mecomençaron a correr , y hazer tanto mal , que por huyr de fu furia

iufques au fondement, & vne d'elles la
plus hardie tira vn couſteau, diſant aux
autres; Tenez-le bien car ie le chapō-
neray, afin que la tentation de ſe marier ne le reprenne.

Et monſieur l'hermite, penſiez-vous
donc que tout ce que nous diſions fuſt
Euangile? Ce n'eſtoit pas ſeulement
l'Epiſtre. Vous fiez-vous és femmes?
Vous verrez maintenāt comment vous
en ſerez payez.

Comme ie vis mes compagnons en
peril, ie fis tant que ie rompis vne corde, & vn pilier du lict. Elles me deſta-
cherent alors afin que ie n'acheuaſſe de
le rompre, & m'enuelopant dans vne
couuerte, me bernerent iuſques à me
laiſſer pour mort. Ce ſont, diſoient-el-
les, les ceremonies auec leſquelles ſe
commence noſtre mariage; s'il vous
plaiſt de reuenir demain au matin.

Elles me prindrent entre quatre, &
me porterent loin de leur maiſon, me
mettant au milieu de la ruë, où le iour
me trouua, & les enfans me commencerent à courre, & à me faire tant de
mal, que pour fuyr leur criérie, ie me

se entre en vna Iglesia junto al
Altar mayor, donde cantaban vna
Misa.

Como los Clerigos vieron aquella figura, que sin duda parecia al diablo
que pintan a los pies de san Miguel:
dieron a huyr, y yo tras ellos: por huyr
de la injuria de los muchachos.

La gente de la Iglesia gritaba: vnos
dezian guarda el diablo: otros guarda
el loco, yo tanbien gritaua, que ni era
diablo ni loco, si no vn pobre hombre,
que mis pecados me hauian puesto asi.

Con esto se sosegaron todos: los Clerigos tornaron a acabar su misa, y el
sacristan medio vn vancal de vna sepultura conque cubrir me: puse me en
vn rincon considerando los rebeses de
fortuna, y que por donde quiera ay tres
leguas de mal camino.

Y asi determine quedarme en aquella
Iglesia, para acabar alli mi vida, que
sengun los males pasados, no podia ser
muy larga, y para escusar el trabaxo

fauuay dans vne Eglife tout contre le grand Autel, où l'on chantoit alors vne Meffe.

Comme les Preftres virent cette figure qui reffembloit au diable qu'on peint aux pieds de fainct Michel ; ils fe mirent à fuyr, & moy apres eux pour euiter les iniures des enfans.

Les gens qui eftoient dans l'Eglife crioient, difant les vns ; garre deuant le diable; les autres garre deuant le fol. Ie criois auffi, que ie n'eftois ny fol, ny diable, mais vn pauure homme que mes pechez auoient mis ainfi.

Apres cela tous fe remirent, les Preftre retournerent acheuer leur Meffe, & le Sacriftain me donna le tapis d'vn fepulcre pour me couurir. Ie me mis à vn coin, confiderant les reuers de la fortune, & que de quel cofté qu'on la veüille prendre, il y a trois lieuës de mauuais chemin.

Ainfi ie me refolus de demeurer en cette Eglife pour y acheuer ma vie, qui felon les maux qu'elle auoit fouffert ne pouuoit pas eftre gueres longue, & afin auffi que les Preftres n'euffent

a los clerigos que no me fueſſen a buſcar a otra parte deſpues de muerto.

Eſtaes amigo lector en ſuma la ſegunda parte de la vida de Lazarillo, ſin añadir ni quitar de lo que della oy contar a mi viſabuela : ſi te diere guſto me huelgo, y a Dios.

F I N.

pas la peine de m'aller chercher ailleurs quand ie ſerois mort.

C'eſt en ſomme, amy Lecteur, la ſeconde Partie de la vie de Lazarille, ſans oſter, ny adiouſter de ce que i'en ay ouy raconter à ma biſayeulle. Si elle te donne du plaiſir, attens la troiſiéme, qui ne t'en donnera pas moins.

I N.

www.ingramcontent.com/pod-product-compliance
Lightning Source LLC
Chambersburg PA
CBHW070354030726
47504CB00001B/177